大暗室

江戸川乱歩

春陽堂

目次

大暗室

発端　毒焔《どくえん》の巻

三人の漂流者

見渡す限り白雲《しらくも》一《ひ》とひらもない一面の青空。
見渡す限り、白波《しらなみ》一つくだけず、ただ絶え間まなく小皺《こじわ》をきざむ海原。
中天《ちゅうてん》にかかった初秋の太陽から、燦々《さんさん》と降りそそぐ陽光に、海面はまぶしい白銀色《しろがねいろ》だ。

どちらを向いても、糸ほどの陸影《りくえい》もなく、ただ途方もなく巨大な円をえがく水平線、空も丸く、海も丸く、世界というものがそのほかにはなくなってしまったかのようであった。

その大洋のまん中に、何か罌粟粒《けしつぶ》のようなものが、ポツリと浮かんでいた。一艘の小さなボートである。

舵《かじ》はこわれ、一本の櫂《かい》すらも見えず、ただ波のまにまに行く手定めず漂流《ひょうりゅう》する小舟。

そのボートの中に三人の疲れ果てた人の姿があった。中にも年長《ねんちょう》とおぼしき三十五、六歳の、口髭《くちひげ》美しい紳士は、ほんとうの病人らしく、土気色《つちけいろ》の顔をして、グッタリと船底に横たわっていた。洋服の上衣《うわぎ》をぬいで枕にして、ワイシャツの胸が、恐ろしいばかりに波打っている。

あとの二人も、疲労と飢餓《きが》のためにほとんど半病人であった。一人は三十二、三歳の、目のするどい鷲鼻《わしばな》の好男子、もう一人は、同年配のひどく色の黒い、ガッシリした骨組みの小男、服装から判断すると、三人のうちでは一ばん身分の低い、まあ召使《めしつかい》といった感じの人物である。二人ともワイシャツ一枚になって、物云う力も失せたようにグッタリと船縁《ふなべり》によりかかっていた。

天地に波のほかには動くものなく、波のほかには音もない、恐ろしいほどの静寂。

「大曽根《おおそね》君、陸は、まだ見えぬか」

船底に横たわっている病紳士の、無残にかわいた唇が、かすかに動いた。

「ウン、このボートはどちらへも進んでやしないんだからね。陸地に近づくはずもないんだ」

大曽根と呼ばれた、鷲鼻の青年紳士は、捨てばちな調子で、腹立たしげに答える。

すると、召使らしい色の黒い男が、見かねたように、横あいから口を出した。

「しかし、旦那さま、わたしが待っていますのは、陸地ではなくて、汽船でございますよ。ここはまだ汽船の定期航路から、そんなに遠ざかっているとは思われません。今にキッと汽船の影が見えます。大きな船がわれわれを救いにやって来ます」

「久留須《くるす》、君は楽天家《らくてんか》だなア。たとい汽船が通ったって、遠方からこんな小さなボートを見つけてなんかくれるもんか」

人々はまた黙り込んでしまった。病紳士のワイシャツの胸が独り苦しげに波うつばかりである。

「久留須、水、水……」

しばらくすると、病人の唇から苦悶《くもん》の声が漏れた。ないと知りつつ、渇きのはげしさに、つい夢うつつに口走るのだ。

「旦那さま、水は一滴もございません。どうかもう少し我慢なすって下さい。もう少しです」

なんという地獄であろう。一滴もないどころか、船の外は見渡す限り水また水である。しかも、その水が飲めないのだ。この渇きに海水を口にすれば、喉はたちまち燃え上がってしまうに違いない。

「ああ、この海へ飛び込んで、溺《おぼ》れ死ぬまで、思う存分水を飲んでやりたいなあ」

大曽根は船縁にもたれ、喰い入るように海面を見つめながら、絶望の歎声《たんせい》を漏らすのであった。

明治四十三年十月下旬、台湾《たいわん》航路の客船宮古丸《みやこまる》が、基隆《キールン》から長崎《ながさき》へ帰航の半《なか》ば、時ならぬ大颶風《だいぐふう》に遭って、数十人の船客船員もろとも、東支那海《ひがししなかい》の藻屑《もくず》と消えた椿事《ちんじ》は、三十年を過ぎ去った今日でも、まだ年配《ねんぱい》の人々の記憶にまざまざと残っているほどの大事件であった。

当時、世界的旅行家として知られていた、有明友定《ありあけともさだ》男爵は、親友大曽根五郎《ごろう》（注1）と家扶《かふ》久留須左門《さもん》を伴なって、南支旅行の帰途、台湾で熱病にかかり、やや恢復《かいふく》するのを待って、匆々《そうそう》帰国の途上、運わるくも難破船宮古丸の船客となったのである。

深夜ベッドから投げおとされて目覚めた時には、船はもう颶風の唯中にあった。

三人手を取り合って甲板に駈け上がって見れば、あやめも分かぬ闇《やみ》の中に、鳴き叫ぶ嵐、唸《うな》りわめく怒濤《どとう》、船は右に左にかわるがわる横倒しになり、山の絶頂に乗り上げたかと思えば、たちまち奈落《ならく》の底へつき落とされ、何倍とある船体の化物のような大波に呑まれた時は、甲板そのものが深い海の底も同様であった。

大自然の暴力と汗みどろの苦闘数時間、やっと颶風の絶頂を通り越したかと思う間もあらせず、船は暗礁《あんしょう》にぶッつかって、船腹に大穴があき、まだ静まらぬ嵐の中を、見る見る波間に没して行くのであった。

甲板からは船客を満載した救命艇《きゅうめいてい》が、次々と怒濤の中に吊りおろされたが、船底が水面に着くか着かぬに、物凄い悲鳴の合唱を残して、どのボートもどのボートも、大波に呑まれ、黒い海の底へと消えて行った。

有明男爵たち三人も、一度は海へふり落とされたが、さすが冒険旅行家の沈着、三人が、三人とも、顚覆《てんぷく》したボートに、死にもの狂いにしがみついて離れなかった。

それから、闇と怒濤と烈風と辛い塩水の中に、もまれもまれて、無我夢中の数時間、白々《しらじら》と、夜が明け放れる頃には、昨夜の嵐は夢かとばかり静まり返った大海原のまっ唯中、水平線を血のように染めた日の出の中に、行く手定めず漂っていた。

嵐の逆《ぎゃく》に、ソヨとの風もない、恐ろしいほど静かな二日が過ぎて、今日はその三日目である。

有明男爵は、折角《せっかく》恢復期にあった熱病を、一夜の水びたしにぶり返して、その上餓《う》えと渇きにせめさいなまれ、今は、瀕死《ひんし》の重態《じゅうたい》であった。あとの二人も、病人でこそなけれ、丸二昼夜飲まず食わずの漂流に、もう餓鬼道《がきどう》の苦しみである。

胃袋にするどい刃物で刺すような激痛をおぼえ、唇はひび割れ、舌は焼け焦げた石のように固まって、目の前の漫々たる海水を、不倶戴天《ふぐたいてん》の敵《かたき》とばかり、睨《にら》みつけているのだ。

話に聞く人間と人間とが共喰《ともぐ》いを始めるのは、ちょうどこういう時なのかも知れない。

　飢渇の絶頂に達した目の前に、まだ充分水気《みずけ》を含んでいる柔らかい肉塊《にくかい》が転がっている。あのししむらに喰いついて、むさぼり啖《くら》ったら、ふとそんな野獣の心が芽ばえないとは限らぬのだ。

　重態の有明男爵は別として、大曽根や久留須の顔には、何かいまわしい野獣の相好《そうごう》が現われ始めていた。落ちくぼんだ目は、餓えた狼のように光り始めていた。

「オイ、もう我慢が出来ない。俺《おれ》はやるよ。君も遠慮なくやりたまえ」

　大曽根は不気味に呟《つぶや》いたかと思うと、腰の革帯《かわおび》を取りはずした。その革帯には、蛮《ばん》地《ち》旅行護身用のピストルの革サックがぶら下がっている。

　大曽根はとうとう気が狂ったのであろうか。そのピストルを取り出して、病男爵か久留須かの一人を撃ち殺し、わが身の餓えをしのごうとするのではないのか。

　久留須の顔がハッとしたように青ざめて、思わず防禦《ぼうぎょ》の身構えをした。

「ウフフフ、俺はもう昨日から、これが嚙《か》じりたくて仕方がなかったんだよ」

　大曽根はてれ隠しのように笑ったかと思うと、いきなり革帯の端《はし》を口にくわえて、ガシガシと嚙じり始めたのである。久留須もホッとしたように笑い出した。ああ、よかった。気が違ったのではなかった。人殺しを企らんだのではなかった。彼もまた自分の革帯を取りはずすと、二人の立派な男が、二匹の鼠《ねずみ》ででもあるように、歯音《はおと》を揃えて、けものの皮をむさぼり啖うのであった。

極悪人

「有明君、君もやって見ないか。いくらかしのぎになるようだぜ」

大曽根は革帯をしゃぶりながら、病男爵の土気色の顔を覗《のぞ》き込んだ。

「いや、僕は、もう、駄目だ。君たちと、一緒に、生きのびる力はない」

男爵は空《うつ》ろな目を開いて、切れ切れの言葉で苦しそうに云って、かすかに首を振って見せるのだ。

「旦那さま、気の弱いことをおっしゃってはいけません。どうか、東京にお待ちになっている若い奥さまのことをお考え下さいませ。若《も》し旦那さまに万一のことがありましたら、京子さまは……」

忠義者の久留須は、主人をはげましたいばっかりに、かえって病男爵を悲しませるようなことを、つい口にするのであった。

「ウン、お前に云われるまでもない。僕は、京子のことだけが気がかりなのだ。あれは僕が死んでしまったら、まったく身寄りのない、淋しい身の上なんだからね」

もう、自制心を失った冒険児の瞼《まぶた》に、不覚にあふれた涙が、痩せ衰えたこめかみを、とめどもなく流れ落ちた。

しかし、それを拭《ぬぐ》おうともせず、涙は流れるにまかせて、男爵は苦しい言葉をつづけた。

「久留須、僕の上衣の内かくしに、紙入れがある。その中に、細かく折った罫紙《けいし》がはいっているから、それを大曽根君に渡してくれ。……大曽根君、それは京子に宛《あ》てた僕の遺言状《ゆいごんじょう》だ。台北《たいほく》の病院で書いたのだ。あの病院でもう死ぬのだと思って、書いておいたのだ。一度は、無駄になったが、しかし今役に立った。……読んでくれたまえ」

大曽根は久留須の差し出す罫紙を開いて読み下したが、そこには男爵夫人京子に宛て、意外な遺言がしるしてあった。


私の死後お前は大曽根五郎君と結婚して、同君の庇護《ひご》のもとに幸福に暮らしてくれ、私をのぞいては、広い世界に大曽根君ほど、お前をよく知り、お前を愛しているものはないのだから。

「大曽根君、何も驚くことはない。僕は心から君たちの幸福を願って死んで行くのだ。君と僕とは、まったく同じ激しさで京子を愛した。京子の方でも僕たちに同じほどの好意を感じていて、なかなか決心がつかなかったほどだ。しかし、とうとう僕が勝った。京子が最後に僕の求婚に承諾を与えたからだ。

「僕は結婚式のさなかにさえも、君の失意を思うと心が暗くなった。君は僕にとっては、京子よりも古い友達なんだからね。二人の友情もこれでおしまいかと思うと、悲しかった。

「だが、君は実に男らしくふるまったね。僕たちが結婚してもう三年になるけれど、君の友情には少しも変わりがなかった。君はまったく何事もなかったように、僕の親友として交《まじわ》りをつづけてくれた。僕は、口に出して云わなかったが、どんなに君に感謝し敬服してたか知れやしない。

「しかし、大曽根君、隠さなくてもいいよ。君は、心の底で今も変わりなく京子を愛している。ただ、僕への友情のために、それを少しだって、そぶりに現わさなかったばかりだ。その苦しさは、僕にはよくわかっていた。そして、君の奥底の知れない自制心に驚嘆するばかりだった。

「今度は、僕の友情を受けてくれたまえ。いや、君のためばかりではない。むしろ京子のためにお願いするんだ。京子はまだ若い。それに親も兄弟もない一人ぼっちの身の上だ。君が保護してやってくれなければ、とても生きて行かれる女ではない。むろん僕の財産はすっかり君と京子のものだよ。さア、大曽根君、僕の耳がまだ聞こえるあいだに返事をしてくれたまえ。京子と結婚すると約束してくれたまえ」

重態の有明男爵は、これだけのことを語るのに、僅かに残っていた最後の気力まで使い果たしてしまったかのように見えた。

大曽根は、この異様な提案に答える言葉もないように、気の毒そうに瀕死の人を打ち眺めるばかりであったが、

「さア、早く、大曽根君、返事を」

とせき立てられると、ともかくなんとか答えなければならなかった。

「承知した。若し万一のことがあれば、京子さんは僕が引き受けたから安心したまえ。しかし、君はまだ死にやしないよ。大丈夫だ。しっかりしたまえ」

大曽根は友情に満ちた慰めの言葉をかけたが、心のうちではまったく別のことを考えていた。

(フフン、馬鹿野郎、甘いやつだな。この俺に京子をくれようなんて。いや京子ばかりじゃない、あの莫大《ばくだい》な財産まで熨斗《のし》をつけて俺にくれようなんて。俺が心から貴様の

親友だと思っているのか。フフン、ばかな、なんぼなんでも、俺はそんなお人好《ひとよ》しじゃないぞ。ただ、貴様に喰っついていなければ、暮らしが立たなかったというまでのことさ。さも親切に見せかけて、貴様の寄生虫になり、復讐の時期の来るのをじっと辛《しん》抱《ぼう》強く待っていたのさ。だが、ああ、なんてことだ。この海のまん中じゃ仕方がない。貴様も死ぬだろうが、俺も、いずれは同じ運命だ。遺言状なんて、ここでは反古《ほご》も同様だ。百万円よりも、京子よりも、一滴の水の方が有難い。一《ひ》ときれの肉の方が有難い。ああなんという運命だ。畜生《ちくしょう》め、どうにでもなりやがれ……)

遺言状を渡してしまうと、すっかり安心したものと見えて、有明男爵はウトウトと眠り始めた。ワイシャツの胸が気味わるいほど波打っていた息遣《いきづか》いも、いくらか静まったように見えた。

大曽根と久留須は、グッタリと船縁にもたれたまま、飽きることなく銘々《めいめい》の革帯を噛み続けていた。

海面には、しばしば大きな魚類の背鰭《せびれ》が出没した。だがみすみすそれを眺めながら、取るすべがない。鈎《はり》もなく餌《え》もなくては、どうすることも出来ないのだ。

昨日は出没する魚類の背中を目がけて、ピストルさえ撃って見た。大曽根のピストル・サックには、蓮根型《れんこんがた》の六連発が、水びたしにもならないで残っていた。その六発のうちの四発まで発射したのだが、丸《たま》が当たったのか当たらぬのか、一匹の小魚さえ浮き上がりはしなかった。

だが、大曽根は、ピストルの丸を、なぜ二発だけ、大切そうに残しておいたのであろう。

「これから先、どんな事で、こいつの必要が生じないとも限らない。まあ、無駄使いはこのくらいにしておこうよ」

彼はそう云って、久留須を納得させたのだが、そのピストルが、間もなく、あれほどハッキリ役に立つ時が来ようとは、大曽根自身さえまったく予期しなかったに違いない。

それから、小やみない波のゆらぎと、無限に広い青空と、死に絶えたような静寂の中に、長い長い一日が暮れ、お伽噺《とぎばなし》の国のように美しい星空の下に、かわいた肌にこころよい夜露を受けて、夢うつつの一夜が明けた。難船以来四日目の朝である。

満天の宝玉が、一つ一つその光を失って行くにつれ、ほのぼのと赤らむ水平線、空と水は朱《しゅ》と金色《こんじき》に輝きわたり、真紅《しんく》に燃える大円盤《だいえんばん》が、チリチリと、目に見える速度で、水平線上を昇りはじめた。

飢餓の余り、眠るともなく醒《さ》むるともなく、夢うつつの境《さかい》にあったボートの人たちにも、この大自然の恐ろしいばかりの美観が、なんらかの作用をしないはずはなかった。

先《ま》ず久留須が船縁に起きなおって、朱と金色の無限の水平線を打ち見やった。するとおお、そこには、大自然の美しさばかりではなくて、もっと現実的な喜びが待ち構えていた。

「アッ、陸だ！　陸が見えるぞ」

すき腹の久留須に、どうしてそんな声が出せたかと驚くほどの大声であった。

「なに、陸？　ど、どこに、どこに」

大曽根は思わず、ボートの中に立ち上がろうとしたほどであった。

「あれ、あれです、太陽の右の方が、スーッと糸のような黒いものが見えるでしょう。雲じゃありません。確かに確かに陸地ですぜ」

大声と、ボートの動揺のために、寝入っていた有明男爵も目を覚ました。

「陸か、陸か……」

細くかすれた声ではあったが、昨夜の熟睡に病勢を持ちなおしたのか、病男爵は案外元気である。

「ええ、お喜び下さい。陸です。陸です。昨日見えなかった陸地が、今日見え始めたとすれば、このボートは動いていたのです。一定の方角へ流されていたのです。われわれは潮流の中にいるのかも知れません。すると、ああ、まだ絶望するには早いですよ。櫂も舵もなくても、この船は自然と陸地へ近づいて行くわけです」

それから一時間、二時間、三時間、ボートの三人は、病男爵までが、船縁から顔を出して、傍目《わきめ》もふらず、水平線の陸影を眺めて暮らしたが、久留須の予想は見事に的中して、青がすむ陸の姿は、刻一刻、その面積を拡げて行くように見えたのである。

（この分だと、明日あたりはグッと海岸に近づいて、漁船かなんかに救われるようなことになるのかも知れない。有難い。命拾いをしたぞ。……だが、待てよ）

大曽根は有頂天《うちょうてん》の喜びが過ぎて、やや冷静に返ると、ひょいとそこへ気がついた。命拾いを喜んでばかりいられないことがわかって来た。

（だが、助かるのは俺一人というわけじゃない。男爵のやつもご同様に救われるのだ。あいつの病気も、どうやら持ちなおしたらしいから、上陸して病院にでもはいれば、すっかり元の身体《からだ》にならないとも限らぬ。すると、例の遺言状は反古同然になってしまうんだ。折角我がものになった百万円（注2）の財産と、美しい京子さんがフイになってしまうんだ。こいつは一つ考えなくちゃならないぞ）

大曽根はそんなことをすばやく思いめぐらしながら、じっと革帯の先にぶら下がっているピストルのサックを見つめていた。

(フフフ、俺はまあなんて用心深いんだろう。ちゃんと二発だけ丸を残しておくなんて。フフフフ)

彼はゆっくりサックの蓋を開いて、ピカピカ銀色に光る大型のピストルを取り出した。

「おや、大曽根さん、又さかなを撃つんですか」

久留須がけげん顔にたずねると、大曽根はじっと相手の目を見つめながら、妙なことを云い出した。

「君、俺が名射撃手だってことは知ってるだろうね。俺はね、十メートルを隔てて、トランプのカードの星を射抜くことが出来るんだぜ、だからね」彼は、そこでニタニタと笑って、「こうして君の顔を狙《ねら》えば、左の目でも右の目でも、お望み次第、瞳のまん中へ穴をあけて見せるよ」

云いながら、ピストル持つ手がジリジリと上がって、ピッタリと久留須の顔に狙いが定められた。

「アハハハハ、冗談はおよしなさい。目玉へ穴なんかあけられてたまるもんですか。アハハハハハ」

久留須はおかしくて堪《たま》らぬように笑い出したが、その笑い顔が、見る見る、今にも泣き出しそうな渋面《じゅうめん》に変わって行った。

「いけない。なにをするんです！」

もう悲鳴であった。

「撃つんだよ」大曽根はピストルの狙いを定めたまま、冷やかに云い放った。「君を、生かしておいちゃ、俺にとって、少しぐあいの悪いことがあるんだ。気の毒だが、一《ひ》と思《おも》いに心臓を狙うよ」

ワッという悲鳴、グラグラと揺れるボート、サッと揚がる水煙と銃声が同時であった。久留須が筒先を逃がれて海中に飛び込むところを、追い撃ちに、肩先へ命中した弾丸。浮きつ沈みつボートから遠ざかって行く久留須の、ワイシャツの上半身が、見る見るまっ赤に染まって行く。

「大曽根君、気でも違ったのか！」

声に振り向くと、重態の有明男爵が、思わず半身を起こして、まっ青な顔で、こちらを睨みつけていた。

「気が違うもんか。俺はこの通り冷静だよ」

大曽根はニヤニヤ笑いながら、今度はピストルの筒口を男爵の胸にさしつけた。

「な、なにをする」

白っぽく憔悴した病男爵の目と、殺意に燃える悪魔の目とが、互いの心の底を射るように、じっと見かわされた。

「ウフフフフ、男爵閣下、君もお目出度《めでた》い男だねえ。君はこの俺が、女を横取りされても、いっこう平気で友情を持ちつづけるようなお人好しだと思っていたのかい。友情どころか、毎晩毎晩、くやしさに歯ぎしり嚙みながら、復讐の機会を待っていたんだぜ。男爵閣下、わかったかね。君はそれとも知らず、俺に、とんだ遺言状をくれたもんだねえ。財産は差し上げます。女房もどうか可愛がってやって下さいとね。この俺にだよ。今君を殺そうとしているこの俺にだよ。ウフフフフ」

「悪人、悪人！」

男爵は逃げ出そうにもその気力がなく、ただ身もだえして、心の底からの憎悪に、血を吐くような声で、相手を罵《のの し》るばかりであった。

「おお、如何にも俺は悪人だよ。どうかこの恨みを忘れませんように、この世の極悪人になれますようにと、悪魔大王に願《がん》をかけていたくらいだ。悪人といわれて、俺は嬉しいんだよ。だが、安心したまえ、君の女房は思うさま可愛がってやるからね。ウフフフフ。さア、男爵、この世のお別れだ」

ユラユラとボートが揺れて、ピストルの筒口が白い煙を吐いたかと思うと、男爵のワイシャツの胸に、ポッツリ黒い点が現われ、それが見る見るドス黒く拡がって、やがてまっ赤な牡丹《ぼたん》の花を開く頃には、被害者の身体は、クナクナと船底に伸びて、もう動かなくなっていた。

燦々と降りそそぐ秋の陽光、今日もまた一点の雲もない青空、ゆったりと船を揺《ゆる》がす波また波、うらうらとのどかな大海原である。

その大洋のただ中を、罌粟粒のように見えるボートは、二重殺人の下手人《げしゅにん》大曽根五郎の冷やかな笑顔と、被害者有明男爵の血にぬれた死骸をのせて、潮流のまにまに、遙かの陸影に向かって、何事もなかったかのように、静かに流れて行くのであった。

幼児殺し

さて、お話は飛んで、このあいだ五年経過、大正三年の晩春《ばんしゅん》のある日、鎌倉《かまくら》の有明男爵邸内に起こった、もう一つのむごたらしい出来事に移らなければならぬ。

男爵邸の森林のような庭園の一隅、鬱蒼《うっそう》とした樹立《こだち》に囲まれた古池のほとり、大樹の幹から幹へハンモックをかけて、うららかな春の午後を、たわむれ遊んでいる母と二人の幼児《おさなご》があった。

ゆれるハンモックに乗せられて、キャッキャッと騒いでいるのは、可愛らしい洋装の五歳と二歳ほどのまだいたいけな男の子。その側《そば》に立って、ハンモックを揺り動かしてやっているのは、二十四、五歳の若い美しいお母さん。銘仙《めいせん》の不断着《ふだんぎ》に無造作なたばね髪、襟足《えりあし》が抜けるように白くて、痩せ型のスラッとした立ち姿は、鏡のような池を前に、黒ずんだ樹立を背景にして、絵のように美しかった。

読者も想像されたように、この若くて美しい母親は有明京子《きょうこ》であった。五年前、有明男爵が大曽根五郎に托した、あの不思議な遺言状の受け取り主であった。ハンモックの上の、年上の子供は、友之助《とものすけ》といって、故有明男爵の忘れ形見《がたみ》、幼い方は竜次《りゅうじ》と云って、京子と大曽根五郎との再婚によって生まれた子供である。

五年前、宮古丸難破、船客全滅の悲報がもたらされて半月ほどのち、孤独と悲歎のどん底に沈んでいた京子の前に、突然大曽根五郎が立ち現われ、遭難の顚末《てんまつ》をまことしやかに報告した。

家扶の久留須左門は本船難破と共に見失い、有明男爵は漂流のボートの中で病死し、そういう際のこととて、遺憾ではあったが、やむを得ず水葬に附した。幸か不幸か、私一人生き残り、鹿児島《かごしま》沿岸の漁船に救われ、やっと今立ち帰ることが出来たというのである。

彼が故男爵の奇妙な遺言状を持ち出して、京子に結婚を迫ったのは、それから又一と月ほど後のことであった。

京子はむろんこの申し出を謝絶した。彼女は大曽根があのような大悪人とは知る由《よし》もなく、かえって亡夫と最も親しかった友達として尊敬もし頼りにも思っていたが、いかに夫の遺言とは云え、早急に再婚などする気にはどうしてもなれなかった。いや、それればかりではない。ほかに結婚を妨げるもっと重大な理由があった。

というのは、京子は亡夫の忘れ形見を宿していたからである。その徴候《ちょうこう》が見えたのは、故男爵が南支旅行に出発のあとで、男爵もそれを知らなかったのだが、相続者が生まれたとなれば、事情はまったく一変して、京子が男爵家の人として再婚するなど、思いも及ばないことであった。

だが、大曽根はなかなか失望しなかった。

「相続者が生まれるのを待って、京子さんが表向きは有明家を離籍すればよいではないか。しかし実際上はなんの変わりもなく、私たち二人で財産を管理し、幼い相続者を後見することが出来るのだ。そうしてこそ故有明友定の遺志に添うわけではないか。有力な親戚もなく、頼りになる召使もなく、ほんとうに一人ぼっちのあなたに、大切な遺児を恙《つつが》なく育て上げる自信があるか。第一あなた自身が、まだ子供同然の若い身空《みそら》ではないか」

これが大曽根の論法であった。それから丸三年のあいだというもの、大曽根の執拗《しつよう》な求婚と、京子の貞節《ていせつ》な躊躇《ちゅうちょ》とが、どちらが勝ちどちらが負けることもなく続いたが、それがか弱い京子にとっての最大限であった。

まだいたいけな愛児友之助の行末《ゆくすえ》を思うにつけ、腹黒い親戚や知人の、財産を目当ての迫害がくり返されるにつけ、そして又、大曽根の辛抱強い親切が身にしみて感謝されるにつけ、京子はいつともなく、亡夫の遺言のままに、大曽根の愛を受ける身となっていた。そして、やがて生まれたのが、当年二歳の大曽根竜次であった。

その当座はあくまで猫をかぶって親切らしく振舞《ふるま》っていた大曽根も、日月がたつにつれて、チラチラとその本性《ほんしょう》を見せ始めた。京子は夫の何気ない会話や仕草の中に、ふと野獣のようなものを感じて、慄然《りつぜん》とすることがしばしばであった。

それよりも、もっと気がかりなのは、幼い竜次の世の常ならぬ狂暴な性質である。歯がはえ始めると母親の乳房を嚙み切って、血を流すことも度々《たびたび》であったし、いろいろな虫を見つけて、その肢《あし》をもぎ胴体をひきちぎるのが何より嬉しいらしく、はらわたの出た虫の死骸を見せびらかしてキャッキャッと喜ぶ様子は、親の目にも恐ろしいほどであった。

この子供は、若《も》しや父の大曽根の血を引いて、こんなに残忍《ざんにん》なのではあるまいか、と考えると、それからそれへ思い当たる節《ふし》もあって、京子はいよいよ身もすくむ思いであった。

「お母ちゃま、いけない。竜ちゃんが、いけないの」

突然友之助の叫び声、同時にけたたましい犬の悲鳴が、物思いにふけっていた京子を飛び上がらせた。

びっくりして、ハンモックを覗くと、先《ま》ず目を射るのはダクダクと流れるまっ赤な血のりであった。

ハンモックの中には、二人の幼児のもてあそびに、産まれて間もない小犬が入れてあったのだが、まだ誕生を過ぎたばかりの竜次が、涎《よだれ》に濡れた唇をへの字にして、手の平に乗るほどのその小犬をつかまえ、可愛らしい指で、小犬の一方の目をえぐって、血だらけになって、キャッキャッと無心に笑っていたのである。

「ああ、むごたらしい。何をなさるの。いけません、いけません」

京子はいきなりその手を引き離して、笑いつづける竜次を抱き上げると、別の手には傷ついた小犬を持って、母屋《おもや》の方へ駈け出して行った。大急ぎで汚れた手を清めなければならないし、小犬にも手当てをしてやらなければならなかったからだ。

重なり合った樹立の向こうから「やよい、やよい」と小間使《こまづかい》を呼ぶ声が聞こえて来る。あとには森閑《しんかん》とした樹蔭《じゅいん》のハンモックに、五歳の友之助がたった一人取り残されていた。

友之助は咄嗟《とっさ》の血まみれ騒ぎに、あっけにとられて、しばらくのあいだじっとしていたが、いつまで待っても母も弟も帰って来ないので、淋しくなって、独りでハンモックを降りようとした。

やっとの思いで、小さい身体を網の外へ乗り出したが、足が地面につかないでモガモガやっているところへ、折よく森の彼方《かなた》から人の足音が聞こえて来た。

「オー、坊や、一人で何をしているんだい」

声をかけながら、近寄って来た人物は、ほかならぬ大曽根五郎であった。

彼は外出していて、道の都合で裏門からはいって来たのだが、通りがかりに樹立越しに友之助のたった一人の姿を見つけたので、ふと妙な考えを起こして、池の側までやって来たのだ。外套《がいとう》はなくて、恰好《かっこう》のよい黒の背広服に縞ズボン、黒のソフトに籐《とう》のステッキという出立《いでた》ちである。

「坊や、ハンモックを降りるのかい。よしよしお父さんが降ろしてあげよう」

彼はそんなことを云いながら、軽々と友之助を抱き上げて、ツカツカと池の水際《みぎわ》へ歩いて行った。

「お父ちゃま、あっち行きまちょう」

子供は何か予感したのか、少しおびえた表情になって、母屋の方向を指さす。大曽根をお父さまと呼ばされているのだけれど、友之助は少しも新しいお父さまに親しまなかった。

「よしよし、あっちへ行きまちょうね」

大曽根は口ではやさしく云いながら、怖い目をして、友之助の可愛らしい後頭部を睨みつけた。

(可哀そうだが、お前も死んだお父さまのところへ行くんだぞ。お前がいては俺の子供が仕合わせになれないんだからね。それに、俺にはお前が、どうも目ざわりで仕方がないんだ)

大曽根は池の岸に立って、いきなり幼い者を目よりも高くさし上げた。

「あっち、いきまちょ。あっち、いきまちょ」

その声が、たちまち物悲しい叫びに変わったかと思うと、小さい友之助の身体は、空中に大きな弧《こ》をえがいて、青ずんだ古池のまん中へ、ドブンと落ちて行った。

大曽根は、池水の掻《か》き乱される様を、薄気味わるい微笑を浮かべながら、じっと見入っていたが、やがて、それも静まると、靴の踵《かかと》で、池の水際の雑草に、さも幼い者が辷《すべ》り込みでもしたような痕《あと》をこしらえておいて、何くわぬ顔をして、悠然と母屋の方へ歩いて行った。

白昼の幽霊

京子が再び古池の側へ帰ってきたのは、それから五分ほど後であった。

見ると、ハンモックが空っぽである、木立の下にも幼い者の影はない。一人でハンモックを降りて母屋の方へ行ったのかしら。京子は又その方へ駈け出して行って、小間使に家《うち》の中を探させた。爺《じい》やや女中が庭じゅうを走りまわった。京子の心臓の動悸《どうき》と共に、邸内が刻一刻ざわめいて来た。

「どうしたんだ」

いつの間にか母屋にはいっていた大曽根五郎が、書斎から姿を現わして、何気なくたずねた。

「あなた、大変なことが……友之助が見えなくなりましたの」

京子はまっ青になって唇を震わせた。

「見えなくなったって、いったい一人でほうっておいたのかい?」

「つい今しがたまで、庭のハンモックで遊ばせていたんですけれど、ちょっとこちらへ来ていますに、見えなくなってしまいましたの。一人で、ハンモックを降りたのですわ。でも、まさか、外へ出て行くはずはありませんのに……」

「ハンモックって、いつものところかい。オイ、あすこには古池があるじゃないか。お前あの池を……」

「まあ……」

京子はこの恐ろしい想像に、思わずフラフラとよろめいたが、物をも云わず庭の池の方へ駈け出して行く。大曽根もさも一大事という顔つきでそのあとを追った。

京子は池のほとりをグルグルと、狂気のように走りまわった。

「トモチャン……トモチャン……」

上《うわ》ずった声が悲しく池の面《も》に消えて行く。

「今さら慌てたって仕方がない。オイ、京子、これはまったくお前の不注意からだぞ。……見ろ、これを見ろ、ここの苔《こけ》がこんなにめくれている。誰かが、辷った跡だ」

大曽根は、さいぜん自分の靴でつけておいた、水際の土の掻き傷を、冷酷に指し示した。

「ああ、どうしましょう。あなた、早く助けてやって下さい。早く、早く……トモチャン、トモチャン、どうしてお前はハンモックを降りたりなんかしたの。そして、こんな、こんな……」

可哀そうな母親は、大悪人とも知らぬ大曽根を、たった一人の頼りにして、その胸に泣きくずれるのであった。

やがて、京子の哀願によって、古池の中の死体捜索が始められた。出入りの屈強《くっきょう》の男たちが呼び集められ、手早く池水の排水が行われた。

グングン減って行く水の底から、黒い泥土が現われ始めた。半身泥まみれの男たちが、手に手に棒切れを持って、池の底を掻き廻して行った。しかし、実に不思議なことには、友之助の死骸らしいものは、どこにも見当たらなかったのである。

京子は今にも倒れそうな身体を、大曽根に支えられながら、水際に立って、喰い入るように、池の底を見つめていた。失神の一歩手前の母親の目が、物狂わしく輝いていた。

しかし、今は物狂わしいのは京子ばかりではなかった。彼女を抱くようにして立っている大曽根の顔も青ざめて、えたいの知れぬ恐怖の表情が浮き上がっていた。

(変だぞ。こんなはずはない。俺は確かにあいつを池のまん中へ投げ込んだ。そして沈んでしまうのを見届けて立ち去ったのだ。普通なれば今頃は、あいつの死骸が水面に浮き上がっていなければならないはずだ。それが、これほど探しても見つからないというのは、おかしいぞ)

おかしいよりも薄気味がわるかった。薄気味がわるいよりも恐ろしかった。さすがの大悪人も、何か人力の及ばない神業《かみわざ》というようなものを感じて、ゾッと身震いしないではいられなかった。

「旦那さま、妙でございますねえ。もうこれ以上探しようがございませんよ。これで見ると、坊ちゃまはここへお落ちなすったんじゃないのですよ」

庭師《にわし》の老人が、泥の中から、けげんらしく大曽根を見上げて叫んだ。

「いや、そんなはずはない。ここへ落ちた跡があるんだ。それに、ほかを探してもどこにもいないんだから、ここにきまっている。もっとよく探して見てくれ」

「ヘエ、ですが、もうこれ以上は探しようもございませんので……」

「なんでもいいから、もう一度やって見たまえ」

「ですが……」

「ですがも、何もない。お前の意見を聞いているんじゃない、わしの云いつけ通りにすればいいんだ」

大曽根の権幕《けんまく》に恐れをなして、庭師が再び無駄な捜索を始めようと、池の底に身をかがめた時であった。大曽根と京子とが立っているうしろの薄暗い木立の中から、突如として、不気味な笑い声が響いて来た。

「フフフフフ、そんなところを、いくら捜したって、無駄なことだぜ」

びっくりして、振り向くと、大樹の幹の蔭から、一人の男が浮き出すように姿を現わした。余り恰好のよくない安物の背広服、濃い毬栗頭《いがぐりあたま》、色が黒くて背の低い武骨《ぶこつ》な四十男が、ニヤニヤと笑っているのだ。

大曽根は何か探しものでもする表情で、その人物の顔を穴のあくほど眺めていたが、その目が見る見る飛び出すのではないかと見開かれ、すでに青ざめていた顔色が、死人のようにすさまじく白けて行った。

「幽霊……幽霊……」

彼は口の中で妙なことを呟きながら、まるでその色の黒い男が白昼の幽霊ででもあるかのように、タジタジとあとじさりをするのであった。

だが、大曽根のこの世のものとも思われぬ恐怖に引きかえて、京子は、その人物の顔を確かめると、突然狂喜の叫び声を立てて、思わずその方へ駈け寄って行った。

「ああ、あなた久留須さんじゃありませんの？　久留須さんだわ！　久留須さんだわ！」

「奥さまお変わりもございませんで。おっしゃる通りわたくしは久留須でございます。九年前に溺死《できし》した久留須でございます」

ああ、幽霊ではなかった。男爵のお供をして旅行中、宮古丸の沈没と運命をともにして、東支那海の藻屑と消えたとばかり信じていた、あの家扶の久留須左門であった。

「奥さまご安心下さいませ。坊ちゃまはかく云う久留須がお救い申しました。今はわたくしの宿にご無事で遊んでいらっしゃいます」

「まあ、ほんとうですの。有難う、有難う。では早く友之助をここへ連れて来て下さいませんか」

「いや、お言葉ですが、男爵家のお跡とりの大切な坊ちゃまを、こんな悪魔の巣へはお連れ申せません。奥さま、坊ちゃまは独りで池へおはまりなすったんじゃございませんよ。人面獣心《じんめんじゅうしん》の極悪人がハンモックから抱き上げて、池のまん中へ投げ込んだのです。わたくしは、それを、ここの木の蔭から、この目で、ちゃんと見て居りました。そして、悪人が立ち去るのを待って、ソッとお救い申したのです。……オイ、オイ、大曽根さん、どこへ行くんだね。逃げるのかね。ハハハハハ、もう、逃がすこっちゃない。

さア、わしはあんたに積《つも》る話があってやって来たのだ。ここでは人に聞かれて悪いだろうから、家《うち》の中へはいって、さし向かいで、ゆっくり話をしようじゃないか。エ、大曽根さん」

さすがの大悪人も、この意外の人物の出現には、狼狽《ろうばい》の極、手も足も出ないように見えた。まさか昼日中《ひるひなか》、駈け出して見たって、逃げおおせるものではない。彼はまっ青な顔で、かわききった唇で、虚勢《きょせい》を張るほかはなかった。

「ハハハハハ、何を云っているんだ。君は気でも違ったんじゃないかね。まあいい、話があるというなら聞こうじゃないか。こちらへ来たまえ」

先に立つ大曽根は、ヨロヨロと運ぶ足ももつれ勝ちであるのに反して、あとにつづく久留須は、背が低くて肩幅が広くて、まるで犯人護送の警官のようにガッシリと落ちついていた。

京子はまだ事情はよく呑み込めぬけれど、友之助が無事とのことに、ホッと胸なでおろして、池の中の男たちには、もう捜索をよして帰るように命じておいて、二人のあとを追って母屋へ急いだ。

毒焔

大曽根は先に立って、建物の一隅にある洋室へはいって行った。そこは予備の応接間で、調度もさほど立派でなく、二つしかない窓に頑丈《がんじょう》な鉄格子《てつごうし》のある、妙に陰気な部屋であった。彼はこの幽霊のような来客には、そんな部屋がかえってふさわしいと考えたのかも知れない。

テーブルをはさんで、大曽根と久留須と京子と、三人三様の異様な表情で席についた。

「奥さま、お驚きなすったでしょう。わたくしは五年前に死んでいるはずでございますからね。いや、それよりも、大曽根さん、君はさぞびっくりしただろうね。まさかこの久留須が、生きて帰って来ようなどとは、夢にも考えなかっただろうね」

久留須は云いながら、大曽根の青ざめた顔をジロリと見て、小気味よさそうに、勝ちほこった微笑を浮かべた。

「大曽根さん、あれからね、わしは気を失って漂っているところを、幸か不幸か、通りかかった一艘の蒸気船に救われたのだよ。幸か不幸かと云うのはね、それが支那人の海賊船だったのさ。奥さま、不思議でもなんでもありません。あの辺には今でもそういう恐ろしい船がウロウロしているのでございますよ。わたくしは、その船に救われて、充分手当てを受けましたが、さて身体が丈夫になりましても、日本へ帰してくれることじゃございません。ちょうど船員が不足していたものですから、船の底の地獄のようなところで、火夫を働かされましてね、港へ着くことがありましても、厳重な監視がついてて、上陸はもちろん、船の上甲板へ上がることさえ許されません。詳しいことはいずれあとからゆるゆるお話しいたしますが、そういうわけで、この五年間というもの、わたくしは海賊の手下も同様の、実に恐ろしい月日を送って来たのでございます」

「まあ……」

と云ったきり、あまりの異様な物語に、京子は慰めの言葉も出なかった。

「海賊船のことをお話しすれば、まるで小説のように恐ろしいことや、気味のわるいことや、今から考えますといろいろ面白いことなどが、山のようにございますが、今はそんなことよりも、さし当たって大切なお話があるのでございます。

「わたくしが、海賊船をやっとのことで、非常な危険をおかして、脱走しましたのが、今から二カ月以前、それからいろいろと苦労を重ね、東京へ帰って、それとなくお邸《やしき》の様子を探って見ますと、実に意外なことばかりでございます。奥様、こんなことを申し上げますのは、ほんとうにおいたわしいのでございますが、あなたさまは、取り返しのつかないことをなさいました。あなたさまは、先《せん》の旦那さまの敵《かたき》とご結婚なすったのでございますよ。ご次男の竜次さまは、敵の子でございますよ」

「ば、ばかな、お前こんなやつのいうことを気にしちゃいけない。久留須、黙らんか。つまらんことを云うと、貴様、承知しないぞ」

大曽根は恐ろしい権幕で呶鳴《どな》りつけたが、そんな虚勢に驚く久留須ではなかった。

「承知しないといって、どうするつもりだね。又ピストルでも打とうというのかね。ワハハハハ、まさかこの町のまん中で、いくら君でも、ピストルは打てまい。

「奥さま、こいつは、わたくしの肩へピストルで穴をあけやがったのでございますよ。いや、それればかりじゃありません。奥さま、びっくりなすってはいけませんよ。こいつはね、大曽根という大悪人は、先の旦那さまを、ボートの中で打ち殺したに違いございません。そして、遺言状を奪って、何くわぬ顔で帰って来て、奥さまをたぶらかしたのでございます」

久留須は大曽根の妨害を物ともせず、云いたいだけのことを云った。東支那海に漂流したボートの中の顛末を、大曽根の二重殺人の大罪を、残るところもなく京子の前に曝露《ばくろ》してしまった。

「ああ、わたくしがもう少し早く海賊船を脱走することが出来ましたら、こんな取り返しのつかぬことにはならなかったのでございます。しかし、今となっては、如何に悪人とは申せ、竜次さまというお方まである大曽根さんを、奥さまのお指図も仰がないでお上へ訴え出るわけにもいきません。そこで、わたくしは、奥さまにはこの際思い切ったご決心を願い、大曽根さんには人として取るべき道を取っていただこうと、実は穏便に事を納めたい考えなのでございます」

「ハハハハ、よくも勝手放題な嘘《うそ》を並べたな。オイ、久留須、それには何か証拠でもあるのかね。いくら貴様がその目で見たと云っても、この大曽根と、海賊の手下を五年も勤めた貴様とでは、世間の信用がまるで違うことを知らんのか。ハハハハハ、海賊の手下の云うことなんか、誰が信ずるものか」

大曽根はいよいよ悪人の正体を現わして、証拠のないのを幸いに、あくまで押し太く、罪状《ざいじょう》を否定しようとするのだ。

「オイ、大曽根さん、君にも似合わない迂闊《うかつ》なことを云うじゃないか。わしはたとい海賊の手下でも、ほかに立派な証人のいることを忘れたのかね」

「ばかな、そんなものがいるものか」

「ああ、可哀そうに、さすがの悪人も、少しうろたえているようだね。君は、その恐ろしい手で池の中へ投げ込んだ友之助坊ちゃまを忘れたのか。いくらお小さくても、自分を殺そうとした男をお見忘れなさるはずはない。正式な証言は出来なくても、奥さまが坊ちゃまのお顔を一《ひ》と目《め》ごらんになれば、わしのいうことがほんとうか嘘か、たちまちわかってしまうことだ。エ、大曽根さん、そうじゃないかね。さア、もう強情を張らないで、今後の処置でも考えたらどうだね」

久留須の言葉はおだやかであったが、その底に厳《げん》として犯すことの出来ないものがあった。

京子はいつの間にかテーブルに顔を伏せて泣いていた。弱い女は、大曽根の罪を責めるよりも、夫の敵の子までなしたわが身の業《ごう》を、呪《のろ》い歎くばかりであった。

俯伏《うつぶ》した京子の肩が、刻一刻強く波打って来るのを見ては、さすが強情我慢の大曽根も、これ以上見えすいた虚勢を張る気にはなれなかった。京子は現在の夫よりも、久留須の言葉を信じていることが、まざまざとわかったからだ。

「で、どうしようというのだね。まさか京子の事実上の夫であり、竜次の父である俺を、警察へつき出すわけにはいくまいね」

やっとわが罪を承認したが、しかし、決して心底から兜《かぶと》を脱いだわけではない。

「奥さま、わたくしの考えでは、ことを荒立てないで、大曽根さんには竜次さんを連れて、即刻ここを立ちのいてもらうのが一ばん穏当かと思いますが、どうでございましょうか」

個人としては肉を啖っても足りない相手ではあったが、家名を重んじ、哀れな京子の心を汲んだ、思いやり深い提案であった。

「ええ」

京子はキッと顔を上げて、雄々しく大曽根の顔を正視しながら、つい先程まで最愛の夫であった人物を睨みつけながら、恨みに燃えて叫んだ。

「たった今、ここを立ち去っていただきとうございます」

「ああ、そうか。それでは退散することにしよう。まあ、二人とも達者で暮らすがいい」

大曽根は案外あきらめよく、そんな捨てぜりふを残して、ドアの方へ歩いて行った。だが、彼は果たして言葉の通り諦めきったのであろうか。あの極悪人にしては、余りにあっけない往生《おうじょう》振《ぶ》りではなかったか。見よ、彼は二人に背中を向けて、ドアのノッブを握りながら、ゾッとするような、いやらしい微笑を浮かべていたではないか。

しかし、京子も久留須もそれとは知らず、大曽根の姿がスゴスゴとドアの外へ消えて行くのを見送って、ともかくもホッと胸なでおろす気持であった。

久留須は、いたわしさに、京子の涙にぬれた顔を正視することが出来なかった。目をそらし、言葉もなく向かい合っていると、京子は又テーブルに俯伏して、堪えがたいように泣き入るのであった。

だが、注意深い久留須は、そんな際にも、ドアの外の異様な物音を聞きのがさなかった。彼は何かあわただしく席を立つと、ドアに駈け寄って、ノッブを廻してみた。

「おや、妙なことをする人だな。大曽根は外から鍵をかけて行ったようでございますよ」

呟きながら、彼は何度もノッブをガチャガチャ云わせて見た。しかし頑丈なドアは、まるで壁のように、ビクとも動かないのである。

久留須は相手の心を計りかねて、小首を傾けながら、ドアの前にたたずんでいたが、すると、また外から妙な音が響いて来る。釘《くぎ》を打つ音だ。しかもドアのすぐ外側へ釘を打ちつける音だ。

「誰です、そこで釘を打っているのは？」

思わず声をかけると、相手は釘打つ手を休めて、クスクス笑い出した。

「フフフフ、俺だよ。大曽根だよ。オイ、忠義者の家扶先生、俺がここで何をしているかわかるかね……板を打ちつけているんだよ。ドアの外へもう一枚厚い板を打ちつけているんだよ」

「卑怯者め、貴様はわしをこの部屋へとじこめておいて、その間に逃げ出そうというのか」

「ウン、まあそうだね。しかし、それだけでもないのだよ。後学のために云って聞かせてやろうか」

ドアの外から、又しても下品な含み笑いが聞こえて来た。そして、大曽根のだみ声がつづくのだ。

「いいか。俺は先《ま》ず君たちをここへ密閉しておいて、それから、邸じゅうの召使たちを、一人一人くくり上げてしまうんだ。そして、身動き出来ないようにして、別の部屋へとじこめるのだ。わかったかね。なんのためにそんな手数をかけるかというとね、先ず第一に、竜次と俺とが安全にここを立ち退くためだ。だが、それだけじゃない。第二にはね、ここの財産をすっかり頂戴《ちょうだい》して行くためだ。俺はこういう時の用意にもと、動産は全部俺の随意《ずいい》に現金に変わるように、ちゃんと手配をしておいたのだよ。わかったかね。それから第三には……いや、いや、これは口で云うことはない。云わなくても、今にハッキリわかるだろうよ、わかり過ぎるほどわかるだろうよ」

そこでプッツリ不気味な言葉を切ると、又一としきり悪魔の含み笑いが聞こえて来たが、今度はもう、こちらが何を云っても返事もしないで、機械のように冷酷に、板を打ちつける金槌《かなづち》の音を聞かせるばかりであった。

やがて、その音もやんで、相手の立ち去る気配を聞くと、久留須は元のテーブルへ帰ったが、二人はただ顔見合わすばかり、何を云っていいのか、何をしていいのか、咄嗟には思案も浮かばぬのである。財産を奪われることは、二人ともさして気にとめなかった。京子は金銭にかけてはまったく子供も同然で、ほとんど執着を持たなかったし、久留須は久留須で、そんなことをして見たところで、あいつがいつまで隠れおおせるものかと、警察の力を信じていた。

京子にしては、そんな財産のことよりは、わが子の上が案じられた。

「友之助は大丈夫でしょうか。病気ではないのですか。お医者さまに見せて下さいましたか」

「奥さま、ご安心なさいませ。坊ちゃまは手早くお手当てをしましたので、もうすっかりお元気でございます。近くの旅館で、女中を相手に遊んでいらっしゃいます。今にここへお連れ申しますよ」

久留須はなおも友之助救助の顚末を詳しく物語って、京子を慰めたが、しかし、友之助を連れて来るにしても、彼はこの厳重に密閉された部屋をどうして出るつもりなのであろう。ドアはもちろん、たった二つの窓にも鉄格子がはまっていて、いくら腕力があるといっても、久留須一人の力では到底破ることは出来ないのだ。彼は、そのうちには誰かが救い出しに来てくれるものと、たかをくくっているのであろうか。

だが、悪魔の知恵には、奥底がない。大曽根が「第三には」と不気味にほのめかしたのは、いったいなんであったか。若《も》しかすると、救いの手よりも一と足先に、地獄の使《つかい》がやって来るのではあるまいか。

いや、そういう間にも、その地獄の使は、早くも扉の外へ忍び寄っているのだ。

「あら、どうしたんでしょう。むせっぽいじゃありませんの」

煙草も吸わない部屋の中に、モヤモヤと薄い煙が感じられた。物の燃える匂いが漂って来た。そして、パチパチと何かのはぜる音。

「変ですね……おお、ドアの隙間《すきま》からです。あんなに煙がはいって来るのです。ああ、若しやあいつが……」

久留須はギョッとして言葉を切ると、不安らしく立ち上がった。京子も立ち上がった。

見る見る、煙は濃くなって行った。白いのがたちまち茶色になり、刻一刻と黒煙に変じて、猛烈な勢いで部屋の中へ吹き込んで来る。

「久留須さん、あれ、あれ、火が……」

如何にも黒煙の中に、蛇の舌のように赤いものが、チロチロとまじり始めた。そして、パチパチと続けさまに小銃でも打つようなすさまじい物音。

ドアの下端が黒く燃え始めた。やがて、その燃え破れた隙間から、ドッと勢いを増した黒煙と焔《ほのお》が、恐ろしい渦巻をなして吹きつける。

「どうしましょう。久留須さん、どうしましょう」

京子は気もそぞろに、頑丈な家扶の腕にしがみつかないではいられなかった。

「畜生め、畜生め。ああ、わたくしの失策でした。まさかあいつが、こんな無謀《むぼう》なことをしようとは、思いも寄らなかったのです。油断でした。油断でした。しかし、なあにこれしきのこと……」

歯を喰いしばって呻《うめ》いたが、如何な久留須とて、この密室を逃れ出る自信はない。無駄とは知りながら、京子を抱いて、火焔から遠い窓へと走るほかはなかった。

だが、その窓には通せんぼうの黒い鉄格子だ。久留須は鉄格子に両手をかけて、死にもの狂いにゆすぶった。動物園の獣物《けだもの》のように、太い鉄棒ととっ組み合った。しかし、コンクリートの壁にはめ込みになった鉄棒はビクともすることではない。

「おお、可哀そうに、忠義者の腕にも、その鉄棒は自由にならないと見えるね」

窓の外に悪魔の顔が現われて、憎々《にくにく》しく嘲笑《ちょうしょう》した。飽くことを知らぬ極悪非道の大曽根は、まだ庭内を立ち去らず、檻《おり》の中の犠牲者《ぎせいしゃ》を眺めるために、庭から廻って来たのである。

「うぬ……」

久留須は、黒い顔を火のようにして、地だんだを踏んだ。さしもの鉄棒が、激怒の力にゆすぶられて、ギシギシと悲鳴を上げた。

「口惜《くや》しいか。だが、これは貴様の自業自得《じごうじとく》だぞ。貴様さえ余計なところへ帰って来なければ、こんなことは起こらなかったのだ。俺としては、わが身を助けるためには、こうするほかに手段はなかろうじゃないか。可哀そうだが、皆殺しだ。皆殺しだ。エッヘッヘッヘッヘ」

ああ、悪魔は腹をかかえて、気違いのように笑い出したのだ。やがて、彼は笑いつづけながら、鬼の冷酷さで、あとをも見ずにその場を立ち去って行った。

「エヘッヘッヘッヘ」

窓から姿は見えなくなっても、地獄の底からの哄笑《こうしょう》は、長い余韻《よいん》を引いて、庭の木立の中にいつまでもいつまでも響いていた。

かくして、有明男爵の邸宅は全焼し、可哀そうな京子夫人をはじめ多くの召使が生命《いのち》を失ったが、ただ久留須左門だけが、火焔の海を潜《くぐ》って、身をもって逃れることが出来た。

×　　×　　×

後日彼の宿の主人の口からわかったのだが、火事の騒ぎの最中《さいちゅう》に、化物のような一人の男が、宿の玄関へ駈け込んで来て、水を水をと呶鳴りつづけた。服は焼け焦げて、まだ全身から煙が立ち昇っていた。顔は恐ろしく焼けただれ、どこに目や口があるのかさえも見分けられぬほどの、無残な有様、女中たちは余りの恐ろしさに介抱《かいほう》をする勇気もなく、皆奥へ逃げ込んでしまったという。それが久留須左門であったのだ。

気丈な久留須は、水を貰《もら》って一《ひ》と息《いき》つくと、そのまま自分の部屋へ駈け上がり、脅《おび》えて泣き叫ぶ有明友之助を抱きしめて、長いあいだ、声を出して男泣きに泣きつづけたということである。

「坊ちゃま、お可哀そうに、あなたは今日からみなし児におなりなすったのですよ。お父さまお母さまの敵《かたき》はあの大曾根五郎のやつです。坊ちゃま、どうかこのことを一生お忘れなさらないで下さいまし。及ばずながら、わたくしがあなたさまをお育て申します。賢《かしこ》くなって下さい。強くなって下さい。そして、昔の武士《さむらい》のように、大曽根のやつを八つ裂きにして、この恨みをはらして下さい」

昔 気質《むかしかたぎ》の忠義者は、傷の痛さも忘れて、血を吐くように叫びつづけたということである。

第一　陥穽《かんせい》と振子《ふりこ》の巻

二青年

それから約二十年の歳月が流れた。

大悪人大曽根五郎が捕えられたという噂《うわさ》も聞かぬ。久留須左門と有明友之助とが仇《あだ》を報じたという話もない。悪魔は悪魔の隠れ家に、正義の騎士は正義の騎士の隠れ家に、それぞれ身をひそめて、恐らくは互いに地獄の道と天使の道とを練りきたえて月日を重ねたことであろう。そして、悪魔の子大曽根竜次は、あの小犬の眼をえぐった残虐《ざんぎゃく》の気性をそのままに、どれほどの大悪人と生《お》い立ったことであろう。報復の騎士有明友之助は、忠義もの久留須の薫陶《くんとう》によって、どのような快男児と育て上げられたことであろう。両人とも今は二十歳《はたち》を幾つか越した、血気ざかりの年頃なのだが。

昭和×年三月下旬のある日、東京港のH飛行場に、かつてない大がかりの民間飛行競技大会が催された。

主催者は帝都飛行協会、陸海軍と逓信省《ていしんしょう》(注3)の後援、帝都の附近にある各飛行学校、各大学の航空部などが、それぞれ選《よ》りすぐった選手を送って、東京湾上に技を競う華々《はなばな》しい催しである。

当日は空《そら》(注4)の宮様《みやさま》の台臨《たいりん》を仰ぎ、航空関係の諸名士、陸海軍の飛行将校など、はれがましい参観者もおびただしく、一般観覧者の人山《ひとやま》は、さしもに広い飛行場の半ばを埋めつくす賑いであった。

午前十時から、数発の花火を合図に競技が始められ、さまざまの型式の十数台の小型飛行機が、入れかわり立ちかわり、春の青空を背景に、燕《つばめ》とまがう妙技を競った。花火は鳴り、楽隊は歌い、群集の拍手と喚声《かんせい》は、陽炎《かげろう》のように飛行場の上空へと立ち昇った。

午後三時、プログラムの最終競技として、K飛行研究所の代表選手、一等飛行士有《あり》村清《むらきよし》と、G飛行学校代表選手、一等飛行士大野木隆一《おおのぎりゅういち》との同時飛行が行われた。

有村も大野木もまだ二十歳を少し越したばかりの青年飛行士、民間では一、二を争う高等飛行の名手として、誰知らぬものもない空の勇者であった。

有村清は東京大学史学科出身の秀才、柔道二段、剣道初段、射撃協会の会員、その上ヨット操縦の名手としても聞こえた青年スポーツマンであった。

大野木隆一は、赤岩曲馬団《あかいわきょくばだん》の出身、空中曲技の名手、奇術師としても一人前であったし、また自動車競走の記録保持者、その上に射撃の名人という変わり種であった。そういう境遇にもかかわらず、大野木青年には、隠れた有力なパトロンがあって、日常生活はまるで貴族の若様のようだという、不思議な噂が拡がっていた。

この両人の競技が、当日第一の呼びものであったことは云うまでもない。いよいよ最後の競技を知らせる信号が上がると、場内は俄《にわ》かにざわめき始めた。それぞれの応援団が、一斉に手旗を振って、有村、大野木の名を絶叫した。花火が鳴り、楽隊が歌い、大群集の歓呼の声が、大空に舞い上がった。

有村機と大野木機とはプロペラの音も勇ましく、ほとんど同時に地上を離れ、グングン高度を高めて、品川湾《しながわわん》の空へと飛翔《ひしょう》した。

たちまち太陽を反射してキラリキラリと翻《ひるが》える機翼、大野木機が先《ま》ず横転すれば、有村機は斜宙返り、大野木機後れじと宙返りに転ずれば、有村機は逆宙返り、一機木《こ》の葉落《はおと》しの妙技を示せば、一機は垂直降下の絶技をもって迎え、一機垂直上昇すれば、一機垂直八字《はちのじ》飛行の変化を見せ、一機錐揉《きりも》みの放れ業《わざ》を演ずれば、一機は背面錐揉みに観衆の心胆を寒からしめ、両々相譲らず、品川湾上空を狭しとばかり、縦横無尽の飛行ぶりは、場内に居並ぶ、冒険飛行の本家、陸海軍の飛行将校たちさえも、舌を巻くばかりであった。

しかし、両機の技術の優劣は、衆目の見るところ、今や明白であった。有村機の一糸乱れぬ飛行ぶりに比べて、大野木機はともすれば進路が乱れ、転換が円滑を欠き、後れじと、あせればあせるほど、操縦の不安が目立って来た。

「ああ、もういい、もう止《よ》してくれ」

気の弱い見物たちは、手に汗を握り、胸をドキドキさせて、この放れ業が、一刻も早く終わることを念じないではいられなかった。

両機は今や最高度の上空に翼を並べていた。これを最後の妙技を競おうとするのである。

先ず有村機が先頭を切って、水平錐揉みの姿に転じ、第一旋回を終わったとき、突如として大野木機が急降下を始めた。これは普通錐揉みである。

場内に期せずしてアッという叫び声が起こった。

垂直に下降する大野木機は、当然、旋回している有村機を追い抜かなければならぬ。

それにしては、両機の出発点が余りに接近しすぎていた。

一刹那《いっせつな》、場内が、シーンと、静まり返った。余りのことに、人々は茫然《ぼうぜん》として、あらゆる感情を忘れ果てたかのようであった。恐ろしい夢か、映画幕上の出来事としか感じられなかった。

あなやと思う間に垂直錐揉みの大野木機が、ちょうどその錐揉みの言葉通り、旋回中の有村機の機翼へ、まともに突き刺さったのである。

平衡《へいこう》を失った二機は、たちまち恐ろしい勢いで墜落し始めた。群衆は思わず目を蔽《おお》った。そのむごたらしさを見るに忍びなかったのである。

だが両飛行士は、人々が心配するほど未熟ではなかった。危険と見るや、両人とも、ほとんど同時に、機体を見捨てて、空中に跳《は》ね出していた。

パラシュートが開くまでのスリル。横ざまに投げつけられた二つの黒影。尾のように空中を切る未開の落下傘。

ああ、いけない。パラシュートの紐《ひも》とパラシュートの紐とが、空中に切り結んだ。紐がもつれて、二つの黒影がぶつかり合った。

墜落惨死か！　いや、傘が開いた。二つとも傘が開いた。パラシュートはもつれ合って、一つになったまま、夫婦水母《めおとくらげ》の恰好で、悠然と青空をただよい始めた。

救われた！　救われた！　場内に割れるような拍手がとどろき渡った。空中の水母の下には、有村清と大野木隆一が手を握り合ってぶら下がっていた。

「僕が悪かった。勘弁してくれたまえ」

大野木青年が率直に詫言《わびごと》を叫んだ。

「いや、お互いに夢中だったからね。仕方がないよ。機体は勿体《もったい》ないことをしたね。だが命を捨てなくてよかった」

有村青年も快活に答えた。

夫婦水母は仲のよい二人をぶら下げて、風のまにまに、沖へ沖へと流れて行く。

「いけない。この調子じゃ海のまん中だぜ」

「仕方がないさ、そんなに寒い気候でもない。泳ぐんだね。泳いでれば、ボートを出してくれるだろう」

三百メートル、二百メートル、百メートル、落下傘はいつしか水面間近く下降していた。

「オイ、君、寒い思いをしなくてもすみそうだぜ。見たまえ、この角度で進んで行けば、あのお台場《だいば》の草の中へ落ちそうじゃないか」

「ウン、風がもうちっと吹いてくれるといいんだがな。少し危ないぜ」

「なあに、着陸しそうになったら、身体で震動をつければいい、大丈夫海へ落ちないで済むよ」

二人は申し合わせて、地上五十メートルのあたりから、しきりと手足を動かし、空気を掻くようにして、一間《けん》でも二間でもお台場へ近づくことを力《つと》めたが、その甲斐《かい》があって、やがて、彼らは危うくお台場の石垣に着陸することが出来た。

横なぐりになびいているパラシュートを、やっとのことで取りはずすと、二青年はホッとして、そこの草叢《くさむら》に腰をおろし、窮屈な飛行帽をぬいで、若々しい顔を見合わせた。

二人とも珍しくととのった容貌の持ち主であった。しかし、同じ美貌といううちにも、有村にはどことなく冒しがたい気品がただよい、大野木には何かしら冷やかな嘲《ちょう》笑《しょうてき》的なものが感じられた。

若《も》し二十五年以前に東支那海の藻屑と消えた有明友定男爵の知人が、この場に居合わせたならば、有村清の容貌が、どことなく故男爵に似通っているのを、いぶかしく思ったかも知れない。そしてまた、若し二十年以前、実社会から姿を消した大曽根五郎の知人が、この場に居合わせたならば、大野木隆一の容貌が、なんとやらその大曽根を思い出させるのを、不審に思ったかも知れない。

二青年がお台場に着陸したことがわかると、遙かの岸辺から、水上署の汽艇がこちらに向かって出発するのが眺められた。だが、汽艇がここへ着くのには十分ほどもかかるであろう。有村と大野木とは、それを待つ間の時間つぶしに、青草の上に肩を並べ、東京の空を眺めながら、何事かしきりと語り合っていた。

「君は恐ろしい人だ。ほんとうにそんなことを考えているのですか」

有村青年が不快らしく美しい顔をしかめて訊《き》き返した。

「ほんとうだとも、僕はそのために生まれ、そのために今日までの鍛錬を積んで来たのですよ。見たまえ、あの東京の波のような甍《いらか》を。凡人どもの大都会、なんて退屈な景色だろう。平凡そのもののような青空、あの青空にドス黒い火焔が燃えて、六百万の凡人どもがうろたえ騒ぐ景色が想像出来ますか。暴帝《ぼうてい》ネロの夢、それがとりもなおさず僕の夢ですよ」

大野木青年は、両眼に毒々しい光をたたえて、恐ろしい幻を追いながら、憑《つ》かれたように喋《しゃべ》りつづけた。

「僕のこの知恵と、この腕と、この勇気。世の中に不可能なんてありゃしないんだ。僕はネロのように栄華《えいが》を極めたい。この世の財宝という財宝を、この世の美女という美女を我がものにしたい。法律を相手の知恵比べだ。警察を向こうに廻しての戦いだ。

君、この僕の気持がわかりますか。

「僕は地獄の底から生まれて来たのです。悪こそ僕の使命なんだ。そのために僕はあらゆる知識と武術とを学んだ。命を的の放れ業を練習した。飛行術だってほかに目的があるわけじゃない。悪魔の国のナポレオンになりたいためばかりだった。

「アルセーヌ・ルパン！　なんて可愛らしい泥棒だろう。あいつは女みたいに血を見ることを怖がったのですよ。

「ああ、僕は血が湧き立つようだ。あの広い大東京の空に、僕の影法師が、巨大な蝙蝠《こうもり》のようにおおいかぶさる時を考えて見たまえ」

「よしたまえ、もう聞きたくない。君は気でも違ったのか。飛行機の衝突ぐらいで気が違うなんて、君も気の小さい男じゃないか」

有村青年の美しい頬《ほお》が、憤《いきどお》りのために紅潮した。

「僕は学問をした。武術も学んだ。ヨットや飛行機を操縦した。知恵も力も、君に劣るとは思わない。しかし僕の使命は君とはまったく逆なのだ。この世から罪と汚れを除けと教え込まれた。悪を亡ぼす勇敢な闘士になれよと育てられた。僕はそのために生まれて来た。そのために教育された。

「僕は或る人から、この世の悪魔の話を聞かされている。そいつは君と同じに地獄から這い出して来た男だ。僕も生涯にたった一度だけ、恐ろしい罪を犯さなければならないかも知れぬ。それはその悪魔を八つ裂きにする時だ」

彼は悲憤に堪《た》えぬものの如く、東京の空を睨《にら》みつけて、ほとんど絶叫せんばかりであった。

「ああ、有村君、君もまた凡人でなかったのだね。この島の上に、二つの極端が肩を並べているんだ。なんてすばらしいことだろう。エ、有村君、君はそうは思わないかね。地獄の悪魔と地上の天使、オイ、君と僕とは生まれついての敵同士なんだぜ。どちらが最後の凱歌《がいか》を上げる。君か、僕か。さア、有村君、握手をしよう」

「ウン、僕も悪魔の手の平がどんな肌ざわりか、一度は経験しておきたいね。さア……」

そして、この二人の美しい青年は、品川沖の波の中、晴れ渡った春の青空の下で、互いの目と目に名状しがたい感情の火花を散らしながら、不思議な運命の握手をかわしたのであった。

殺人事務所

品川湾に民間飛行大会が催されてから半月ほど後の、生暖かい四月のある夜、浅草《あさくさ》公園観音堂裏の暗闇を、一人の薄汚ない白髪白髯《はくはつはくぜん》の老人が、微醺《びくん》を帯びてフラフラと歩いていた。

折目もつかぬ古風な背広服、黄色くなったセルロイドのカラー、よれよれのネクタイ、小脇には集金人のような折鞄《おりかばん》を抱えている。

まだ宵《よい》のうちなので、お堂裏の広っぱの闇の中には、ここで一夜を明かすつもりのルンペンたちばかりでなく、公園裏から近道をしてお堂へ参詣する人、ただなんとなく闇の中をぶらついている紳士や学生、それから例の胡散《うさん》くさいポンビキの婆さんなどが、深海の魚のように右往左往《うおうさおう》していた。

「モシ、旦那、モシ、旦那」

白髪の老人のうしろの闇の中から、ルンペン体《てい》の一人の男がヒョロヒョロと現われて、何か内証話でもしかけるように、声をかけた。

「エ、わしかい。わしに何かご用かね」

集金人みたいなみすぼらしい老人は、存外《ぞんがい》立派な声をしていた。態度もなかなか横《おう》柄《へい》である。

「旦那、静かにしておくんなさい。実は耳よりな話があるんですよ」

男はだんだん老人のそばへすり寄って来る。

「どうも慣れ慣れしい人だね。いったいお前は誰だい。いっこう見かけない顔だが……」

老人は少し酔っていたけれど、フラつく足をふみしめて、油断なく身構えた。

「ハハハハハ、旦那の方じゃご存知ないだろうが、あっしゃ旦那をよく知っていますよ。辻堂《つじどう》さんの旦那でしょう。百万長者の……」

それを聞くと、老人は図星を指されたようにギョッと立ち止まった。

「ウン、如何にもわしは辻堂というものだが、お前は？」

「なあに、名もねえ野郎でさア。ただね、旦那のお耳に入れたい耳よりな話があるもんですからね。あっしも実を云やア、慾得《よくとく》ずくでさア。旦那の方で若《も》し本気になって下さりア、あっしア、コンミッションにありつくのでね」

「フフフフフ。妙な男だね君は。いったい何をわしの耳に入れようっていうんだね」

博打《ばくち》か女か、どうせその辺の見当だろうと、老人は面白半分聞いて見る気になった。

すると、男はまるで蝙蝠のように、老人にピッタリと寄り添って、耳に口を当てて、と、ただ一《ひ》と言《こと》、相手を震い上がらせるような言葉をささやいたのである。

「殺人事務所のことでさア」

殺人事務所、辻堂老人はその恐ろしい風説《ふうせつ》を耳にしないわけではなかった。

東京のどこかしらに、非常に秘密な人殺し請負《うけおい》の事務所が開かれているという噂は、誰いうとなく、悪事に関心を持つ人々の社会に伝わっていた。その風変りな事務所の所長というのは、地獄から這い出して来た悪魔のように恐ろしい男で、魔界の神《じん》通力《つうりき》を心得ていて、まるで不可能な事柄が、彼には易々《やすやす》となしとげられるのだと云われていた。

辻堂老人は金銭のためにはどんな非道をはたらくことも辞せない守銭奴《しゅせんど》であった。百万長者とも云われる身が、まるで集金人のような風采《ふうさい》をして、車にも乗らず歩いている様子でも、それはわかるのだが、刑法に触れることは注意深く避けていたけれど、僅かな貸金のかたに、病人の蒲団《ふとん》をはいで持ち帰るような非道は、数限りもなくはたらいて、今日の財を積んだ男であった。

そういう人物のことだから、定めし敵も多いであろうし、敵でなくても、なんの危険もなく人間の息の根を自由自在にとめることが出来たら、金儲けのためにも、こんな便利なことはないに違いない。

「ウン、殺人事務所とやらの噂は、わしも聞いているがね。そんなものは、おおかたどこかのいたずら者がでっち上げたお伽噺じゃろうて」

老人は相手の気を引いて見るように、わざとすげなく云い放った。

「いや、旦那がそうお思いなさるのも無理はござんせん。だが、あの噂は出鱈目《でたらめ》じゃねえんですよ。なんなら証拠をお目にかけてもいい。まあ、早い話が、今朝の新聞の三面記事でさア。旦那もご覧なすったでしょう、ほら、Sビルディングの七階から飛び降りて自殺した若い事務員、世間じゃあれをほんとうの厭世《えんせい》自殺だなんて思っているが、実はそうじゃねえ、ある金持の若旦那が、殺人事務所へ申し込んで、恋敵《こいがたき》の若者を、首尾よくこの世から追っぱらったってわけですよ。どうです。なんとすばらしいやり口じゃありませんか。若者の筆蹟《て》でちゃんと遺言状までこしらえてあったんですからね」

暗闇の中を、人なき方へ人なき方へと歩きながら、ルンペン風の男は、悪夢のような物語をささやきつづけた。

「じゃ、その事務所の所長とやらが、あの男をSビルディングの七階へ連れて行って、つき落としたとでもいうのかね」

老人もいつしか引き入れられて、まるで悪事の相談でもするようなささやき声になっていた。

「しかも昼間ですぜ。七階にはいろんな事務所があって、多勢の人がいたんですぜ。その中で誰にも気づかれないように、あの放れ業をやってのけたんです。もっとも所長さんはその時、七階のある事務所の書記に化けていたって云いますがね。変装の名人ですよ。だが、いくら変装がうまくったって、あの魔法使いみたいな所長さんでなけゃ、こんな芸当は出来っこありませんや」

「フーン、それがほんとうとすりゃ、恐ろしい男だ。だがいったいお前さんは、その殺人事務所の所長さんとやらを知っているのかね」

「どういたしまして、若し知っていようものなら、今頃こうして旦那とお喋りなんかしていられませんよ。隅田川の底の泥ん中にでも寝ていたこってしょう。あの大将に限って、用捨《ようしゃ》はござんせんからね。所長さんの顔を一と目でも見た者は、一時間とたたないうちに、この世から消えてなくなっちゃうんです。むろんバラされるんでさア。だから、広い世間に、所長さんの正体を知っているやつは、一人半かけだっていねえってわけでさア」

「フーン、なかなか用心深いんだね。もっともそれくらいにしなくっちゃ、秘密は保たれんからね」

　老人は感に堪えてうめいた。

　二人はいつしか、闇の中にも一ときわ暗い木立の下蔭《したかげ》にはいり込んでいた。なんとなく不気味な場所なので、そんなところへ足を向ける者もなく、あたりには人の気配もなかった。地の底へでももぐり込んだような暗さ静けさであった。

「それで、その殺人事務所というのは、いったいなんの目的でやっているんだね。金儲けかね」

　老人が虫のような声で、さりげなく訊《たず》ねた。

「もちろんでさア。金でも儲からなけりゃ、そんな危《やば》い商売を始めるやつはありゃしませんや。事務所じゃね、まるで弁護士かなんぞみたいに、事件のむずかしいか易しいかによって、謝礼をきめるんだそうですがね。少なくても三千円(今の百万円)を切ることアありませんよ。場合によっちゃその二倍、三倍の事件もあるって云います。あっしたちア、その謝礼金の五分を貰うんですよ」

　えたいの知れぬ男の話は、いよいよ現実性を帯びて来た。

「なんだって？　分け前を貰う？　お前さんがかい？　すると、お前さんは、つまりその人殺し会社のポンビキってわけだね」

　老人はびっくりしたように、思わずささやき声に力を入れた。

「まあ、早く云やあね」

男はすまして、木の下闇をグングン歩いて行く。

「だが、お前さんは、今、その所長さんを知らないって云ったじゃないか。知らないものが、どうしてそんな手引が出来るんだね」

老人は男を追っかけるようにして、熱心に訊ねた。

「ウフフフフ、だいぶ熱心ですね。なあに、それにゃまたいろいろ道がありましてね。あっしア事務所がどこにあるか、所長さんがどんな人だか、まるで知らないけれど、或《あ》る場所へ行って、或る合図をするてえと、ちゃんと事務所からお迎えの車が来て、事件依頼人を連れてってくれるんでさア。その車にゃ、あっしたちの兄分にあたる、まあ大将の片腕みたいな人が乗っかっていてね、秘密の事務所の入口まで連れてってくれるんです。だが、その兄いでさえ入口からは一歩も中へはいったことはねえ。所長さんの顔なんか少しも知りやしねえんです。なんと用心深いやり方じゃござんせんか。なんでも、噂に聞けば、所長さんて人は、いつも何か途方もない変装をして人に会うってこってす。一度だって素顔を見せたためしがねえってこってす」

「ウーム、なるほど、よく考えたもんだ。だが、そんなけんのんな事務所へ、依頼人が、よく連れられて行くもんだね。人殺しをなんとも思わない相手だから、依頼人を殺した方が金になる時には、遠慮会釈なく殺してしまうだろう」

「ところが、そうじゃえねんで。そりゃやろうと思えば、あの大将のこったから、どんな真似でも出来ますがね。それをしねえところに値打ちがある。無闇《むやみ》に慾ばらねえところに値打ちがあるんでさア。そんなことをすれば、悪評がひろがって、依頼人が、来なくなってしまう。一時に慾張るよりは、いつまでも営業を続けよう。規定の謝礼金のほかは、一文だって余計に請求しないっていうのが、事務所の建て前でさア」

「フーム、ますます感心だ。定めし利用者も多いことだろうね」

老人は舌なめずりをして訊ねる。どうやら息遣いも早くなっている様子だ。

「ところが、肝《きも》っ玉《たま》のある依頼人というやつは、少ないものでしてね。事務所を開いてからもう一年ほどになるんだが、初めのうちはまるでお客がなかったって云いますぜ。しかし、やっとこの頃になって、事務所のやり口がわかったと見えて、ボツボツ依頼者がやって来るようになった。ここんところ十日ばかりは、新聞の自殺記事の半分は、事務所の方で手がけた事件だって云います。一昨日《おととい》の蒲田《かまた》駅の飛び込み自殺もそうだし、五日ばかり前の箱根《はこね》の自動車墜落事件もそうだし……」

「オイオイ、お前さんはお喋りだなあ。若しもわしが、お前さんを交番へ引きずって行って、これこれしかじかだと訴えたらどうするつもりだい」

「アハハハハハ、その時や、旦那が退屈そうな顔をしていたから、面白いお話を聞かせてあげたんだと云いますさア。それでおしまいですよ。証拠というものがないんですからね。第一、お巡《まわ》りさんだって、こんな突飛《とっぴ》な話を真《ま》に受けるもんですかい。ハハハハハ、それに、あっしたちア、無駄なお喋りはしませんよ。この人ならと、ちゃんと目《め》星《ぼし》をつけなきア、こんなこと無闇に云いふらすもんですか。旦那を見込んでお話ししたんですぜ」

「わしを見込んで？」

「そうですよ。旦那ならきっと、息の根を止めてしまいたい人が、一人や半かけはあるだろうと思いましてね。ウフフフフフ、図星でしょう」

「コレ、気味のわるいことを云いなさんな。わしは、そんな大それたことは考えませんよ。しかし、面白い思いつきだね。第一、その所長さんとやらいう男が、どんなやつだか。一度会って見たいようだよ」

「ほーらね、だから云わないこっちゃない。どうですい。善は急げだ。いっそ、今夜これからその殺人事務所へお出でなすって見ちゃ……」

「オイオイ、それじゃ今の話はまったく出鱈目じゃないっていうのかい」

「照れ隠しはお止しなさい。さア、ご案内しましょう。あっしもコンミッションを当てにしているんですからね」

そこで、辻堂老人は、誘われるままに、さも冷淡なふうをよそおいながら、男のあとについて、公園の外へ歩きだした。その実、彼はワナワナと身内が震えるほど興奮しているのだ。若しこれがほんとうなら、若しこれがほんとうなら、そう考えると、彼は思わず悪魔のニタニタ笑いが、喉のところへこみ上げて来るのを、どうすることも出来ないのである。

魔の騎士

浅草公園の裏門を出ると、どこをどう歩いたのか、老人はほとんど無我夢中であったが、ゴミゴミしたまるで見覚えもない町を、グルグルと引き廻されたのちに、一方は小学校のコンクリート塀《へい》、一方は小公園の生垣にはさまれた、一丁ほどのあいだまったく人家のない淋しい場所へ通りかかった。

「さア、ここですよ。今合図をしますからね。しかし、旦那、この町を見覚えておいて、あとで警察へ密告して、待ち伏せしようたって、そうはいきませんぜ。あっしたちの落ち合う場所は毎日変わるんですからね。念のためにこれだけ云っときますぜ」

男はそういっておいて、ポケットから煙草《たばこ》とマッチを取り出し、火をつけた煙草を右手に持って、暗闇の空中に何か横文字でも描くような真似をした。

それが合図と見えて、たちまち小公園の中から黒い人の姿が現われ、ツカツカと二人のそばへ近づいて来た。

「よし、引き受けた。お前は帰っていいよ」

その男が兄分らしい口調でいうと、ポンビキ男は、老人にちょっと挨拶《あいさつ》して、どこかへ立ち去ってしまった。

「なんにも口をおききなさるには及びません。さア、この目隠しをつけるんです」

男はそう云いながら、厚ぼったい黒布を取り出して、いきなり老人のうしろに廻ると、老眼鏡の上から、スッポリと目隠しをしてしまった。

男の風体《ふうてい》は前のポンビキ男同様、まるで西洋乞食みたいにみすぼらしいが、口のきき方はなかなか知識的であった。所長さんの信任を受けているというのだから、悪事にかけては相当の人物に違いない。

老人はパッタリ目が見えなくなってしまって、この先どんなことになるやら、ひどく心細くなって来たが、人殺しの会社へ乗り込もうというのであって見れば、このくらいの冒険は仕方がないと、観念の目を閉じていた。

しばらく佇《たたず》んでいると、向こうから自動車の響きが聞こえ、それがだんだん近づいて来て、キーッと二人のそばに停車した。

「さア、お乗り下さい。会社へご案内します」

男におし上げられるようにして、自動車のクッションにおさまると、直ちに車は走り出した。

男は老人を抱くようにして、同じ客席に腰かけていたが、目的の場所へ着くまで、啞のように一《ひ》と言《こと》も口をきかなかった。

自動車は、どこをどう走るのか、非常に頻繁に右に左に町角を曲がった。「ハテナ、同じ所をグルグル廻っているんじゃないかしら」と思うほど、無鉄砲《むてっぽう》な曲がり方をした。

そして、やや三十分ほども走りつづけた頃、どことも知れぬ建物の前に、ピッタリと横づけになった。

「さア、ここが事務所です。お降り下さい」

男が機械的に云って、老人の手をとった。

手を引かれるままに、車を降り、二、三段の石段のようなものを上がって建物の中にはいると、しばらく廊下を歩き、長い階段を上り、それからまた廊下、階段、廊下、階段と、或いは上り、或いは下り、七、八度も階段を上下して、現在いるところが二階なのか三階なのか、それとも一階なのか地下室なのか、まるで見当がつかなくなってしまった頃、やっと目的の部屋に着いた。

「ここから中へは私たちはいることが出来ないのです。このドアの中を、まっすぐにいらっしゃると、自然と事務所の応接間へ出ますから、これから先は一人でお出《い》で下さい」

男はやっぱり機械的な調子で説明すると、老人の目隠しを取り、いきなりドアの中へ押しこむようにして、あとをピッシャリと閉め、外からカチカチと鍵をかけてしまった。逃げ出そうにも、もう逃げ出す道もふさがれてしまったのだ。

そこは細長い廊下のようなところであったが、燈火というものがないので、まるで地の底の坑道《こうどう》のような暗さであった。折角目隠しを取ってくれても、この暗さではなんにもならない。

心細さはますます加わるばかりであったが、逃げ出す道もふさがれたので、ただ前に進むほかはなかった。

そんな際ではあったが、老人はふと善光寺《ぜんこうじ》の地下室の戒壇巡《かいだんめぐ》りを思い出した。あすこでは、右手で壁にさわって、どこまでも歩いて行けば、自然と明るい出口に達するのだが、この暗闇の廊下も、同じように壁にでもさわって歩くほかに方法はなかった。右手でコンクリートらしい壁面を伝いながら、ソロソロと歩いて行くと、十歩ほどでパッタリ行き止まりになってしまった。ハテナこれは袋廊下なのかしらと、いよいよ薄気味わるく思いながら、正面の壁を探って見ると、ヒョイとドアの把手らしいものが指にさわった。

「ああ、やっぱりこの向こうに部屋があるんだな」

グッと押しこころみると、意外にも、ドアは音もなく内部へ開いて行った。と同時に、ドアの隙間から、ほの暗い電燈の光が漏れて来た。

一歩中に踏み込んで、あたりを見廻すと、それは十坪ほどの殺風景な洋室であった。家具調度もなく、四方の鼠色の壁が、まるで牢屋のように露出していて、その上不思議なことには、この部屋には窓というものがない。天井からぶら下がったほこりまみれのはだか電球が、鼠色の四角な箱のような壁と床とを照らしているばかりだ。

「ハテナ、ここがまさか応接間ではあるまい。この部屋の向こうに別の部屋があるのかしら。しかし、どこにもドアが見えないようだが……」

そんなことを考えながら、ボンヤリ佇んでいるうしろの方で、カチンと金属の触れる音がした。

びっくりしてその方を振り返ると、あけ放ったドアの蔭になっていて、今まで気づかなかったが、そこの隅に西洋中世の鋼鉄《こうてつ》の甲冑《かっちゅう》が飾ってあるのが見えた。よく磨きがかけてあるので、全体が銀色に輝いている。

では、今のは鎧《よろい》の袖が触れ合った音かしら。しかし、風もない部屋の中で、飾りものの鎧が音を立てるなんて、おかしいぞ、と思いながら、老人はその甲冑のそばへ寄って、つめたい鋼鉄に指を当てて見た。

「こんな汚い部屋に、こんな立派な飾り物を置くなんて勿体ないことだ。安く値ぶみをしても千両(注5)を越す代物《しろもの》に違いない」

守銭奴らしいことを考えて、考人は甲冑を観賞するために、静かにあとじさりを始めた。

すると、これはどうしたというのだ。まるで目に見えぬ糸で引かれてでもいるように、飾り物の甲冑が、老人の方へ静かに動き出すではないか。

ギョッとして立ち止まって、よく調べて見ると、別に動く様子もない。また試みにあとじさりをすると、ギラギラ光った怪物が、追っかけて来るように見える。立ち止まると動かなくなる。歩き出すと、先方も送り狼のように歩き出すのだ。

老人は恐ろしさにまっ青になってしまった。悪夢にうなされているのかしら、それともわしは気でも狂ったのかしらと、考えれば考えるほど、恐怖心がつのって来て、今にもギャッと叫んで逃げ出したい気持であった。

「ハハハハハ」

ああ、なんたることだ。飾り物の甲冑が妙な含み声で笑い出したではないか。

老人は恐ろしさに、ヘタヘタと床の上にうずくまってしまった。逃げようにも足がしびれて、立ち上がることさえ出来ないのだ。

「いや、失敬失敬、大切な依頼人を驚かせてすまなかった。化けものでもなんでもない。わしがこの事務所の所長だよ。君は辻堂君だったね」

甲冑が物を云った。若々しい男の声だ。殺人事務所の怪所長は、西洋甲冑の中に身を隠して、万一の場合に備えていたのだ。腰には長い剣《つるぎ》さえ帯びている。何かの場合にはあの剣が鞘《さや》をすべり出すのかも知れない。

辻堂老人は、銀色の怪物の前にひざまずいたまま、感嘆の溜息《ためいき》をついて、相手のギラギラ光る顔を眺めた。

「君も誰かの息の根をとめてほしいんだね。相手はいったい何者だね。詳しく話して見たまえ」

甲冑はツカツカと老人のそばによって、その肩に鋼鉄の手をかけながら、太いこもった声で云った。

「ほんとうにそんなことが出来ましょうか」

老人はまだ半信半疑でおずおずと訊ねる。

「出来るとも、僕にはこの世に不可能ということがないのだ。安心して君の希望を云って見るがいい。怨恨《えんこん》かい？　それとも金儲けかい？」

老人は相手の威厳にうちのめされたように、床の上にペッタリ両手をついて、さも哀れっぽい調子で、

「金儲けなどと滅相《めっそう》な、もちろん怨恨でございます。それも相手の方が、このわしを亡《な》きものにしようと企らんでいるのでございます。相手を殺さなければ、わしが殺されるのでございます。どうか哀れとおぼしめして、おたすけ下さい。お願いです。お願いです」

と嘆願するのであった。

黄金宝庫

「で相手は何者か、どういう訳で亡きものにしたいのか、その理由を簡単に話して見

たまえ」

　辻堂老人は、甲冑の中の所長の声にうながされるままに、危険をおかしてわざわざここまでやって来た用件について語り出した。

「わしは辻堂作右衛門《さくえもん》というものです。お聞き及びかも知れませんが、少しばかり貯えも持っているものです。わしはまったく裸一貫《かん》から、腕一本脛《すね》一本で今日《こんにち》を築き上げましたのじゃ。まるで呑まず喰わずで何十年というもの働きつづけましたのじゃ。そのわしの命にも替えがたい貯えを狙っているやつがあるのです。

「わしはまったくの独りぼっちで、家内もなければ子供もありません。このわしさえ亡きものにすれば、わしの所有物は、すっかりその男のものになる。そやつは、わしのたった一人の従弟《いとこ》です。従弟めがわしの命を狙っていますのじゃ。わしはいつ毒を盛られるか、いつ闇討ちに遭うか知れぬ身です。

「わしはこの恐ろしい悪魔を、先方で手出しをする前に、この世から葬《ほうむ》ってしまいたい。人知れず亡きものにしてしまいたい。これがわしのご依頼したい件です。引き受けて下さるわけにはいきませんか」

「相手の名は？　そして、どこにいるのだね」

　甲冑の騎士は身動きもせず、なんの感動をも示さないで聞き返した。

「それが、困ったことに、わしの家《うち》に同居して居りますのじゃ。外《ほか》に身寄りもないので、わしが面倒を見ています。そいつが、あろうことか、恩を仇《あだ》で返そうという、恐ろしい企らみをしているのです。名前ですか。星野清五郎《ほしのせいごろう》と申すものです」

「わかった。お帰りなさい。もう用はない、サッサと帰りたまえ」

銀色の兜《かぶと》の頬当ての隙間から、冷やかな声が漏れて来た。騎士はどうやら不機嫌らしいのである。

「エ、エ、なんとおっしゃる。帰れといって、では引き受けて下さったのですか」

老人は先方の気持を計りかねて、おずおずと兜の庇《ひさし》を見つめた。

「引き受けることは出来ないと云うんだ」

「エ、引き受けられない？　なぜです。報酬はお望み通り差上げるつもりですが……」

「嘘を云う依頼者はお断わりだ。こっちも命がけの仕事なんだぜ。慾なら慾とはっきり云うがいいじゃないか。どうせ同じ穴の貉《むじな》だ。君がどんな悪事を企らんでいようと、そんなことに驚く俺じゃない。悪党なら悪党らしく、あっさり泥を吐いてしまうがいいじゃないか。変な小細工をして、勿体らしい理窟なんか持ち出すやつは、俺アごめんだよ」

鎧の中から歯切れのよい啖呵《たんか》が飛び出して来た。

「では、わしの云ったことが拵《こしら》えごとだとおっしゃるのかね」

辻堂老人は狼狽の色を隠すことが出来なかった。

「君は従弟に毒殺されるような柄じゃない。若《も》し法律というものが無かったら、君の方が、従弟を毒殺したいのだろう、何しろ千万両(注6)の大仕事だからね。ハハハハハ、どうだい、図星だろう」

「エ、エ、なんじゃと？　わしにはいっこう訳がわかりませんが」

「ハハハハハ、まだ隠すつもりかね。じゃ、俺の方から説明して上げよう。よく聞いていて、間違いがあったら直してくれるんだぜ。いいかい」

銀色の甲冑がユラリと一歩前に進んで、さて、奇妙な物語を始めるのであった。老人はそれを聞くにつれて、はげしい驚きに、見る見る青ざめて行った。

「幕末慶応年間《ばくまつけいおうねんかん》のことだ。江戸の幕府御用商人の随一と云われた伊賀屋伝右衛門《いがやでんえもん》という者が、ある日数名の手代《てだい》を供につれて、厳重な旅装束《たびしょうぞく》で家《うち》を出たまま三カ月ほど帰らなかった。そのあいだどこで何をしていたのか誰も知らない。やっと帰って来た時には、伝右衛門はまるで乞食のような身なりをしていた。つれて行った手代たちは、どうしたのか一人もお供をしていなかった。

「そのことがあってから、伊賀屋はたちまち没落して行った。家屋敷を売り払い、みすぼらしい長屋住まいとなって、同業者との交際も絶ち、伝右衛門一家は、いつともなくこの世の表面から消えて行ってしまった。

「しかし、穿鑿《せんさくず》好きな二、三の人は、この奇妙な出来事を、そのまま見過ごしはしなかった。伊賀屋は日本一の利口者だ。維新《いしん》のどさくさまぎれに財産を失うことを恐れて、貯えていた金銀をソッとどこかへ隠しに行ったのだ。そして、長屋住まいなどをしながら、時勢の変わるのを待っていたのだ。金銀埋蔵の手助けにつれて行った手代たちは、秘密を保つために、恐らく伝右衛門が手にかけて殺してしまったものであろう。

「そういう噂が当時ヒソヒソと、ささやかれたばかりでなく、斎藤吟月《さいとうぎんげつ》という者が日記の中へそれを書き残しておいたのが、維新資料の出版物にまじって活字にさえなっているくらいだ。

「では、伊賀屋伝右衛門の子孫が、この秘密の金銀を掘り出したかというと、それがまだ掘り出されていないのだ。伝右衛門はその後間もなく病死したが、金銀埋蔵の場所を記した秘密文書を残して行った。ところが、それが余りに用心深く暗号のような文面になっていたので、子孫のものは解くことが出来なかった。むろん再三再四発掘作業をやって見たが、皆失敗に終わった。

「君の家に同居しているという星野清五郎は、すなわちこの伊賀屋伝右衛門の孫に当たる者だ。秘密文書も星野が所持している。金儲けにかけては一分の隙もない君が、なんでこれを嗅ぎ出さないでおくものか。殊《こと》に君は伊賀屋の親戚で星野の従兄《いとこ》に当たるのだからね。

「君は星野が零落《れいらく》しているのを幸いに、如何にも親切らしく、星野と星野の一人娘を君の家に引き取って世話をすることにした。そして、一年ほどのあいだ、星野と力を合わせて、例の暗号文書の解読に没頭した。

「どうだね、俺の話にどっか間違いがあったかい」

辻堂老人は死人のような顔をして、全身をワナワナ震わせながら、兜の中から漏れて来る恐ろしい言葉を聞いていたが、咄嗟に答えるすべも知らぬように、キョトキョトと、空《うつ》ろな目であたりを見廻すばかりであった。

「ハハハハハ、黙っているところを見ると、俺の話に間違いはなさそうだね。ところで、こうして君が俺のところへ人殺しを頼みに来る様子では、暗号は解けたんだね。金銀のありかが確実にわかったのだね。

「宝のありかがわかったとなると、君の従弟は邪魔ものだからね。山分けにするよりは一人占めにしたいのが人情だ。それには星野を亡きものにするほかはない。君がわざわざこんな所へやって来たのは、そういうわけなんだろう。ハハハハハ、驚いたかい。俺という人間が少しはわかったかい。俺には百の目と百の手足があるんだ。その百の目でもって、世間の裏道という裏道をすっかり見通しているんだぜ……オイ、老人、なんとか云ったらどうだ」

辻堂老人は相手の余りの明察に、心の底から震え上がってしまった。そして、こんな恐ろしい人物のところへ、ウカウカ人殺しの依頼になど来たことを、後悔しないではいられなかった。といって、今更《いまさ》ら逃げ出すわけにもいかぬ。

「いや、わしが悪かった。悪うございました」

老人はいきなり床にひざまずいて嘆願の調子で始めた。

「それほど何もかもご存じなら、この上クドクド申し上げることはありません。如何にもおっしゃる通りのわけで、星野をこの世から消してしまいたいのです。報酬はいかほどでも差し上げます。一つ引き受けて下さるわけにはいきますまいか」

「ウン、そうか。やっぱりそうだったんだね。よろしい、引き受けよう。……それじゃ俺の部屋へ来てくれたまえ。ここはただ依頼人を試験する場所でね。腰かけてもらう所もない始末だ」

老人にはわからなかったが、何か合図をしたものと見えて、その時部屋の一方の壁がジジジ……と動き出したかと思うと、そこにポッカリ別室への入口があき、その隠し戸の向こうから一人の奇妙な人物が飛び出して来た。

十二、三歳の子供の身体に、でっかい大人の顔がついている。曲馬団の道化者《どうけもの》などによくいる、いわゆる一寸法師である。それが臙脂色《えんじいろ》のビロードに、ところどころ金モールの飾りのついた、けばけばしい洋服を着ているのだ。

中世期の西洋の王様は、こういう不具者の道化者を宮殿の中へ召し抱えておいて、徒然《つれづれ》の慰みにしたということであるが、「殺人事務所」の所長も、それを真似て、こんな異様な人物を雇っているのかも知れない。

一寸法師は、金モールの飾りをピカピカさせながら、騎士の甲冑の前に近づくと、まるで王様にでもするような、うやうやしい一礼をした。

「このお客様をご案内するんだ」

騎士の命令に、一寸法師は老人の方へ向きなおり、芝居がかりで、さアこちらへという身振りをした。

悪魔の椅子

通された部屋は、今までとは打って変わって、目も醒めるばかり派手やかに飾りつけてあった。

部屋全体が邪悪を象徴するかの如き臙脂の一色に塗りつぶされていた。四方の壁を隠す臙脂色ビロードの豊かな垂れ幕、フカフカと身も浮くばかりの臙脂色の絨毯《じゅうたん》、ドッシリとした長椅子、肘掛椅子、すべて臙脂の一色である。頭上には、やっぱり同じ色に塗られた格天井《ごうてんじょう》、そこから古風な装飾電燈が下がって、まぶしいばかりに輝いていた。

「ここへお掛け下さい」

一寸法師が小児のような声で椅子をすすめた。

見ると、それは部屋の中でも際立って立派な肘掛椅子であった。背中のもたれは普通の椅子の倍ほどもある高さだし、両方の肘掛けも、何かゴテゴテと彫刻《ちょうこく》のある大きなものであった。

「遠慮なく掛けたまえ」

所長もすすめるので、辻堂老人はおずおずとその椅子に腰をおろした。クッションも深くて、小柄の老人はまるで椅子の中へ沈み込んでしまったように見える。

所長は一寸法師に手伝わせて、手早く甲冑をぬぐと、ピッタリと身についた黒い毛織のシャツとズボンばかりになって、老人の前の椅子に腰かけた。

見ると、意外にも、この殺人業者はまだ二十四、五歳の青年であった。房々《ふさふさ》とした頭髪を美しく撫《な》でつけた、額《ひたい》の白い、眉目秀麗《びもくしゅうれい》の若者であった。

「なあんだ、こんな若造《わかぞう》だったのか」

老人は不気味な甲冑の恐怖からのがれて、ホッと安堵《あんど》のようなものを感じたが、若《も》し彼がこの青年の素性《すじょう》を知っていたら、この美貌の若者こそ悪魔と人間の混血児大曽根竜次その人であることを知っていたら、安堵どころか　更らに一層の不気味さに震え上がったことであろう。

いや、それよりももっと気がかりなことがある。老人は少しも気づかなかったけれど、殺人事務所の所長は、片腕と頼む部下にさえも素顔を見せぬということではなかったか。それが初対面の依頼者になんの憚《はばか》るところもなく、変装の甲冑を取り去って、素顔をさらしているのは少しおかしいではないか。これには何か、老人に二度と日の目を見せないとでもいうような、恐ろしい下心があるのではなかろうか。

「ところで、さっそく相談だが、星野の件は確かに引き受けた。だが、それについちゃ、少し手段が要《い》る。星野は君の家に同居しているんだね。だから、一つ俺が君とソックリの姿に化けて、君の家へはいり込むことにしようじゃないか。そして、相手にこの俺を辻堂老人と思い込ませておいて、よろしくやってしまうという手順だ。なんとうまい思いつきじゃないか」

所長の大曾根竜次が、相変わらずニコニコ笑いながら、奇妙な手段を提案した。

「それはいずれとも、あなたにお任せしましょうが、だが、そんなうまい変装が出来ますかね。このわしとソックリなんて」

老人はだんだん大胆になって、ユッタリと大椅子の中にもたれながら、あやぶむように言葉を返した。

「ハハハハハ、君は俺の腕前を知らないから無理もない。ほかの者には真似も出来やしない。だが、俺にはそれが出来るんだ。俺は変装というものを十年のあいだ研究して来たんだからね。一つ俺の手際をお目にかけようかね」

青年はさも自信ありげに笑って、かたわらの一寸法師に目くばせをした。すると、臙脂服の一寸法師は、よく飼い馴らされた犬のように、たちまち主人の表情を読んで、チョコチョコと部屋の隅へ走って行ったかと思うと、そこにある西洋簞笥《せいようだんす》の引き出しを抜いて、それを両手で捧げながら、大曾根青年の前にひざまずいた。

見ると、その引き出しの中には、黒いのや、黄色いのやごま塩のや、真っ白なのや、ありとあらゆる形状の鬘《かつら》とつけ髯《ひげ》とが、順序よく区分けをして、一杯詰まっている。

大曽根はしばらく老人の顔と引き出しの中とを見比べていたが、やがて適当な白髪の鬘、つけ髯、つけ眉毛などを選び出すと、手早くそれをつけて、ニューッと老人の方に顔を突き出した。

「どうだね。これだけでも見分けがつかないくらいだろう。だが、これではまだ半製品だ。今仕上げをするから見ているがいい」

一寸法師は鬘の引き出しを元の箪笥に納めると、今度は別の小さい引き出しと手鏡とを持って、青年の前にひざまずいた。

青年はその鏡を左手に持って、自分の顔と老人の顔とをジッと見比べていたかと思うと、引き出しの中から大小さまざまの筆や刷毛《はけ》を取り出し、幾いろも並んでいる顔《がん》料《りょう》の壺《つぼ》に、チョッチョッと刷毛先を浸《ひた》しながら、画家のような巧みな手際で、わが顔を彩って行った。

僅か五分ほどのあいだに、彼のメーク・アップはまったく完成した。額や目尻のあるか無きかの小皺《こじわ》までも、どう見ても描いたとは見えぬほどに出来上がった。

「老人、これではどうだね」

ニューッと突き出す顔を見て、辻堂老人は心底からたまげてしまった。

「不思議じゃ、不思議じゃ。わしは変装というものが、こんな恐ろしいものとは知らなんだ。これなれば、わしじゃって、このわしが二人になったかと思うくらいです」

「ハハハハハ、役者なんかの顔作りとは、ちっとばかり違いましょうがな」

これはどうだ。大曽根は言葉つきから声までも、すっかり辻堂老人になりきってしまった。

「うまい、わしの声とそっくりじゃ」

老人は、その目的の恐ろしさも忘れて、相手の妙技《みょうぎ》に手を叩かんばかりである。

大曽根は笑いながら立ち上がって、また一寸法師に合図をすると、今度は老人向きの地味な洋服が運び出された。

「さア、これと着更えるんだ。君の服は俺がしばらく拝借しなけりゃならないからね」

そこで、老人も立ち上がって、服装の取り替えが行われたが、さて両人が元の椅子に腰かけ、顔と顔を見合わせたところは、実に形容も出来ない不思議な光景であった。

「こうして見ると、あんたがわしか、わしがあんたか、わかりませんなア」

辻堂老人は思わず笑い声を立てたほどである。

「じゃあ、君も安心して、俺に一件を任せられるというもんだね」

それを聞くと、老人はふと現実に帰って、不安らしい面持《おももち》になった。

「お任せすることは、お任せしますが、大丈夫ですかね。わしに下手人の嫌疑がかかるようなことはありますまいね。あんたがわしとそっくりの変装で仕事をなさるとなれば、どうもそれが気掛りじゃが……」

「なあに、これは相手に油断をさせておびき出す手段さ。決して証拠や手掛りを残すようなヘマはしやしない。俺の事務所の信用ということもあるからね」

「で、あんたがわしの身代わりになって、家へ帰りなさるとすると、このわしはどうすればいいのですね。それをさいぜんから聞こうと思っていたのじゃが」

「いや、それも心配はない。君は何日でもこの部屋に寝そべっていりゃいいんだ。この小人島が一切世話をするからね。食事も充分吟味《ぎんみ》させるし、酒も上等のやつがあるよ」

「そうですかい、じゃ、それもよしと。ところで、あんたに差し上げる報酬の問題ですが、これもあらかじめきめておかんことには、あとの喧嘩は面白くありませんからね」

老人は内心ビクビクもので、最も気掛りな点に触れた。莫大《ばくだい》もない古金銀埋蔵の一件を知られているので、どんな難題を云い出されるかと、老人はそれを一ばん恐れていたのだ。

「ちいっと高いよ」

ああ、案《あん》の定《じょう》、大曽根の声には何かしら奥底の知れない凄味《すごみ》を含んでいた。

「エ、エ、高いと云って、どれほど?……あんたの仲間の人の話じゃ三千円(注7)から一万円ぐらいと聞いていましたが、なるべくなればその一ばん廉《やす》いところで」

守銭奴老人は恥も外聞もないのである。

「ハハハハハ、虫のいいことを云っている。時価(注8)千万円という大仕事じゃないか。俺の方にもちいっと望みがあるんだよ」

「というと?」

「と、いうとだねエ」

大曽根は妙な微笑を浮かべて、ジッと老人の顔を見つめていたが、

「老人、君の身体を俺に貰いたいのさ」

と叫んだかと思うと、どういう仕掛けがあったものか、突然、老人の腰かけていた大椅子のクッションが、ガクンと下に落ち込んで、老人の腰は、海老《えび》のように足を曲げたまま、クッションもろとも、椅子の中へはまり込んでしまった。

老人が何か訳のわからぬ叫び声を上げて、立ち上がろうともがくうちに、非常に高い椅子のもたれの部分が、カタンカタンと三つに折れて、椅子の上部と前側とを箱の

ように蓋をしてしまった。同時に、両側から蝶番《ちょうつがい》になった頑丈な板が、ギイと開いて来て、椅子の側面を覆い隠した。つまり辻堂老人は瞬《また》く間に箱詰めにされてしまったのである。

「これが俺の望む報酬さ。俺は今日から永久に君の身代わりを勤めるというわけさ。という意味はだね、君の百万両の身代《しんだい》も、加賀屋の埋めておいた千万円も、みんな俺のものにしたいということだ。わかったかね」

「ウヌ、悪人め、待て、待って、待ってくれ。話がある。半分だ。半分やる。俺のものは何もかも半分に分けて貴様にやる。これ、相談に乗ってくれぬか。これ、悪人」

箱になった椅子の隙間から、老人の悲しげな声が陰気に響いて来た。

バタバタともがく音、やがて、水に溺れた人が岩にしがみつきでもするように、骨ばった老人の指が、懸命の努力で、一本二本三本、箱の隙間から現われて来た。

「老人、これは自業自得《じごうじとく》というものだぜ。君はいったい、三千や五千のはした金で、人殺しを引き受けてくれるような、そんな都合のいい商売が、この世にあるとでも思ったのかね。殺人事務所なんて嘘の皮さ。みんな君をここへおびき寄せるためのお芝居だったのさ。うまうまとそんなお芝居にひっかかった君の自業自得というものだよ。

「俺は軍資金が要るのだ。俺がこの世に生まれて来た使命を果たすために軍費がいるのだ。俺はもう二年も前から加賀屋の埋蔵金に目をつけて、その子孫の行方を探していた。そのためにはずいぶん費用も使っている。そしてやっと今、俺の目的を果したのだ。

「ハハハハハ、老人、俺の智恵の深さがわかったかね。だが、安心したまえ。君の金を、俺は思う存分面白く使って見せてやるよ。地獄から俺の働きを見物しているがいい」

大曽根は云うだけ云ってしまうと、ツカツカと箱のそばによって、中で老人がわめきもがくのも知らぬげに、ピッタリと隙間を閉じ、外側に縦横に取りつけてあるトランクの帯革のようなものを、一つ一つ締め上げてしまった。

すると、椅子は元の面影をまったく失って、曲馬団の引越し荷物のような頑丈な一個の木箱となったのである。

「大将うまくゆきましたね」

ニュッと入口から顔を出したのは、さいぜん辻堂老人を案内した部下の男であった。彼が所長の顔を見たことがないように云ったのも、やっぱり殺人事務所をほんとうらしく見せかけるお芝居であった。

「ウン、案外もろい親爺《おやじ》だったよ」

辻堂老人になりすました大曽根は、にこやかに部下を顧みて答えた。

「この荷物は例の所へ運んでおくんだぜ。抜かりなくね……さて、俺はこれからまた一《ひ》と芝居《しばい》だ。親爺になりすまして、辻堂の邸へ乗り込むんだからね」

「へへへへ、だが、あの邸にゃ美しいのがいますからね。大将もお楽しみでしょう」

「星野の娘のことかい」

「そうですよ。みんなと云っているんです。大将とあのお嬢さんなら、申し分のない組み合わせだってね。いずれはあの子があっしたちの女王様ってことになるんでしょう」

「つまらんことを云うんじゃない。じゃ、俺はすぐに出掛けるからね。あとを頼んだよ」

大曽根は、機嫌よく云い捨てて、辻堂老人とそっくりの歩きぶりで、ヨチヨチと部屋の外へ消えていった。

恐ろしき疑惑

荻窪《おぎくぼ》の辻堂邸では、星野氏の一人娘真弓《まゆみ》が、一《ひ》と間《ま》で編みものをしながら、いつになく帰りの遅い辻堂老人を待ちわびていた。

父の星野氏は左の目がまったく失明している不自由な身体であったたし、それに少し風邪心地《かぜごこち》で、早くから寝室へはいっていた。

召使の爺やと女中とは、朝の早い家庭なので、真弓が気を利かせて銘々の部屋へ下がらせてしまった。

柱時計はもう十二時を廻っていた。

附近にはまだ昔ながらの雑木林《ぞうきばやし》などが残っている淋しい場所なので、夜が更《ふ》けては、なんのざわめきも聞こえては来ない。今坐《すわ》っているこの部屋が、世間からポッツリ切り離されて、果て知らぬ暗闇の中にただよってでもいるような、頼りない感じであった。

電燈の下にうなだれて、しきりと編みものをしている真弓の横顔は、絵のように美しかった。少しもおめかしをしていないけれど、十九の春が、ほんのりと頰を桃色にいろどって、睫毛《まつげ》の長い目が、美しくうるんで、夢見るような物思わしげの風情《ふぜい》である。

やがて、十二時を三十分も過ぎた頃、表門の呼鈴が、いつになくけたたましく鳴り響いた。

「あら、小父《おじ》さまのお帰りかしら、なんだかいつもと呼鈴の押し方が違うようだけれど」

真弓は、しかし、急いで座を立つと、玄関の電燈をつけておいて、勝手口から門へと小走りに近づいて、

「どなた？」

と一応訊ねて見た。

「わしじゃ、早くあけてくれ、早く、早く」

辻堂老人のあわただしい声である。

真弓は急いで門の閂《かんぬき》をはずして、老人を迎え入れた。

「まあ、どうなさいましたの？」

「変なやつがわしのあとをつけて来たのじゃ。そいつを撒《ま》くのに、どんなに骨を折ったか知れん。さア早くあとを閉めなさい。まだその辺にいるかも知れん。薄気味のわるいやつじゃ」

真弓は門を閉めながら、ソッと表通りを見廻したが、別に怪しい人影もなかった。

「小父さんの気のせいじゃありませんの？　誰もいないようですわ」

「気のせいなもんか、わしは悪人に狙われているのじゃ。お前のお父さんと二人で、わしら宝のありかを探しているじゃろう。それを勘づいたやつがあるらしいのじゃ。わしら

の宝を横取りしようと企らんでいる恐ろしい悪人がいるのじゃ」

老人はさも恐ろしそうに、ブツブツつぶやきながら、玄関を上がって、廊下を寝室の方へ急いで行く。真弓は玄関の戸締りをしてそのあとに従った。

庭に面してガラス戸のある長い縁側を、二人が無言で歩いていた時、先に立った辻堂老人が、ふと、ガラス戸越しに、暗い庭を見つめたまま、じっと立ちどまってしまった。

その様子が、如何にも異様に見えたので、真弓は思わず老人の前に廻って、その視線をたどって見た。

老人の見つめているのは、まっ暗な庭の茂みのあたりである。何かいるのかしらと、じっと目を凝らすと、やがて闇の中に、闇よりも黒い物の姿が、朦朧《もうろう》と浮き上がって来た。

非常に暗いので、顔や着物などはよくわからなかったけれど、人間には相違なかった。しかし、どうも普通の人間ではない。どこかしら化けものじみた、畸形な姿である。十二、三の子供の身体に、大人よりも大きな首がのっかっている。そして、二つの目が闇の中に蛍火《ほたるび》のように燃えて、じっとこちらを睨んでいるのだ。

真弓は「アッ」と小さく叫んだまま、思わず老人にすがりついて、その胸に顔を隠してしまった。

すると、老人は娘を庇《かば》うように、両手でその肩を抱きしめてくれたが、真弓はそんな際ながら、老人の腕が、彼女の身体を、必要以上に強くしめつけていることを、ハッと気づかないではいられなかった。

おや、これが六十歳を越した小父さんの身体なのかしら。この腕の力、この胸の広さ、頬に伝わる心臓の鼓動の力強さ、それに、この体臭は決して干からびた小父さんのものではない。もっと若々しい青年の匂いだ。

真弓はまったくえたいの知れない恐怖に震え上がった。庭の怪物も恐ろしかった。しかし、彼女が今抱かれている相手には、何かしら形容も出来ない、悪夢のように不気味なものが感じられた。

しかし、それはただ一瞬間の出来事であった。彼女がハッと身を引くのと、老人が手を離すのと同時であった。そして、老人はいきなり大声に人を呼んだ。

「オイ、誰かいないか。爺や、爺や、庭に怪しいやつがいる。早く来てくれ」

ただならぬ叫び声に、家《うち》じゅうのものが、寝床から飛び起きて集まってきた。星野清五郎、爺や、女中、皆寝間着《ねまき》姿である。

「あの松の木の下に、今妙なやつが立っていた。爺や、一つ調べて見てくれ」

爺やとは云っても、老人の用心棒を兼ねた、巡査上がりの屈強《くっきょう》な男であった。彼は急いで奥へ駈け込んで行って、手提《てさ》げ電燈を持ち出すと、ガラス戸をあけて、そこにあった庭下駄を突っかけ、電燈を振り照らしながら、茂みの中へはいって行った。

こちらは座敷の障子《しょうじ》をあけ放ち、ありたけの電燈をつけて、庭を明るくし、辻堂老人は床の間の日本刀を抜きはなち、星野氏も何か棒切れのようなものを手にして、庭へ降りると、爺やと一緒になって、その辺を探しまわった。

「なんにも、いやあしませんぜ。旦那の気の迷いじゃありませんか。裏門のしまりもちゃんと出来ていますし、塀はこんなに高いのだから、この庭へ人間がはいってくる道理がありません」

爺やは探し疲れて、不平らしくつぶやくのであった。

「真弓。お前もその男を見たのかい」

星野氏も半信半疑の体《てい》で、娘に訊ねる。

「ええ、なんだか黒いものが立っていましたの。影のようなものでしたわ」

「それじゃ、やっぱり気のせいだよ。ここにはいろいろな形の木があるから、闇の中では、人の姿にも見えるかも知れない。この躑躅《つつじ》の茂みなんか、ちょうど人間のうずくまっている形だからね」

「いや、そんなものと見違えるはずはない。確かに人の姿じゃった。星野君、どうやらわしたちの秘密を嗅ぎつけたやつがあるらしいんだよ。今もわしは、変なやつにあとをつけられて、そいつを撒くのにさんざん骨を折った。お互いに用心しなくちゃいけない」

辻堂老人は日本刀を下げて庭に突っ立ったまま、星野氏にささやいた。

これほど探しても何もいないのだから、警察に届けることもあるまいというので、結局この騒ぎは有耶無耶《うやむや》に終わって、一同戸締りを厳重にして、寝《しん》につくことになった。

真弓は床にはいっても、妙に目が冴えて眠れなかった。庭に立っていた畸形な影法師みたいなやつも不気味であったが、それよりも、辻堂老人の体格のお化けじみた若々しさ、力強さを、どうしても忘れることが出来なかった。

顔や姿は確かに辻堂の小父さんに違いない。声もいつもの通りだし、洋服も今日着ていらしったのと同じだ。ただ、その洋服に包まれた肉体だけが、どう考えても六十歳の老人のものではなかった。若々しい青年の身体に老人の首をすげたとでもいうような、一種異様の気味わるさであった。

彼女は、老人に抱きしめられた刹那、明らかに異性を感じた。若々しい体臭と、何かしらなまめかしいものをさえ感じた。それは日頃の辻堂老人からはまったく感じることの出来ないものであった。

「あたし、気でも違うのじゃないかしら」

真弓はそんなことを考えているわが身が、空恐《そらおそ》ろしくさえあった。

電燈を消したまっ暗な部屋の中に、モヤモヤと、畸形な裸体の魑魅魍魎《ちみもうりょう》が、みだらな笑い顔を並べて、ひしめき合っているように感じられた。

ウトウトとしたかと思うと、文字には現わし得ないような奇怪な悪夢にうなされては、たちまち目を醒ました。身体じゅうがネトネトと気味わるく汗ばんでいた。

そうして、茶の間の時計の一時を聞き、二時を聞いたが、やがて二時半頃であったか、真弓はふと、襖《ふすま》の外を何者かが忍び足に歩いている気配を感じた。

ゾーッとして、思わず身をちぢめ、聴き耳を立てていると、シトシトという足音が、ちょうど彼女の部屋の襖の外で停まってしまった。

暗闇の中に、ボンヤリと薄白く見えている襖、その紙ひとえ向こう側に、何者かがじっと佇んでいるのだ。真弓は息を殺して襖を睨みつけた。先方でも恐らく息を殺して、室内の気配をうかがっているのであろう。ジリジリと脂汗のにじみ出すような恐怖の数秒間。

だが、ふと気がつくと、薄白い襖が、それとわからぬほどの速度で、少しずつ少しずつ動いているのが感じられた。

気のせいかしら。いや、そうではない。曲者《くせもの》は非常な用心深さで、襖を開いているのだ。そういううちにも、いつの間にか、襖と襖のあいだに、一寸ほどのまっ黒な隙間が出来たではないか。

蒲団の襟《えり》から、目だけ出して、ソッと見つめていると、その襖の隙間から、何かしら白いものが覗いた。白い着物を着た、白い顔の男だ。いや、あんなまっ白な顔なんてあるはずがない。白髪と白髯に違いない。その朦朧とした白い顔の中に、黒く窪《くぼ》んで、ギロギロと光っているものがある。目だ。曲者の一方の目が、襖の隙間からじっとこちらを覗いているのだ。真弓にはそれが半時間ほどにも感じられたが、その白い顔が覗いていたのは、五秒か十秒に過ぎなかった。そして、真弓がよく眠っているらしい様子を確かめると、曲者は安心したように、またソロソロと襖を閉めて、シトシトと、そこを遠ざかって行く足音が聞こえて来た。

曲者というのは、辻堂老人であった。真弓はほとんど直覚的にそれを感じた。

だが、この家の主人である辻堂老人が、なぜこんな奇怪な行動をするのであろう。

真弓はまたしても、えたいの知れぬ謎《なぞ》のようなものにぶッつかった。若《も》しこれがただの泥棒かなんかの仕業であったら、彼女はそれほど驚かなかったであろう。深夜邸内をさまよう者が、泥棒ではなくて、主人の辻堂老人であったことが、彼女を心底から震え上がらせてしまった。まったくつかまえどころのない、気違いめいた恐怖であった。

いったい小父さんは、こんなま夜中に、人の寝息をうかがったりして、何をなさるつもりかしら。若しかしたら、お父さまの身の上に、心配なことでも起こるのじゃないかしら。

ふとそこへ気を廻すと、真弓はもうじっとしていられなかった。彼女は思わず蒲団から起き上がると、寝間着のまま、ソッと襖をあけて廊下を覗いて見た。

廊下の突き当たりに辻堂老人の洋風の書斎があるのだが、そのドアの前に、白いものがただよっているのが見えた。老人の吝嗇《りんしょく》から、廊下の電燈は皆消してあるので、ハッキリ見定めることは出来ないけれど、その白いものは、やっぱり寝間着姿の辻堂老人に違いなかった。

見ていると、その白いものは、書斎のドアをあけて、スーッと吸い込まれるように、室内に消えて行ったが、やがて、ピッタリとざされたドアの鍵穴のあたりに、一点、蛍《けい》光《こう》のような光が漏れ始めた。書斎の電燈が点じられたのであろう。

真弓はそれを見ると、ふと大胆な思いつきが浮かんだ。非常に恐ろしかった。しかし恐ろしければ恐ろしいほど、謎を解きたい好奇心がつのった。真弓はまるで彼女自身が幽霊でもあるかのように、忍び足に廊下を歩いて、書斎のドアに近よると、そこにしゃがんで、ソッと鍵穴に目を当てた。

室内では、赤々と輝く電燈の下で、寝間着姿の辻堂老人が、洋箪笥の引き出しを次々とあけて、中の帳簿や書類の束を、床の上に滅茶苦茶に、ほうり出しているところであった。

ああ、やっぱり小父さんは気が違ったのかしら。

実に狂気の沙汰であった。やがて、洋箪笥の引き出しがすっかり空《から》になる頃には、書斎の床は、散乱した書類で、おおい尽されてしまった。

洋箪笥をすませると、老人は次に部屋の一隅にある金庫に移った。その中型金庫には、辻堂氏の命よりも大切な重要書類が納めてあるのだ。

老人は寝間着のふところから、小さな手帳を取り出して、ページをくっていたが、やがて金庫の暗号文字を見出したらしく、それと引き合わせながらダイヤルを廻し始めた。

あら、小父さんは金庫の合言葉を忘れておしまいなすったのかしら。あの手帳は小父さんがいつも洋服の内ポケットに入れて、大切にしていらっしゃるのだし、そこに金庫の合言葉が記入してあることも知っているけれど、何も手帳なんか見なくっても簡単な合言葉ぐらい暗記していらっしゃりそうなものではないか。それに、一字一字手帳と見比べながら文字盤を廻すなんて、ほんとうにおかしい。小父さんは頭がどうかしてしまったのかしら。

やっと金庫の扉があくと、老人はまたその中の書類を床の上に撒きはじめたが、ただ一つ、古びた封筒にはいった一枚の書きつけだけは、捨てないで、大切そうに寝間着のふところに納めた。

真弓はその封筒に見覚えがあった。ほかでもない、彼女の家に伝わる伊賀屋伝右衛門の暗号文書である。伝説の財宝の隠し場所を記した書きつけである。辻堂老人はそれを彼女の父からあずかって、金庫の中に大切に保管していたのだ。

ますますつのる疑惑に、胸おどらせて見つめていると、辻堂老人はまたしても気違いめいた仕草を始めた。

彼はツカツカと庭に面した窓のところへ行って、カーテンを開き、ガラス戸をあけ放つと、いきなり暗闇の庭へ飛び出して行った。

あら、どうしましょう。小父さんはほんとうに気が違ったのだわ。お父さまを起こそうかしら、爺やを呼ぼうかしら。

真弓が今にも走り出そうとしていた時、あけ放った窓に、ヒョッコリ老人の白髪頭が現われて、またノコノコと室内へはいって来た。見れば、跣足《はだし》で庭を駈け廻ったらしく、両方の足が泥まみれになっている。

老人はその泥足のまま書斎の中を歩いて、絨毯や床板の上に、いくつも泥の足跡をつけた。それから、今度は床の上に四つん這いになって、散らばっている帳簿や書類を、めちゃめちゃにかきまわし始めた。いやが上にも部屋の中を乱雑に取りみだすつもりらしい。

だが、そうして老人が四つん這いになって動きまわっているうちに、実に恐ろしいことが起こった。

老人は遂には真弓の覗いている鍵穴の真下までも這って来たが、そうしてドアのところで、クルッと向きを変えて、また向こうへ這い出した時である。真弓の目の前に、老人の二本の素足がニュッと大写しになって曝《さら》け出された。

黒々と泥にまみれた大きな足の裏、それから、寝間着がめくれ上がって、膝の近くまで露出《ろしゅつ》しているふくらはぎ。

それを一と目見ると、真弓は余りの恐ろしさに、キャッと叫びそうになった。叫びそうになるのを、嚙みしめるのがやっとであった。

それは決して老人の干からびた足ではなかった。艶々《つやつや》と膏《あぶら》ぎって、桃色に見える青年のふくらはぎであった。

辻堂の小父さんは、あんなに腰をかがめて、老人らしい様子をしているけれど、その実は、まだ二十歳を越したばかりの青年なのではないかしら。

この化けものじみた想像が、真弓を、心底から怖がらせた。心臓が喉の辺に飛び上がって来て、息が詰まるのではないかと思われた。

彼女は、もう隙見の恐ろしさに耐えられなくなって、ヘタヘタと廊下にくずおれると、這うようにして寝室に引き返し、いきなり蒲団の中へもぐり込んでしまった。

余りにも不思議な疑いに、われとわが目を信じかねて、彼女はこの事を父に告げる勇気さえなかった。それは現実の出来事というよりは、むしろ悪夢に類していた。何もかも、みんな恐ろしい夢ではなかったのかしらと思うと、そんな幻想をえがく自分の心が空恐ろしかった。

彼女は蒲団のなかに小さくなって、熱病やみのように、ワナワナと震えるばかりであった。

白馬公子

お話は飛んで、その翌日のお昼すぎのことである。

辻堂老人の邸宅は、雑木林の多い昔ながらのK街道に面していたが、今、そのコンクリート塀の裏口から、一人の質素な洋装の娘さんがソッと忍び出て、街道の向こうを眺めながら、人待ち顔に佇んでいた。

見渡す限りうちつづく武蔵野《むさしの》の並木道、さんさんと降りそそぐ春の陽光、街道ばたの大きな櫟《くぬぎ》の幹にもたれて、夢見るように人を待つ美しい少女、一幅《いっぷく》の絵である。もしこれが、西洋中世の風景画であったなら、遙か街道の彼方から、少女を目ざして近づいて来る勇ましい騎士の姿を、描き加えなければならなかったであろう。美しい少女のまなざしには、まことに彼女の若き騎士を待つかの如き憧《あこが》れの色がただよっていた。

この少女は、ほかならぬ星野真弓であった。昨夜の恐怖は、その頰の青白さに名残《なご》りをとどめているとはいえ、それにもまして、人を待ちこがれるまなざしに、十九の春の乙女の憧れが輝いていた。彼女の騎士はそも何所《いずこ》の果報者《かほうもの》であったか。

ああ、見たまえ。その果報者が、街道の遙か彼方、雑木林を縫って、近づいて来るではないか。

それは甲冑を着た騎士でこそなけれ、今の世の白馬の公子であった。純白の駒《こま》に鞭打って、人なき街道を矢のように近づいて来る白面の美青年、黒の背広に乗馬ズボン、銀の鐙《あぶみ》に磨き上げた長靴の輝き、彼もまた少女とともに、まさに西洋風景画中の人であった。

青年はただ有村と名乗るのみで、どこの人ともわからなかったけれど、ほとんど毎日のように、時を定めて、この街道を通る乗馬姿。いつともなく真弓と挨拶をかわし、馬を降りて物云うほどの間柄になっていた。そして、今では、青年はただ真弓に会うためばかりに馬を走らせ、真弓は日ごとに街道に出て、この白馬公子を待ちもうけるようになっていた。

やがて、真弓の前に近づいた青年は、ピッタリ駒を止めて、ヒラリと身軽に飛び降りると、小脇にかかえていた春の花束を、ちょうど中世期の騎士がしたであろうように、うやうやしく少女の前に捧げるのであった。

「まあ、綺麗な花、いつも、ほんとうに有難う」

少女は古風に顔赤らめて会釈した。

「また少しその辺まで歩きませんか」

青年の誘うままに、花束を手にした少女は、白馬の口とる青年と肩を並べて、静かに歩き始めた。

「僕のお話は今日はつまらないのですよ」

青年は少女と会うたびに、彼の騎士道の手柄話を聞かせるのが常であった。

「昨日です。この街道の半里《はんみち》ほど向こうに、Gという神社の森の中に深い池があるでしょう。あの池に、五つばかりの男の子が溺れていたのです。人がいなかったのではありません。でも、老人や子供ばかりでした。ただ早く早くというばかりで誰も助けるものはないのです。

「むろん僕は池に飛び込んで、その子供を助けました。グッタリしている子供を馬にのせて、遠くの医院まで走りました。そしてすっかり元気になった子供を、お家《うち》へ連れて行ってやったのですよ。

「つまらないですか。でも、僕はやっぱりいいことをしたと思って、愉快になれましたよ。

「さア、今度は真弓さんの番です。昨日あなたは、どんな楽しい日をお送りでした？」

真弓はうなだれたまま答えなかった。いつも快活な彼女が、少しも笑い声を立てないのは、どうしたというのだろう。

「真弓さん、どうかなすったのですか。何か心配なことでもあるのですか。おお、そうそう、いつか話して下すったお伽噺、あなたのご先祖の宝ものというのは、その後どうなっているのですか。あの暗号まだ解けないのですか」

「ええ、そのことで、あたしあなたにお話ししたいと思って、お待ちしていましたのよ。なんですか、あたし、恐ろしい夢を見たような気持なのです」

真弓は顔を上げて、恐れに堪えぬものの如く、青年の美しい目を見つめた。

「ああ、そうでしたか。僕のつまらない手柄話なんかしてすみませんでしたね。恐ろしい夢ですって、いったいそれはどういうことなのです」

青年のうながすままに、真弓は昨夜の出来事を漏れなく話して聞かせた。

「そしてね、辻堂の小父さんは、昨夜のことなんか、なんにも知らないような顔をしていますのよ。今朝書斎がとり散らされているのを見つけて、びっくりしたように、お巡りさんを呼ぶやら、それは大騒ぎをしましたの。小父さんは、ご自分でつけておいた泥の足跡を、これはきっと外からはいった泥棒の足跡に違いないと云って、顔色を変えていますの」

「おかしいですね。でも、あなたは昨夜のことを何も云わなかったのですか」

「ええ、あんまり信じにくいことですもの。ひょっとしたら、あたし、やっぱり恐ろしい夢を見たのかも知れませんわ」

「いや、夢ではないでしょう。それについて僕にも少し心当たりがあるんですが、しかし、先を話して下さい。それから小父さんはどうなすったのです」

「警察の人が一《ひ》通《とお》り取調べをすませて、帰ってしまいますと、小父さんはあたしの父を呼んで、相談をお始めになりました。

「泥棒はきっと、暗号の書きつけを盗みに来たのに違いない。幸い私が肌身離さず持っていたからいいけれど、決して油断は出来ない。小父さんがそうおっしゃるのです。でも、肌身離さず持っていたなんて嘘ですわ。昨夜泥棒の真似をして金庫から取り出したばかりじゃありませんか」

「ウン、それで？」

「それからね、小父さんがおっしゃるには、ぐずぐずしていて、悪者に先を越されるようなことがあっては大変だから、一日も早く宝探しを始めなければならない。星野君、あんたは、宝の隠し場所を知っているでしょうね、って変なことを訊《たず》ねますの。むろん父は知らないと答えました。暗号はまだ少しも解けていないのですもの」

「すると、小父さんは、ああそうだった、そうだった。君はまだ知らなかったのだねって、妙なことを云って、実は私はあの暗号を研究して、大いに悟るところがあった。宝の隠し場所も大体見当がついたから、明日早朝二人で甲府《こうふ》の近くのなんとかいう山の中へ出かけようじゃないか。こんなことがあっては、もう一日も猶予《ゆうよ》してはいられない。その場所の実地調査だけでも早くしておかないではってておっしゃるのです。

「それから父と二人で、長いあいだ、何かしきりと相談をなすっていましたが、とうとう明日の朝二人で出かけることに話がきまった様子です。

「そして、辻堂の小父さんは、その相談をすませると、夕方には帰るからといって、どこかへお出かけになってしまいました」

聞き終わった青年は、なぜか非常に真剣な面持になって、そこに立ち止まってしまった。

「真弓さん、僕にはなんだか悪人のトリックがわかりかけて来たようです。僕は思い当たることがあります。若《も》し辻堂の小父さんに、誰かが変装しているものとすれば、そんな巧みな変装の出来るやつは、僕の知っている限りでは、日本じゅうにたった一人しかいないはずです。いや、それればかりではありません。僕は数日前、お宅の近くに、そいつがうろついているのをチラッと見かけさえしました。また昨夜庭に姿を現わしたやつが、子供に大人の首をすげたような畸形な人間であったことからも、相手はおおかた想像がつきます。

「真弓さん、僕は今まであなたにお話ししませんでしたけれど、一人の敵を持っているのです。そいつは、曲芸師です。手品使いです。高等飛行術の名手です。自動車競争のチャンピオンです。そいつにはこの世に出来ないことがないのです。しかもその恐ろしい才能をもって、この世界を地獄に変えようという、極悪非道《ごくあくひどう》の野心を抱いているのです。あいつは地獄の底から這い出して来た悪魔の申し児《もうご》です。

「僕はそいつと戦わなければなりません。僕はそいつと再会する日をどれほどか待ちかねていたことでしょう。

「ああ、僕は、とうとう、その悪魔に会う時が来たようです。僕はあなたの怖がっていらっしゃるやつが、そいつであってくれればいいと、どんなにか願っていることでしょう。

「真弓さん。小父さんがお留守なればちょうど幸いです。僕をお父さんに紹介してくれませんか。いずれ一度はお会いしなければならないお父さんです。ちょうどいい折じゃありませんか。僕はお父さんにお会いして、少しご相談したいことがあるのです」

真弓は青年の言葉の意味を、ことごとく理解することは出来なかったけれど、父に引き合わせてくれという頼みを否《いな》む理由は少しもなかった。それどころか、こういう折の来るのを、今か今かと、胸ときめかせながら、待ちかねていたほどであった。

「では、あたし、これから帰って、父によく申しておきますから、あなたは表門から、あたしを訪ねて来て下さいませ。父はやさしい気質の人ですから、少しもご心配なく」

そして、恋人同士は、ほころぶように笑みかわして、一《ひ》と先《ま》ず立ち別れたのであった。

鳥居峠《とりいとうげ》の怪奇

その翌朝、新宿駅から松本行きの準急行列車三等室の片隅に乗り込んだ、異様な二人づれの旅人があった。

一人は顔の見分けもつかぬほど白髪白髯におおわれた老人、一人は鳥打帽をまぶかにかぶり、大きな色眼鏡《いろめがね》をかけた痩せ型の五十男、両方とも筋目《すじめ》も見えなくなった古《ふる》背広《せびろ》に、巻きゲートル、手には安物のステッキという、古色蒼然《こしょくそうぜん》たる登山姿、云うまでもなく、辻堂老人と星野清五郎氏の、宝探しの旅である。

汽車が甲府を過ぎて韮崎《にらさき》で停車したのは、もう午頃《ひる》であったが、二人はそこで下車すると、増富《ますとみ》温泉へ行くのだからと自動車を雇い、鳥居峠の麓《ふもと》まで走らせて、そこから徒歩で峠道を登り始めた。

増富温泉というのは、遊楽地ではなくて、昔ながらの淋しい湯治場《とうじば》であったから、いわゆる温泉場のような客足があるわけでなく、街道には、二人のほかに旅客らしい人の姿も見えなかった。

辻堂氏は老年のことだし、星野氏は病身なので、さほど嶮《けわ》しくもない峠道を、何度となく足を休めながら、汗だくになって登った。

登るにつれて眼界が開けて行った。遙か目の下に流れる谷川、切り取ったような断崖、青葉の奥から聞こえて来る鶯の声。空は雲もなく晴れ渡って、春の太陽が峠道をまっ白に照らしていた。

「清さん、ここいらで又一《ひ》と休《やす》みしようじゃないか。もう頂上も近いらしいが、少し話したいこともあるんでね」

辻堂老人は道端の石の上に腰をおろして、星野氏を呼びとめた。

「ああ、それがいいでしょう。私もあんたに聞きたいことがあるんです。しかし、ここはなんだか凄いようなところですね」

星野氏も別の石に腰かけて、深い谷間を見おろした。

うしろには奥底も知れぬ大森林、前は何丈とも知れぬ、ほとんど垂直の断崖、そのあいだに挟まれた桟道《さんどう》の幅は一間《けん》にも足らぬ心細さ。あとにも先にも人影はなく、広い世界にたった二人が、ポツンと取り残されているような、実に物淋しい感じであった。

「清さん、君が訊ねたいというのは、どんなことなんだね。先《ま》ずそれを聞こうじゃないか」

老人がうながすと、星野氏は大きな色眼鏡の底から、じっと老人を見つめながら、低い声で云い出した。

「それは、宝の隠し場所のことですがね、あんたはいったいあの暗号をほんとうに解くことが出来たのですか。私はそれについて、まだ何も詳しいことを聞いていないのですが、あんたはただ、わしに任せておけ、わしを信用しろというばかりで……」

「ハハハハハ、そのことか。それは実はわしにもよくはわかっていないのだよ。この峠へ見当をつけたのは、まあ勘《かん》のようなものさ。いや、それよりも、わしはなんとなく、お前さんと二人きりで、こういう場所へ来たかったのだよ。エ？　星野君、わかるかね、わしの心持が」

「なんとなく、この峠へ来たかったのですって？　それはいったいどういう意味でしょうか」

「それはね、人目を避けたかったのさ。お前さんと二人きりになりたかったのさ。ここなれば、何をしようと、邪魔立てするやつはないからね」

「二人きりに？」

「ウン、そうなんだよ。清さん、まだわからないかね」

辻堂老人は俯向《うつむ》きかげんの星野氏を、上からジロジロと見おろしながら、ゾッとするほど薄気味のわるい微笑を漏らした。

「という意味はね、わしは宝探しなんかが目的ではなかったということさ」

「エ、なんですって？」

星野氏はびっくりしたように顔を上げて、思わずあたりを見廻した。救いをでも求めるような仕草であった。だがこの淋しい峠道に救いの人影があろうはずはなかった。

鳥の声と、深い谷川のせせらぎのほかには、なんの物音もない人外境《じんがいきょう》であった。

「清さん、いや、星野君、君はこの俺をいったい誰だと思っているのだね」

辻堂老人の顔が、白髪の中で一そう物凄くゆがんで、悪魔のせせら笑いがひろがって行った。

「エ、エ、なんですって？　誰と云って、あんたは辻堂さんにきまっているじゃありませんか」

星野氏の声は、えたいの知れぬ恐怖のために震えていた。

「ところが、そうじゃないんだよ。ハハハハハ、まあこれを見るがいい」

今までよぼよぼしていた老人の上半身が、突然シャンと直立した。両手がすばやく頭の上に上がったかと思ふと、モジャモジャの白髪が、クルクルとめくれ上がって、その下から艶々とした黒髪が現われた。再び両手が動くよと見ると、顔一面をおおっていた白毛《しらが》の口ひげ、頰ひげ、顎ひげが、見る見るはがれて行って、そのあとから奇態な魔術ででもあるように、若々しい青年の皮膚が現われて来た。

「君は誰だッ」

星野氏は逃げ出そうとでもするかのように、ヒョロヒョロと立ち上がって叫んだ。それにつれて怪人物も、鬘とつけ髯をつかんだまま立ち上がった。

「君の従兄の辻堂老人ではなかったのさ。あの爺さんは、ある場所に監禁されている。そして、俺が爺さんになりすまして、君をここまでおびき出したというわけさ」

「それにしても、君はいったい何者だ。わしをここへ連れ出してどうしようというのだ」

星野氏は弱味を見せてはならぬと、精一ぱいの気力で、やっと応対していた。

「俺かい。俺は殺人会社の社長さまさ。ハハハハハ、そういう会社を開業しているとね、君の従兄の辻堂の爺さんがノコノコやって来てね、一万両(注9)出すから君の息の根を止めてくれって頼まれたんだよ。殺人会社という看板を出している手前、断わるわけにもゆかずね。引き受けちまったんさ」

怪青年は事もなげに云って、カラカラと笑った。その傍若無人《ぼうじゃくぶじん》の笑い声が、谷を越えて、向こうの嶺《みね》へ長い余韻《よいん》を残して消えて行った。

星野氏は余りのことに返す言葉もなく、立ちすくんでいた。顔は青ざめ、手も足も恐怖のために震えているように見えた。

「あの爺さんの強慾《ごうよく》にもあきれたもんだね。掘り出した金銀を君と山分けにするのが惜しくなったのだよ。すっかり一人占めにしたいというのだよ。それには君という邪魔者を亡きものにするほかはない。一万円で殺人会社が引き受けてくれりゃ廉《やす》いもんだからね。ハハハハハ、ところが、こっちはそのもう一つ上手を行こうというわけなのさ。つまりね、爺さんの頼みを引き受けて君を殺した上、今度は依頼人の爺さんの息の根もついでに止めっちゃおうというのさ。なんとうまい考えじゃないか。暗号文書は手に入れたし、あとはその隠し場所を探し出して、俺の一人占めにするばかりだ。時価一千万円といやあ、わるくねえからなあ。

「ところで、そのほかにまだすばらしい景物《けいぶつ》がついていやがる。フフフフフ、君の娘さ。真弓さんさ。あの子だけは命がけで大事にしてやるから、安心しているがいい。悪魔の国の女王様っていう役割だよ」

怪青年はますます人もなげに、云いたいままに喋りつづけた。

星野氏はじっと項垂《うなだ》れたまま、恐れに堪えぬものの如くブルブルと身震いしていた。

「おや、可哀そうに、君は震えているんだね。そんなに怖いかね」

青年は嘲笑《あざわら》いながら、相手のみじめな有様を眺めていたが、そうしているうちに、彼の表情が、突然、ハッと一変した。口辺《こうへん》の憎々しい笑いがたちまち消え去って、なんともいえぬ不安の色が現われて来た。

星野氏の身震いは、見る見る大きくなって行った。肩が波のように揺れ始めた。おや、これが怖がっている人の身震いだろうか。どうもそうではなさそうだ。まるで、込み上げて来るおかしさを、一生懸命に堪《こら》えているような恰好ではないか。

「オイ、星野君、君はいったいどうしたというんだ」

怪青年は今までにない真面目な調子で、じっと相手を見つめながら叫んだ。

「ウフフフフフ」

堪え堪えた笑いが、とうとう声になって星野氏の唇を漏れた。

「どうもしないがね、君の独りよがりがおかしくって堪《たま》らなかったからさ」

星野氏の声の調子がガラリと変わった。

「オイ、大野木隆一君、久しぶりだったなあ」

怪青年は大野木と呼ばれて、ギョッとしたように顔色を変えた。

「ナ、なんだって？」

「君はそれほどうまい変装の名人でいながら、他人《ひと》の変装を看破《みやぶ》る力は少しもないと見えるね。僕を星野氏と信じ込んでいるなんて、君にも似合わないじゃないか。オイ、大野木君、僕の変装もまんざら捨てたものでないと見えるね」

星野氏になりすましていた男は、そう云いながら、いきなり色眼鏡をはずし、半白の鬘や作りものの無精髭をはぎ取った。その下から現われたのは、相手と同じ年配の若々しい美貌である。

「ヤ、ヤ、貴様は有村清だな」

読者諸君は記憶されるであろう。かつて東京湾に民間飛行大会が催された時、競技番組の最終に、高等飛行の妙技《みょうぎ》を競い、飛行機の衝突事件から、もつれ合うパラシュートにぶら下がって、お台場に降りた二青年があったことを。その一人は現世の悪魔と自称する大野木隆一、もう一人は正義の騎士と名乗る有村清であった。その生まれながらの仇敵《きゅうてき》大野木、有村の二青年が、今この山中に、世にも不思議な再会をしたのである。

「よく覚えていたね。如何にも僕は有村だよ」

「だが、貴様はどうしてこんな……」

さすがの悪人大野木も、この思いもかけぬ不意討ちに、あっけにとられて二の句がつげなかった。

「君の陰謀は真弓さんがちゃんと見抜いていたのさ。僕はその真弓さんの友達なんだよ。これだけ云えば、君はすっかり合点《がてん》がいくだろう。辻堂老人が本物か偽物《にせもの》か、それを確かめるために、君にだまされた体《てい》をよそおって、ここまで神妙《しんみょう》について来てやったのさ。ハハハハハハ」

有村青年はこともなげに哄笑《こうしょう》した。

「ウーム、やりやあがったな」

大野木は激怒の相好物凄く、けだもののような唸《うな》り声を立てて、相手を睨みつけた。深讐綿々《しんしゅうめんめん》たる好敵手は、今や人なき山中、数十尺の断崖上に、底知れぬ憎しみの目と目を見かわして相対した。

読者諸君は、有村清とは実は有明男爵の遺児友之助であり、大野木隆一とは、その有明男爵夫妻を惨殺した大曽根五郎の一子竜次にほかならぬ事をご存知であろう。しかし二青年はその事をまだ少しも気づいてはいなかった。しかも因縁《いんねん》の恐ろしさは、それとは知らずして、なお生まれながらの仇敵の如く、互いに憎み合う間柄であった。

闘争

「すると、貴様は星野の身代わりに立とうというのだな。つまり星野の代わりに俺の手にかかって命を捨てようというのだな」

やがて、大野木は憎々しく云いながら、落ちつきはらって、腰のポケットから用意のピストルを取り出すと、悪魔の兇笑《きょうしょう》を浮かべて、グッと有村青年に突きつけるのであった。

「どうだ。まさか貴様の方には、飛び道具の用意はあるまい。さア、命は貰《もら》ったぞ」

「ハハハハハ、卑怯者め、腕ずくでは敵《かな》わないのか、打てるなら打って見ろ。俺には真弓さんという守り神がついているんだからね」

有村は平然と腕組みして、敵の真正面に立ちはだかっていた。

「畜生ッ、真弓は俺の方の守り神だぞ」

叫ぶかと思うと、大野木の指に力がはいって、いきなりピストルの引金が引かれた。

だがカチッとかすかな音がしたばかりで、煙も出なければ、弾丸《たま》も飛び出さない。

「オイ、どうしたんだ。守り神に見放されたのか。ほら、これを見ろ」

有村青年の差し出す手の平の上に、ピストルの弾丸が六個、おもちゃのように乗っている。

「こんなこともあろうかと、さいぜん汽車の中で、ソッと弾丸を抜き取っておいたのを気づかないとは、君も耄碌《もうろく》したものだなあ。ハハハハハ」

大野木はそれを聞くと、まっ赤になって、いきなりピストルを谷間に投げ込むと、

「スリめ、それじゃ腕でこいッ」

と叫びざま、両手をひろげて飛びかかって来た。

たちまち二人は折り重なって地上に倒れ、上になり下になり死にもの狂いの組み討ちが始まった。人なき桟道に砂煙を立てて、二匹のけだもののように転げまわった。

有村青年は柔道二段の剛《ごう》のものであったが、相手の大野木には曲馬団できたえた変転自在の身軽さがあった。押さえつける有村の手の下を、彼は蛇のようにすり抜けて、たちまち相手の上にのしかかった。

道は一間に足らぬ狭さである。一つ足を踏みはずせば数十丈の谷底、むろん命のあ

ろうはずはない。

雲もない青空、さんさんと降りそそぐ春の陽光、森には小鳥のさえずり、谷間には渓流の音、人なき桟道はうららかに静まり返っていた。その中に、無言のまま組んずほぐれつしている二人の姿、ハッハッという烈しい息遣い。

夢中に組み合っているあいだに、いつしか大野木の方が地の利を占めていた。彼は桟道の内側によこたわって、グングンと有村の身体を崖縁の方へ押し出していた。

有村はただ相手を取り押さえようとするばかりであったのに反して、大野木は、敵を谷底へ突き落とそうと死にもの狂いになっていた。そこに彼の強味があった。

危ない、危ない。有村の身体と崖縁とのあいだには、わずか一寸ほどの白い土が残っているばかりだ。しかも、大野木はそれを承知で、なおもグングンと押して来る。

最後の瀬戸ぎわになって、有村青年はやっとわが身の危機を悟った。ヒョイと頸《くび》を曲げて見ると、すぐ目の下に削り取ったように断崖がそそり立っていた。

アッ、いけない。

彼はそれと悟ると、咄嗟に満身の力をこめて、相手の肩を抱いたまま捨て身の寝返りを打った。もうそのほかに助かる道はなかったのだ。敵の安否など気遣っている余裕がなかった。

柔道の寝業《ねわざ》できたえた腕前は、見事に効を奏した。一転瞬にして主客の位置が顚倒《てんとう》した。だが、有村の身体を越えて崖縁に転がった大野木の下には、可哀そうにもう地面がなかった。そこは空中であった。「ギャアッ」という絶望の叫びを残して、大野木の身体は鞠《まり》のように谷底へ転落して行った。

「しまった」

有村青年は人殺しをする気なぞ少しもなかったので、それと知ると、思わず身を起こして、急いで断崖の下を覗き込んだ。

だが、余りに谷が深いせいか、おもちゃのような底の早瀬には、人の落ちたらしい様子も見えなかった。

変だな、そんなに早く水に流されてしまうはずもないのだが。

不思議に思って、キョロキョロしていると、思いもよらぬ間近いところから、

「ここだ、ここだ、助けてくれ……」

と押しつぶしたような声が聞こえて来た。

谷底ばかり注意していたので、ついそれが目にはいらなかったのだ。ふと見ると、崖縁から一間ほど下の山肌に、小さな木の根に取りすがって、頼りなくぶら下がっている大野木の姿があった。

足がかりもない殆ど垂直の岩山のことだから、木の根にすがっているのが精一ぱい、桟道の上までよじ登ることなど思いも及ばなかった。

「おやおや、ひどい目に合ったねえ。自業自得というものだ。いつまでもそうしているがいいよ」

むろん助けてやるつもりではあったが、相手の滑稽《こっけい》な様子に、つい冗談を云わないではいられなかった。

「オイ、俺をこのままにして帰る気か。貴様その善人面《づら》で人殺しをするつもりか。帰るなら帰って見ろ。俺の命は辻堂老人の命と引き換えだぞ。俺が帰らなければ、あの老いぼれは餓え死にしてしまうんだぞ」

さすがに大野木は、そんなみじめな有様になっても、弱音は吐かなかった。辻堂老人の命を最後の切札として握っていたのだ。

「ウン、助けてやらないでもないがね。君は老人を僕に返した上、辻堂家の事には一切手出しをしないと約束するか」

有村青年は、敵を懲《こ》らしめるのはこの時と、わざと落ちつきはらって問答を始めた。

「約束する、約束する。なんでも約束するから、気の長いことを云っていないで、早く助けてくれ。ああ、指がちぎれそうだ。早く、早く……」

強情者の大野木も、もう我慢が出来なくなった様子である。

「それから、星野氏親子にも手出しをしないと誓うか。殊に真弓さんに変な真似をしないことを約束するか」

「ウン、わかった、わかった。もう辻堂家のそばへも立ち寄らないから安心しろ。さア、早く、早く……」

大野木は土のように青ざめて、額からタラタラと脂汗を流していた。木の根にすがった両手からは、無惨に血が流れていた。もうこれ以上猶予《ゆうよ》することは出来ない。

有村青年は手早く両足の巻きゲートルを解いて繋ぎ合わせると、その一方の端を崖縁の岩角に結びつけ、一方の端をしっかり左の手首に巻いて、大胆にも、ズルズルと崖をすべり落ちて行った。

「さア、僕の身体につかまるんだ」

云いながら、右手を出来るだけ伸ばして、大野木の背広の腕をつかみ、渾身《こんしん》の力をこめて引き上げた。有村青年の底知れぬ膂力《りょりょく》と、大野木の軽業の技術とが、うまく結びつかなかったら、この空中の離れ業は成功しなかったかも知れない。それほどきわどい芸当であった。どちらかがちょっとでも手をすべらせたら、二人とも幾十丈の谷底に骨を砕いていたに違いない。

結局、大野木は危ない命を助けられて、桟道の上に登りつくことが出来た。

「有難う、有難う。有村君、君は偉いねえ、君を殺そうとした僕を、命がけで助けてくれるなんて」

さすがの悪人も、胆《きも》にこたえたと見えて、涙を流さんばかりに感謝していた。

「それでは、これから直ぐに東京へ帰ることにしよう。しかし、断わっておくがね、辻堂老人が帰って来るまで、僕は君を逃がしやしないよ。東京へ着いたら、電話で君の部下のものに指図をして、老人を邸まで送り届けさせるんだ。君の身柄は老人と引き換えだぜ。わかったかい」

「いいとも、いくら僕でも、命の恩人との約束にはそむかないよ、安心してくれたまえ」

大野木は神妙に答えるのであった。

そして、二人は峠を下り、再び自動車を雇って韮崎駅へ引き返して、午後六時何分の上り列車に乗り込むことが出来た。

往きと違って帰りは、お互いに正体を現わしてしまったのだから、強いて三等に乗る必要もなく、二人は疲れきった身体を、楽な二等車のクッションに投げ出して、暮れて行く窓の外を、黙々《もくもく》として眺めていた。

「ああ、うっかり忘れてしまうところだった。例の暗号文書を返してもらおう。僕はそんなものになんの興味もないけれど、辻堂老人や星野氏には大切な品だからね」

汽車が動き出すと間もなく、有村はふとそれに気づいて大野木に話しかけた。

「それがねえ、困ったことになってしまったのだよ。僕もさいぜん、自動車の中で、気がついたものだから、その内ポケットを探して見たんだが、いつの間にかなくなっているんだ。あの崖の騒ぎの折、谷底へ落としてしまったのかも知れない。どこを探してもないんだよ」

大野木はさも申し訳ないというように、打ちしおれて答えるのであった。

「ほんとうかい。君の思い違いじゃないのかい」

「今さら嘘を云うものか。ちゃんと封筒のままこの内ポケットに入れておいたんだ、念のためにポケットというポケットを皆探して見たが、どこにもない。君に助けられてあの崖を登る時、この上衣《うわぎ》がたびたびさかさまになったのだから、ポケットのものが落ちたのも無理はないよ。蟇口《がまぐち》なんかも一緒になくなってしまっているんだからね。僕は自動車の中でそれに気づいたとき、あの峠へ引き返して探すことを相談しようかと思ったが、もう夕方だし、それにあの谷底へ降りるのは大変な仕事だからね、廻り道をして行くにしても、とても今日の間には合やしない」

「そいつは困ったなあ。辻堂老人がさぞがっかりすることだろう」

「いや、それは心配ないよ。暗号文というのは、訳はわからないけれど、割に簡単な文章だから、星野にしろ辻堂老人にしろ、きっと空《そら》で覚えているに違いない。暗号を解こうとして、長いあいだ苦労しているんだから、強いて記憶しようとしなくっても、自然と覚え込んでしまっているに違いないよ」

「それもそうだね。今は暗号文書なんかよりも辻堂老人自身を救い出すのが第一だから、今日はまあこのまま帰るとしよう」

会話が途切れると、二人はそのまま黙り込んで、再び物を云おうとはしなかった。有村青年はこの悪人と口をきくのもいまいましい気持だったし、大野木の方は、ただもう敗残者《はいざんしゃ》のひけ目を感じているらしく、深くうなだれて神妙にしていた。

しばらくして大野木は便所に立ったが、席に帰るとまた元のように項垂れたまま、身動きもしなかった。

それから少したって、あたりが突然まっ暗になった。トンネルへはいったのだ。長くもないトンネルのためか、それとも車掌の手落ちであったか、あらかじめ車内の電燈がついていなかったので、三、四十秒のあいだ、客車の中は文目《あやめ》も分かぬ真の闇であった。

大野木は、汽車がトンネルの闇に包まれるや否や、隣の有村青年に気づかれぬよう、ソッと立ち上がると、黒い風のように後部デッキに走って、やにわにそこのドアを開くと、矢のように疾走する車上から、トンネルの闇の中へ、サッと飛び降りてしまった。命がけの放れ業である、だが軽業師の大野木には、朝飯前の芸当であったかも知れない。

パッと窓が明るくなると、隣席の大野木が紛失していた。まさかこれほどの速力の列車から、飛び降りるなどという放れ業は、想像もしていなかったので、有村は別に気にもかけなかったが、ふと見ると、大野木の腰かけていたクッションの上に、一枚の紙片が残っていた。鈴筆で何か細かく認《したた》めてある。

オヤッと思って拾い上げて見ると、それは大野木から有村に宛てた走り書きの手紙であることがわかった。しかもそこには次のような驚くべき文句がしたためてあった。

有村君、結局最後の勝利は俺のものだったね。君のベソをかいている顔が見えるようだぜ。暗号文書を落としたなんて、あれはまっ赤な嘘さ。それに、こうなったら、もう辻堂の老いぼれは返しやしないよ。そればかりじゃない。君をアッと驚かせることがある。君の天女の真弓さんはね、俺たちの留守中に、俺の部下のものが、辻堂の家から、とっくに連れ出してしまったのだぜ。今頃は俺の家《うち》でご主人のお帰りをしとやかに待っていてくれることだろう。可愛いやつだよ。君が隠しておいた星野のありかも、部下の者の手でちゃんと突きとめて、俺たちの留守中に虜《とりこ》にしてあるはずだ。あの片眼先生も、辻堂の親爺と同じ運命だよ。どうだい、なんと完全な勝利じゃないか。宝も女もこの俺の一人占めとはね。俺はこの次のトンネルで君と別れるつもりだ。まあ達者で暮らしたまえ。アバヨ。

この手紙はね、汽車の便所の中で書いているんだぜ。戸の外には君が見張りをしていてくれる。ご苦労さまだね。

ああ、なんという事だ。裏をかいたとばかり信じきっていたのに、敵にそのまた裏をかかれようとは。

「悪人め、悪人め」

有村は拳を握ってくやしがったが、あとの祭りだ。手紙を読んでいるうちに、汽車はもうトンネルから五、六丁も離れていた。今非常停車を頼んでみたところで、すばやい相手に追いつけるものではない。それよりも次の駅に着くのを待って、電話で附近の警察へ依頼した方がいい。

有村青年には、次の駅までの二分間が、まるで三日間のように感じられた。汽車がとまるや否やプラットフォームへ駈け出して、線路を横切り、駅長室へ飛び込むと、息せききって、事の次第を告げた。

駅長の電話によって、時を移さず、警察署から正服私服の警官を満載した自動車が、問題のトンネルへ急派されたが、大野木の姿はもちろん、どの方角へ逃走したかの手懸りさえ絶無であった。

それと同時に、沿線の駅々へ非常手配が行われたのは云うまでもないが、その翌日に至っても、どこの駅にも、大野木らしい人物は立ち現われなかった。変装の名手のことだ。ひょっとしたら、百姓の爺さんか何かに化けて、このいかめしい関所を訳もなく通り過ぎたのかも知れない。

有村青年は敵の云い分通り、完全な敗北を感じないではいられなかった。辻堂老人のほかに星野氏までが、いや、恋人の真弓さんまでが、今は敵の虜となって、いずことも知れず連れ去られてしまったのだ。

あの真弓さんが、極悪人のために、どんなにいやらしく、どんなにむごたらしく、責めさいなまれることであろう。それを考えると、敗残の騎士は、もう居ても立ってもいられないのであった。

一寸法師

荻窪の林の中の一軒家、辻堂家の広い邸宅には、真弓さんが淋しく留守番をしていた。主人の辻堂老人と父の星野清五郎氏は、今朝甲府の近くの山中へ旅に出て、あとには召使いの爺やと女中ばかり、家を取り囲む老樹の影に、邸内は昼でもなんとなく薄暗く、うそ寒く、都会の騒音もこの辺までは聞こえて来ないので、ひっそりと静まり返った居間に、ぽつねんと坐っていると、何か物《もの》の怪《け》に襲いかかられるようで、ともすればうしろが振り返られる気持であった。

庭に面した四畳半の日本座敷。障子ぎわに据えた小さい机に向かって、横坐りに坐っている洋装の真弓さん。座敷には不調和な洋装が、しかし真弓さんにはよく似合って見えた。お化粧をしなくても、西洋人のように白い額、ふっくらとした桃色の頬、大きく澄んだ瞳、彼女は荒涼たる守銭奴の邸宅に思いもよらぬ一輪の花のように坐っていた。

机の上には美しい装幀《そうてい》の詩集がひろげてあった。

　　ホロリと落ちた椿《つばき》の花は
　　　古池のまっ赤な瞳になって

真弓さんは声に出して詩の一節を読んだ。そして、何かゾッとしたように、あたりを見廻した。

辻堂の小父さんが、もう七十近いあのお爺さんが、二十歳の青年のようないやらしい体臭を持っていた。艶々と桃色に輝くふくらはぎを持っていた。

昨夜の鍵穴の隙見のことを考えると、真弓さんは、なんともえたいの知れぬ恐ろしさに、今でも身体じゅうの産毛《うぶげ》が逆立つのであった。

あれは辻堂の小父さんじゃない。小父さんとソックリの顔や声をしているけれど、何か物の怪が化けているのに違いない。ひょっとしたら昔話にあるように、恐ろしいけだものが小父さんを食い殺して、小父さんに化けたのではないかしら。そんなばからしい想像さえ、頭をかすめた。

「あら、そこへ来たのは誰？」

真弓さんは、ビクッと身震いをして、うしろの襖の外へ叫んだ。そこに何か人の足音らしいものが聞こえたからである。

しかし、彼女の空耳《そらみみ》であったのか、襖の向こうからは、誰も答えなかった。

ひとり寝かされた夜更け
雨戸にハタハタと牡丹雪《ぼたんゆき》が

又詩集に目を注いでも、長くは読みつづけられなかった。

今頃お父さまはどうしていらっしゃるかしら。汽車の中かしら、それとも汽車を降りて、鳥居峠とやらへ歩いていらっしゃるのかしら。お父さまを、あんな山の中へ連れて行ったのは、化けものみたいな辻堂の小父さんなのだ。大丈夫かしら。でも有村さんがきっと守って下さるって約束なすったのだから、安心していた方がいい。有村さんはお話に出て来る騎士のように賢くて強い方なんだもの。

有村青年の凛々しく美しい顔が、真弓さんの瞳一ぱいに浮き上がった。あの方があたしを愛していて下さる。あたしのためにどんな事でもしてやるとおっしゃった。淋しがることなんかありやしないわ。あたしにはあんな立派な勇士がついていて下さるんですもの。

有村青年の姿を思い出しているあいだは、すべての不安がどこかへ消えてしまって、真弓さんはウットリと、机の上の花瓶を見つめていた。その小さな花瓶には、お菓子のような薔薇《ばら》の花が一輪、甘く匂っていた。

真弓さんの空想の翼は、その薔薇の花を中心にして、池の波紋のようにひろがって行った。有村青年の艶やかで逞しい姿が、あらゆるポーズをとって、部屋の中に満ちあふれた。

青年はにこやかに頰笑みながら、真弓さんのうしろからソッと忍び寄って、温かい両手で彼女の肩を抱いてくれた。

恥かしいよりも、何かほのぼのとした夢のような快さであった。鼻声を出して甘えたいような気持であった。

青年の両腕が、だんだん強く肩を抱きしめた。何か荒々しいものが感じられた。しまいには、しめつける力の烈しさに息苦しくなった。

真弓さんは、ハッと甘い幻想から目醒めた。そんなことがあるはずはない。有村さんが今頃この部屋へ忍んでいらっしゃるなんて、思いも寄らぬことだ。あれはみんなあたしの空想だったじゃないか。それなのに、この胸をしめつけているものは、夢でも幻でもない、ほんとうの人間の腕なのだ。

彼女は気でも狂ったのではないかしらと、ゾッとして、思わず頸をねじ向けて、うしろを見た。

すると、そこに一つの顔があった。お化けのような顔があった。頭の鉢が福助のようにに開いて、薄い毛がショボショボと生え、その下に血走った目が、気味わるくニヤニヤと笑っていた。

醜い獅子鼻《ししばな》と、異様に赤い厚ぼったい唇のあいだから、むせ返るような生暖かい臭気が、まともに真弓さんの顔を打った。

余りの恐ろしさに、悲鳴を上げて腕を振りほどこうとした。だが、悲鳴を上げる前に、何かしら柔かい白いものが真弓さんの鼻と口を蔽《おお》ってしまった。しめつける腕の力は一そう強くなって、もう身動きすることも出来なかった。鼻と口を蔽ったものは、形容も出来ない烈しい臭気を持っていた。その魂もしびれるような臭気が、胸の奥へしみ渡ったかと思うと、目の前がぼんやり白茶《しらちゃ》けた感じになって、音が聞こえなくなり、やがて思考力が靄《もや》のようなものの中へ溶け込んで行った。

「フフフフフ、お嬢さん、勘弁してくんなよ。しばらくの辛抱だよ」

うしろの怪物が独り言を云って、手を離すと、意識を失った真弓さんの身体は、グッタリと畳の上に横たわった。

怪物はやっぱりニヤニヤと笑っていた。十二、三歳の子供の胴体に、三十歳の大人の顔が乗っかっていた。一寸法師だ。

一寸法師といえば読者は直ちに思い出されるであろう。いつかの夜、殺人会社の秘密室で、大曽根竜次の助手を勤めていた、金ピカ服の怪物を。あいつだ。あいつが今日は金ピカ服でなくて、労働者のような洋服姿で現われたのだ。どこをどう忍び込んだのか、突如として真弓さんの甘い幻を破ったのだ。

「いいかい？」

半開きの外からささやくような声が聞こえた。

「ウン、大丈夫だ。早く箱を持っといで」

一寸法師が答えると、襖が一ぱいにあいて、二人の労働者風の男が、大きな木箱を担いではいって来た。荒削りの松板で張った荷造り箱のようなものである。

「美しい仏さまだなあ」

一人が舌なめずりをしながら、指先で真弓さんの頬をつつく。

「オイオイ、冗談をしてないで、早く棺に納めろよ。団長の大切な花嫁さまじゃねえか」

人もなげな冗談を云いかわしながら、三人がかりで失神した真弓さんを木箱に入れて、蓋の上から釘までうちつけてしまった。

荷物が出来上がると、今度は三人で舁《かつ》ぎ上げて、足音も荒々しく、廊下を玄関の方へ急ぐ。その通りすがりの一室、あけ放った障子の中に、辻堂家の爺やと女中とが他愛《たあい》もなく転がっている。一寸法師はあらかじめこの二人にも、例の麻酔薬を嗅《か》がせておいたのであろう。真弓さんの部屋であんな騒ぎが持ち上がっているのに、誰一人駈けつける者がなかったのも道理である。

門前には一台のトラックが待ち構えていた。三人の曲者は、辻堂家に雇われた運送屋という恰好で、真弓をとじこめた木箱を、そのトラックに積み込むと、一人が運転台へ飛び乗り、あとの二人は車上の荷物の蔭にうずくまった。

そして怪トラックは、エンジンの響きも高く、街道に砂煙を立てて、いずこともなく遠ざかって行くのであった。

大暗室

真弓さんは深い水の底に沈んでいるように感じていた。遠い水面で人々が騒いでいる。「オーイ、オーイ」と自分を呼んでいる声がかすかに聞こえて来る。

刻一刻、その呼び声が大きくなった。誰かが水をもぐって近づいて来る。水の中で声を出すことなど出来るはずはないのに、その者はもぐりながら大声に「オーイ、オーイ」と怒鳴っている。

ついには、それが耳元で半鐘《はんしょう》でも鳴らすような堪えがたい大声になった。同時に何者かの大きな手が、真弓さんの肩をつかんで、地震のように揺り動かした。目をあいてはいけない、ここは水の底なんだからと、と思いながら、しかし目をあかないではいられなかった。真弓さんはパチパチと瞬きをした。そして、大きく息を吸った。

「おお、気がついたかい。お嬢さん、しっかりしなくちゃいけないよ」

その声と一緒に、記憶のある臭気が襲って来た。目の前にフワフワと漂っていた赤黒いものは、醜怪《しゅうかい》な例の一寸法師の顔であることがわかって来た。

水の底ではなかった。どこかしらまっ暗な場所であった。身体の下には冷たい土があった。一寸法師のうずくまっている足元には、古風な西洋燭台《しょくだい》に蠟燭《ろうそく》が燃えていた。光と云ってはその赤茶けた蠟燭ただ一つ。見渡すかぎり黒暗々《こくあんあん》の闇であった。

ああ、あたしは気を失っていたのだ。気を失っている間にこんなところへ連れて来られたのだ。

しかし、ここはいったいどこなのか。東京市内か、それとも遠い片田舎なのか、あれからどれほどの時間がたっているのか、彼女には何もわからなかった。

それにしても、ここは野外なのか屋内なのか、若《も》し野外だとすれば、如何に闇夜と云っても、空の薄明りがあるはずだし、空気の動きが感じられるはずである。この暗さ、この静寂、蠟燭の火が微動もしないで燃えている様子は、どうも野外とは受け取れぬ。

と云って、見渡すかぎりまったくの闇で、壁らしいものも天井らしいものも、ほの見えず、家の中とも思われない。若しやここは、地底の大きな洞窟ではないのかしら。真弓さんはふとそこへ気がつくと、ひとしおまさる恐ろしさに、身震いしないではいられなかった。

「お嬢さん、気分はどうですね。ほら、これを飲んでごらんなさい。元気が出ますぜ」

一寸法師が相変わらずニヤニヤ笑いながら、葡萄酒《ぶどうしゅ》らしい赤い液体のはいったコップを差し出した。

真弓さんは僅《わず》かに起き上がって、そのコップを受け取ると、一《ひ》と息《いき》に飲みほした。悪人のお慈悲など受けたくはなかったけれど、そんなことを云っていられないほど、喉が渇いていたのだ。しかしまだ立ち上がって逃げ出すほどの気力はない。それに、一寸法師はいやらしい顔をしてはいるけれど、別に危害を加える様子も見えぬので、いくらか恐怖も薄らぎ、真弓さんはやっと口をきく勇気が出た。

「ここはどこですの？　そして、あなたは誰ですの？　なぜあたしをこんなところへ連れて来たの？」

一寸法師は待ってましたというように、舌なめずりしてニヤニヤしながら答えた。

「ここはね、お嬢さんのお婿《むこ》さんの家だよ。いや、俺じゃない。俺はそのお婿さんの家《け》来《らい》さ。お婿さんという人はね、まだ若くって、強くって、とても美しい人だよ。一と目見たら好きになるにきまっているよ」

真弓さんはそれを聞くと、ゾーッと背筋が寒くなった。こんな暗闇の中に、美しいお婿さんが待っているなんて、昔話の怪談そっくりではないか。どうせ魔性《ましょう》のものにきまっている。

「帰して下さい。あたしの家へ帰して下さい」

彼女は思わず、上ずった声になって、立ち上がった。立ち上がって一、二歩よろめくと、又パッタリ冷たい土の上に倒れてしまった。

「ハハハハハ、駄目だよ。いくらお嬢さんが逃げようとしたって、逃げられるような場所じゃないんだよ。それよりも、お婿さんに可愛がってもらう方が、お前さんのためだよ」

一寸法師はさもおかしそうに、顔をしかめてあざ笑った。

ちょうどその時、遙か闇の彼方から、若々しい男の声が聞こえて来た。

「真弓さん、正気づいたようだね」

ギョッとしてその方を眺めると、墨を流したような闇の中から、白いものが朦朧と現われて、やがて、それが人の顔になった。二十四、五歳の美しい青年である。仕立おろしの意気な背広を着て、髪は艶々としたオール・バック、白い指には宝石入りの大きな指環がキラキラと光っている。

「ア、団長さん、お帰りなさい。お嬢さんは今目を醒ましたところです。お嬢さん、この方がお前さんのお婿さんだよ。可愛がってもらうがいいよ」

「つまらんことを云うものじゃない。お前は黙っているんだ」

美青年は一寸法師を叱りつけておいて、真弓さんのそばに近づいた。

「真弓さん、君は僕を知らないだろうが、僕は辻堂老人とも懇意《こんい》だし、君のお父さんの星野氏もよく知っている。お父さんからは君との結婚の承諾も得ているんだよ」

青年は意外なことを云って、真弓さんの青ざめた顔をじっと覗き込んだ。

真弓さんはむろん青年の言葉を信じなかった。そんなばかばかしいことがあり得るはずはないのだ。この青年はやっぱり魔性のものに違いない。美貌は美貌だけれど、なんという薄気味のわるい美しさであろう。蛇のようだ。まるで蛇のようにヌメヌメとした気味わるさだ。

「ハハハハハ、君は僕が出鱈目を云っているんだね。よろしい、それじゃ出鱈目でない証拠を見せて上げよう。オイ、小人島、お嬢さんをあの二人のところへご案内申すんだ、いいか。ゆっくり親子の対面をさせて上げるんだぞ」

青年が何か訳のわからぬ命令を与えると、一寸法師はハッとばかりにうやうやしく一礼して、地上の燭台を取り上げ、真弓さんの手を引っぱって、

「さア、お嬢さん、こちらへ来るんだよ」

と先に立った。

グングン手を引かれるままに、よろめきながらついて行くと、やがて十二、三間《げん》も歩いた頃、行く手の闇の中にボンヤリと人の姿らしいものが現われて来た。

「さア、よくごらんなさい。お前さんのお父さんと伯父さんだ。ほらね」

一寸法師が燭台を近づけて照らし出した人の姿を見ると、真弓さんは余りの驚きに声を立てることさえ出来なかった。悪夢にうなされているのではないかと、われとわが正気を疑わないではいられなかった。

そこには、闇の地上に、二人の男がうしろ手に縛られてうずくまっていた。一人は銀髪の辻堂老人、もう一人はまごうかたなき父の星野清五郎であった。

真弓の姿をみとめると、先方の二人は思わず叫び声を立てた。

「おお、お前は！」

辻堂老人も星野氏も幽霊のように青ざめて、やつれていた。それが黒い口をポカンとあけて、異口同音《いくどうおん》に叫んだのだ。すると、その声がゴーンと谺《こだま》になって、長い余韻が空の方に消えて行った。やっぱりここは野外ではなかった。洞窟のような場所に違いない。それにしても東京の附近にこんな大きな洞窟があるのだろうか。

「まあ、お父さま、どうしてこんなところへ？」

真弓さんも泣き声を上げた。

「これにはいろいろ訳がある。昨日お前が連れて来た有村という人と、ある打ち合わせをして、わしは友達の家に隠れていたのだ。甲府へ旅をしたのは、実はわしではなかった。有村君がわしの姿に化けて出掛けたのだ。ところが昨夜おそく、有村君の手紙を持った使いが、わしの隠れ家へやって来た。わしはその偽の手紙におびき出されて、とうとうこんな所へ連れこまれてしまったのだ。真弓、だまされてはいけない。ここにいる奴は有村君の敵なんだぞ」

星野氏は息も切れ切れに事情を述べて、娘に警告を与えた。

「まあ、それでは……」

真弓さんはたちまちその意味を悟って、不安の余り絶叫した。では、お父さまに変装してお出かけなすった有村さんは、どうなさったのであろう。若しや、若しや……。

「アハハハハハ」

突如として、闇の中に小気味よげな高笑いが谺した。そしてさいぜんの美青年の姿が、蠟燭の光の中へ立ち現われた。

「真弓さん、その有村君がどうなったと思うね。君には実に気の毒だけれど、まあ運命と諦めるんだねえ。有村君はもうこの世の人ではないよ。君のお父さんの身代わりになって、鳥居峠の深い谷底で死骸になっているんだよ。今朝有村と一緒に甲府へ出かけたのは、実はこの俺だったのさ。ハハハハハ、有村が君のお父さんに変装したように、俺はまた辻堂の爺さんに化けていたのさ。そして、鳥居峠の頂上で、お互いに正体を現わして、命がけのとっ組み合いを始め、俺が勝ったというわけなんだよ。有村のやつ、可哀そうに、何十丈という谷底へ、ギャーッという悲鳴を上げながら、転がり落ちて行ったっけ。ハハハハハ」

美青年大曽根竜次は、まっ赤な嘘をぬけぬけと喋り立てて、真弓さんの歎き悲しむ様《さま》を楽しんだ。

「おお、さぞ悲しいだろう。泣くがいい、泣くがいい。そうして涙を流している君の顔は、また一段と美しいぜ」

真弓さんはあふれ落ちる涙に頬を洗わせながら、しかし泣き声は立てなかった。血のにじむほど唇を嚙んで、愛人の敵を睨みつけていた。彼女の目からは、青い焰《ほのお》がほとばしって、極悪人大曽根の全身を包むかとさえ疑われた。

「真弓さん、わかったかね。辻堂老人もお父さんも、こうして君と僕との婚礼の式場に立ち合っていて下さるのだよ。若しも君が僕を嫌って拒絶なんかすれば、ほら、これを見たまえ、こいつがたちまちお父さんの胸に突き刺さるというわけだぜ」

大曽根は右手に隠し持っていた短刀を、蠟燭の光にかざして見せた。するどい両刃の短刀は、赤い焰を受けて、ギラギラと薄気味わるく輝き、ほくそ笑む青年の唇は、血潮を舐めたかのように、毒々しくまっ赤にうるおって見えた。

悪魔の振子

それからしばらくのあいだ、人外境の洞窟の中には、ここに書き現わすことも出来ないような地獄の光景がくりひろげられた。

真弓さんは、辻堂老人と父のそばから引き離され、洞窟の別の片隅へ連れて行かれた。

そこには悪魔の婚礼の用意がととのっていた。醜怪な一寸法師が媒妁人《ばいしゃくにん》となって、奇怪きわまる三々九度の盃《さかずき》がくみかわされ、盃を重ねるにつれ、大曽根の青白い顔が火のように燃え上がった。

それから、唯一の蠟燭さえ消された闇の中に、酔いどれ蛇の乱舞が始まった。蛇は犠牲《いけにえ》のまわりを躍り狂い、犠牲にまつわりつき、よじれ合い、這いまわった。

それは深海魚《しんかいぎょ》のように触覚《しょっかく》ばかりの世界であった。真弓さんは、焔のような息と、熟柿《じゅくし》の匂いと、忘れもしないあの体臭と、それからネットリと生暖かい触覚に責めさいなまれた。

しかも、その執念深い蛇性《じゃせい》のものが、有村青年の仇敵かと思うと、彼女はもう何もかも忘れてしまった。父のことも伯父のことも考えている余裕はなかった。心の底から突き上げて来る憎悪と憤激《ふんげき》のためにわれを忘れてしまった。

彼女はまだ蠟燭のついていた時、酔いの廻った大曽根が例の短刀を傍《かたわ》らに置いたまま忘れているのを見逃さなかった。そ知らぬ振りでそれを拾い取って、身体の蔭に隠し持っていた。

いざという時には、これで身を守るほかはないと覚悟をきめていた。そして、いよいよその時が来たのだ。

彼女は闇の中で、ヌルヌルと纏《まと》いつく蛇の胴中を手さぐりながら、思い切って短刀を突き立てた。

「ギャッ」という悲鳴が空洞に谺して、すさまじく響き渡った。

「キ、貴様、俺を殺す気か。畜生。オイ、小人島、火だ、火だ、早く火をつけるんだ」

真弓さんは短刀を落としてしまったので、二の太刀を揮《ふる》うことが出来なかった。あの一撃が精一杯であった。それが急所をはずれて、敵がまだ生きていることがわかると、彼女はグッタリとなって、再び立ち上がる気力さえなかった。

マッチがシュッと鳴って、蠟燭が点じられた。その赤い光の中に、大曽根は肩先からタラタラと血を流して、物凄い形相で立ちはだかっていた。

「エヘヘヘ、貴様は、それほど、この俺が嫌いなんだな。よし、よし。それじゃ俺の方にも考えがある。その強情が張り通せるものかどうか、一つ試して見るとしようじゃないか。オイ、小人島、縄だ。こいつを身動き出来ないように括《くく》り上げるんだ。そして、例のところへほうり込むんだ」

一寸法師が、どこからか長い縄を持ち出して来た。ニヤニヤとあざ笑う不具者の顔が、真弓さんの真上に迫って、例の臭気が襲いかかった。

彼女にはもう抵抗する力は残っていなかった。たちまちグルグル捲《ま》きに縛り上げられ、芋虫のようにコロコロと転がされて、どこかへ運ばれて行った。

ハッと思うと、身体の下の地面が消え失せていた。クラクラと眩暈《めまい》がして、何か深い穴の中へ落ち込んで行くような感じがした。そして、彼女はまた意識を失ってしまった。

それからどれほどの時間がたったのか、ひょっとすると、それは一昼夜も二昼夜もの長い時間であったかも知れないのだが、ふと正気に返って見ると、異様に固いものの上に、まったく身動きも出来ないように縛りつけられていることがわかった。

彼女の身体の下にあるのは、何かしら木製の大きな枠《わく》のようなものであった。その枠の上に、彼女の手も足も胸も腹も、太い麻縄でグルグル巻きに括りつけられているのだ。わずかに動くのは右手の肘から先ばかりであった。

「ああ、あたしは死ぬのだ。こうして餓え死にさせるつもりに違いない」

彼女はもう諦めていた。餓え死にの苦しさは想像しても身震いするほどであったが、悪魔の花嫁になるくらいなら、まだしも餓え死にを選んだ方がましだと、固く決心していた。

だが、悪魔の智恵には奥底がないのだ。この穴蔵の中に、その餓え死によりも幾十倍恐ろしい戦慄が待ち構えていようなどと、誰が想像し得たであろう。

二間四方ほどの穴蔵の中には、何かしらかすかなほの明りが漂っていた。頭をねじ向けて見ると、向こうの隅にチロチロと青く陰火《いんか》のようなものが燃えている。

頭を元に戻そうとして、ふと目にはいったのは、ちょうど彼女の枕元のところに、一枚の盆が置かれ、その上に幾つかの握り飯と、水を入れた茶碗が乗っていることであった。わずかに動く右手を伸ばして見ると、ちょうどその盆まで届くことがわかった。

「おや、それじゃ、餓え死にさせるつもりでもないのかしら」

真弓は、それを見ると、突然ひもじさを感じた。あさましいと思っても、どうにも我慢が出来なかった。右手がほとんど自動的に働いて、握り飯を口へ持って行った。そして、茶碗の水を一《ひ》と息《いき》に飲みほしてしまった。

彼女はひどく餓えていた。気を失っていたあいだがそれほども永かったのである。

だが、一つの握り飯をたべおわって、次の一つへ手を伸ばした時、彼女は思わず、

「アッ！」

と声を立てた。彼女の指が掴《つか》んだものは、粘り気のある米粒ではなくて、何か産毛の一面に生えた生暖かい物であった。そのものが、彼女の指の中でピチピチとはね

廻ったかと思うと、突然人差指《ひとさしゆび》の腹にするどい痛みを感じた。

ゾッとして手を離すと同時に、そこへ目を凝《こ》らすと、一匹の大きな黒い鼠が、矢のように走り去るのが見えた。この穴蔵には野鼠が棲んでいるのだ。そいつが握り飯を発見して近寄っていたのだ。

鼠の逃げ去った方角の地面に、三尺ほどの幅の黒いものがかすかに見えていた。どうやらそこに大きな穴があいているのらしい。鼠はその穴の中から這い出して来たのに違いない。

もうその黒い穴から目を離すことが出来なかった。真弓は鼠という生きものが、ひどく嫌いであった。嫌いというよりも恐ろしかった。

脅えた目で、その黒い穴を見つめていると、やがて、穴のまわりに、何かしらウジャウジャとうごめくものが見え始めた。

おお、鼠の頭だ。一匹、二匹、三匹、四匹、数えきれないほどの鼠どもが、ソッと穴の縁から頭を出して、こちらを窺《うかが》っているのだ。

真弓は余りの不気味さに、「シッ、シッ」と云いながら、わずかに動く右手を振った。すると、鼠どもはサッと穴の中へ姿を隠すのだが、又しばらくすると、ウジャウジャと穴のまわりがうごめき始める。中には穴を這い出して、勇敢にもチョロチョロと彼女の身辺に近づいて来るやつもある。

鼠どもを遠ざけるためには、ただもう引っ切りなしに、バタバタと右手を動かしているほかはなかった。

長い長いあいだであった。機械のように動かしつづけている右手が、もう無感覚になっていた。それでも鼠の怖さに、手を休める気にはなれぬ。彼女は空ろな目を暗い天井に向けたまま、疲労の極、ほとんど無意識にその動作を繰り返していた。

ふと気がつくと、高い天井の闇の中に、チロチロと動いているものがあった。最初は蝙蝠が飛んでいるのかと疑ったが、そうではなかった。何かえたいの知れない機械のようなものである。

それは大時計の振子によく似ていた。しかし、時計の振子などとは比べものにならない大きさだ。暗いのでよくはわからぬけれど、その長さは一間《けん》以上、幅は二尺ほどで、振子の玉の先端に銀色の三日月《みかづきがた》型のものがついている。それが左右に大きく揺れるごとに、穴蔵の隅の例の青い焔を反射して、キラリ、キラリと光るのだ。

真弓はその奇妙な機械を非常に不気味に思ったけれども、まだ鼠の怖さを忘れるほどではなかった。又例の穴の方へ頸をねじ向けて、ともすれば這い上がって来る鼠を追うのに気を取られていた。

だが、しばらくして、再び天井に目をやった時、彼女はギョッとしないではいられなかった。あの大振子は、大きく左右に揺れながら、いつの間にか二尺ほども彼女の方へ近づいていたではないか。振子はただ揺れるばかりでなく、徐々に地上へ下がって来るのだ。

彼女はその機械仕掛けの不思議さに、もう鼠の事も忘れて、ただ振子ばかりを眺めていた。確かにそれは下がって来る。左右に一と振りするごとに、一分ずつ、一分ずつ、彼女の上に迫って来る。

今では振子の玉の先端の、三日月型の銀色の部分が、ハッキリと見分けられる。それは謂《い》わば巨大な鎌《かま》のようなものであった。そして、その鎌の刃はまるで剃刀《かみそり》のように鋭いのだ。

重い鉄製の振子は、空《くう》を切って往復するたびに、シュッシュッという鋭い不気味な音を立てた。

真弓さんは徐々に徐々に下がって来る大振子と、その先端の巨大な剃刀の刃を見つめているうちに、全身の産毛がことごとく逆立ち、歯の根がガチガチと鳴り始めた。

今こそわかった。悪魔の恐ろしい企らみがわかった。あいつはこの不思議な機械仕掛けによって彼女を殺そうとしているのだ。だが、即座にではない。振子の先端が彼女の身体に触れるまで下がって来るのには、恐らく数時間の余裕があるであろう。しかも、大きな木の枠に縛りつけられた被害者は、みすみす剃刀の刃に断ち斬られるとわかっていながら、その長い時間、まったく身動きをすることも出来ないで、じっと待っていなければならないのだ。

真弓さんはもう全身にビッショリ汗をかいていた。心臓が早鐘《はやがね》のように鳴っていた。

ああ、そのあいだがどんなに長い長い時間であったか。彼女にはそれがおびただしい歳月のようにさえ感じられた。

「有村さん、有村さん、あなたはどこにいらっしゃるの？　早く、早く、あたしを迎えに来て！」

有村の死を信じていた彼女は、遙かなる黄泉《よみ》の国《くに》へと、心を限りに叫びつづけた。

やがて、振子の不気味な音のほかに、匂いが加わって来た。あの血の匂いに似た鋼鉄《はがね》の鋭いかおりが鼻孔にしみ込んで来た。

真弓さんはもう無我夢中であった。いっそ早くおりて来い。もっと早くおりて来て、この胸を断ち斬ってくれ。彼女は熱病やみのように、空中のだんびらに向かって、自分自身を押し上げようともがいた。

だが、次の瞬間には、彼女は空ろな表情になって、そのピカピカする死の刃を眺めながら微笑した。ちょうど幼児がピカピカするおもちゃを見るように、ニコニコと笑った。

そして、彼女は又、いつしか気を失ってしまった。

次に目醒めた時、そこは地獄でも極楽でもなくて、やっぱり以前の暗闇の穴蔵であった。血に餓えた殺人振子は、いつの間にか、ギョッとする間近さに迫っていた。巨大な剃刀の刃と彼女とのあいだには、もう一尺ほどの隙間しかなかった。

振子の揺れ方はちょうど彼女の身体と直角をなして、数十分或いは十数分の後には、彼女のふっくらとした胸の上を真一文字に斬り裂くような位置になっていた。

真弓さんは、歯の根も合わぬ悪寒の中で、剃刀のような半月刀が、彼女の胸に触れる刹那《せつな》を想像した。

それは先《ま》ず彼女の服の上をスーッと一《ひ》と摺《す》りこすって、その布地をごく僅かばかりけばだてるに過ぎないであろう。しかし、二度、三度、四度、振子の往復が度重なるにつれて、布地は刻々に烈しくけばだって行くであろう。そして、服地が完全に断ち切れてしまうと、次には下着が、それから、ああ、あのドキドキと光ったやつが、彼女の乳房の白い皮膚を、シューッとかすめて通るであろう。

そして、皮膚の表面が、細い細い蜘蛛《くも》の糸のように、薄く赤ばむであろう。二た摺り三摺《みす》りの後、そこから絹糸のような血が流れるであろう。やがて、鋭い半月刀は皮を断ち切り、肉に喰い入り、長い長い時間の後、ついには骨に達するであろう。

真弓さんはキリキリと歯ぎしりを噛んで、目の前に迫る巨大な殺人機械を見つめていた。目をそらそうとしてもそらすことが出来なかった。何か強い強い紐《ひも》のようなもので眼球がその方へ、ドキドキ光る大剃刀の刃へ、ひきつけられていた。彼女はまるで阿呆のように、揺れる振子と同じ拍子を取って、右、左、右、左と顔を動かしつづけていた。

下へ！　下へ！　大剃刀の刃は少しも狂いのない正確さで、ジリリ、ジリリと下へ下へ！　下へ！　それは人間業ではどうすることも出来ない、必然の運命のようにさがって来る。

振子の一往復ごとに、彼女は火のような息を吐いて、喉をゼーゼー云わせながら喘《あえ》いだ。

ああ、振子の半月刀は、もう乳房の上三寸の近さに迫っていた。今二十往復、或いは二十往復の後、あの鋭い刃はいよいよ彼女の服地をこすり始めるに違いない。

真弓さんの全身の神経は、電気をかけられたように、無残に振盪《しんとう》した。又しても気を失いそうであった。だが、今度気を失ったらおしまいだ。もう二度と目を醒ます折はないであろう。

彼女の精神力が物狂わしい力で緊張した。脳髄《のうずい》がただ一つの考えに集中した。

彼女の頭に、実に異様な考えがひらめいた。魔法のような、奇蹟のような、不思議な思案が浮き上がって来た。

それは現在の彼女に残された唯一の手段であった。そのほかにこの死刑をまぬがれる方法はなかった。

だが、なんという恐ろしい手段であったろう。彼女はそのいやらしさに、思わず身震いした。しかし、この危急の場合、いやらしさなどを考えていることは出来なかった。

頭をねじ向けて見ると、枕元の盆のそばには、いつの間にか無数の黒い生きものが群がって、握り飯は半分ほどに喰いあらされていた。

真弓さんは、右手でその残りの米粒を掴み取ると、胸や腹の上に巻きついている太い麻縄に、所きらわずこすりつけた。手の自由の利く限り、縄の一本一本に、丹念に飯粒を塗り込むようにした。そして、じっと身をすくめ、息さえ殺して、その効果の現われるのを待った。

さすがに貪欲《どんよく》な鼠どもも、しばらくはあっけにとられた形で、彼女の身体を眺めているばかりであったが、やがてそのうちの大胆な一、二匹が、チョロチョロと彼女の胸の上に這い上がって、麻縄を噛《かじ》り始めた。

そして、何事もないとわかると、群がる鼠どもに勇気をつけた。次々と彼女の身体を、小さな生きものの脚がよじ登った。あの黒く見えている穴の中からも、列を作るようにして、おびただしい新手が群がって来た。

真弓さんの胸と腹は、無数の鼠によっておおい隠されてしまった。それはウジャウジャと絶え間なくうごめく、大きな黒い塊《かたまり》のように見えた。彼らが麻縄を噛る音が、まるで嵐のように聞こえた。

鼠どもはただ麻縄に群がるばかりでなく、真弓さんの喉から顎にかけて這いまわった。ある者は彼女の唇をさえ嗅ぎ始めた。

真弓さんはもう生きた心地もなかった。じっと目を閉じて、歯を喰いしばって、気も狂うほどの恐怖に耐えていた。もう一つの、もっと大きな恐怖を逃れたいばかりであった。

しかし、やがて、予期したよりも早く、彼女の機智は酬《むく》われた。プッツリ音を立てて、麻縄の一本が切れたらしく胸をしめつけていた力がゆるむのが感じられた。そして、二本、三本、縄は次々と切断され、死にもの狂いにもがいているうちに、彼女の全身が自由になった。

「ああ、助かった」

彼女は歓喜《かんき》の叫び声を立てて、木製の枠の上から、冷たい地上へ寝返りを打った。鼠どもは周章狼狽《しゅうしょうろうばい》して、先を争って元の穴へと逃げ込んで行く。

彼女が寝返りを打った時、振子はもう髪の毛一と筋に迫っていて、その肩先の服地をスーッとかすめ切って行った。もう一分おくれたなら、彼女の乳房からは、絹糸のような血潮が流れたのに違いない。

真弓さんは危地《きち》を脱した安堵のために、グッタリと横たわったまま、もう何を考える力もなかった。

「助かった、助かった、助かった」

ただそんな言葉が、頭の中で、鼓動《こどう》のように繰り返されていた。

だが、彼女はほんとうに助かったのであろうか。たとい殺人振子の難は逃れたとしても、この闇の穴蔵をどうして抜け出すことが出来るであろう。そのうちには、悪魔は彼の死刑が失敗に終わったことを悟るに違いない。そして第二段の、もっともっと恐ろしい陰謀を企らまないと、誰が保証し得るであろう。

魑魅魍魎《ちみもうりょう》

グッタリと横たわっている真弓さんの頭の上に、突然、カラカラという歯車のきしむような物音が響いた。

びっくりして見上げると、さいぜんまであのように彼女を苦しめていた大振子が、闇の中をサーッと天井へ引き上げられて行くのが見えた。

すると、やっぱり悪魔はこの穴蔵の中を、どこからか監視しているのだ。そして、振子の仕掛けが無駄であったことがわかったものだから、機械を動かして、それを元の天井へ引き上げたのに違いない。

それからしばらくのあいだ、不気味な静寂が続いたが、ふと気がつくと、穴蔵の中が少しずつ少しずつ明るくなっているように思われた。明るいと云っても、ほがらかな太陽の明るさではない。何かしら地獄の底から燃え出でた血のように赤茶けた光である。

その方を振り向いて見ると、ああ、わかった、さいぜんまでは蛍火《ほたるび》のように青ざめた陰火であったあの焔が、いつの間にか、炎々《えんえん》と血の色に燃え上がっていたのだ。そこには篝《かがり》のように薪《たきぎ》が積み重ねてあって、何かの仕掛けで、それが俄かに燃え始めたのである。

真弓さんは半ば起き上がって、メラメラと動く赤い焔の影を追っていたが、やがて、何を見たのか、

「アッ!」

と叫んだまま、地上にひれ伏してしまった。

ああ、あの姿は! これがこの世の出来事であろうか。それとも彼女はいつしか冥《めい》府《ふ》の人となって、地獄をさまよっていたのであろうか。

もしや幻ではなかったかしら。幻とでも考えないでは、余りに恐ろしい物の姿であった。

彼女はそれを確かめようと、おずおずと頭をもたげた。そして、飛び出すほど見開かれた目で、そのものを凝視した。

夢でもない。幻でもない。そこには、赤い焔に照らし出されて、闇の中から、朦朧と異様な物の姿が浮き上がっていた。

そのものは人間の二倍ほどもある巨大な蝙蝠であった。灰色の毛むくじゃらの胴

体、枯木のような二本の足、その先に光っている鎌に似た鋭い爪。

背中には黒い幕を張ったような二枚の大きな翼が、いどみかかるようにひろがっていた。しかも、ゾッとしたことには、その大蝙蝠の胴体の上には、醜怪な人間の顔がついていたのである
ツルツルに禿げた頭、異様に濃い草叢《くさむら》のような眉、細い笑っているような目、厚いまっ赤な唇、その唇の両端が醜くめくれ上がって、二本の小さい牙がのぞいているのだ。

真弓さんはその怪物から逃れようとあせったが、四方を閉ざされた穴蔵の中、逃げようとて逃げる場所もない。それに、彼女の肉体は、さいぜんからの恐ろしい責め苦に、立ち上がる気力さえ失っていた。

悪夢の中でのように、あせればあせるほど、彼女の足は云うことをきかなかった。わずかにヨロヨロとよろめいて一、二歩怪物から遠ざかったが、目を上げると、これはなんとしたことだ。そちらの闇の中からも、又異様なものの姿が、彼女をじっと睨みつけていた。

そのものは、全身毛むくじゃらの裸体の人の姿をしていたが、ゾッとしたことには、顔はまっ青な大蛇であった。血走った皿のような目、ギャッとあいた口、黄色い牙、そ

のあいだから焔のように燃え出したまっ赤な舌。

真弓さんは、もう叫ぶ力もなく、両手で空《くう》をつかむようにしながら、又別の方角に身を避けたが、すると、そこにも一匹の赤鬼が、ニューッと彼女の前に立ちふさがっていた。

今や狭い穴蔵の中は、あらゆる奇怪なる物の姿によって満ちあふれたかと見えた。彼女の行く手には、どの方角にも、ギョッとする魔性のものが立ちふさがっていた。

そして、それらの魑魅魍魎は、四方から、ジリジリと真弓さんを押し包むように、迫って来るのだ。

だが、やがて、脅え切った彼女にも、それらの怪物が決して生きているのではないことがわかって来た。生きているのではなくて、それらは穴蔵の四方の壁に描かれた一種の壁画に過ぎないことがわかって来た。

穴蔵の四方の壁は土ではなくて、鉄板のようなもので出来ていた。その鉄板の表面に、ウジャウジャと巨大な魑魅魍魎の姿が描かれているのだ。それが、篝火の赤い焔にさも生けるが如く照らし出されたのであった。

しかし、それとわかっても、真弓さんの恐れは少しも減りはしなかった。いや、絵に描いた怪物などよりはもっと現実的な、奥底の知れぬ恐怖が、ジリジリと身辺に迫って来るのを感じた。

　怪物どもは絵に過ぎなかったけれど、それの描かれた鉄の壁そのものが、徐々に四方から彼女の方へ近づいていた。壁が動いているのだ。あの恐ろしい振子と同じような正確な機械仕掛けで動いているのだ。

　四角であった穴蔵が見る見るうちに菱型《ひしがた》にゆがんで行った。二つの角が狭く縮んで、だんだん彼女から遠ざかって行くにつれて、別の二つの角は広く平らになって、彼女の前後から、今にも押しつぶすように迫って来た。

　彼女は今や、巨大な鼠取りにかかった哀れな一匹の生きものであった。怪物どものひしめき合う鉄板は、ますます菱型を狭めながら、やがて一枚の板のようにピッタリとくっついてしまうに違いない。そして、真弓さんの柔らかい肉体は、そのあいだにはさまれて、身の毛もよだつ無残の最期をとげるのであろう。

　彼女は頑丈な鉄板のために、ジリジリと、穴蔵の中央の辺に押しつめられた。抵抗することの出来ない恐ろしい力で、冷たい土の上を引きずられて行った。

　彼女は無我夢中で、両手で土を掴むようにしていたが、突然その手の下の地面が消え失せてしまった。そして、彼女の顔の下から、ゾッとするような冷たい風が吹き上がって来た。

そこに径三尺(約九十センチ)ほどの丸い穴があいていたのだ。さいぜん無数の鼠どもが現われて来たあの黒い穴である。

ああ、わかった、わかった。悪魔の鉄板は、可哀そうな餌食《えじき》をここに追いつめて、この穴の中へつき落とそうとしているのだ。彼女を押しつぶすのではなくて、この穴へ追い落とすのが、悪魔のほんとうの目的なのだ。

真弓さんはほとんど無意識に、穴の中へ手をさしのべて見た。しかし、いくら手を伸ばしても底には達しない。じっとその闇の中を見つめていると、無限の地獄に続く底なしの穴かと疑われる。

鉄板は無情残酷な暴力で、彼女を遂に最後の一点に押しつめて来た。押しつぶされるか、でなければ底知れぬ古井戸の中へ転落するか、いずれにしても、逃がれるすべのない運命であった。

真弓さんは、もう幽霊のような哀れな姿になって、最後の力で穴の縁にとりすがっていた。グッタリとなった上半身は、古井戸の中に折れ曲がって、解け乱れた髪の毛が、まるで磁石で引きつけられるように、井戸の底へと垂れ下がっていた。

「有村さん、有村さん……」

彼女のひからびた唇が、かすかに動いて、懐かしい人の名を呼んだ。

するると、それに答えるかのように、まっ暗な井戸の底から、巨大な人の顔がぼんやりと浮き上がって来た。有村青年のにこやかな笑顔である。彼は穴の中一ぱいの巨人となって、真弓さんをさし招くように、頬笑んでいるのだ。

「あたし、今そこへ行きますわ。待ってて」

真弓さんの唇から最後の言葉が漏れた。そして、井戸の底の恋人の幻を抱こうとでもするように、彼女の衰え果てた身体は、ズルズルと穴の縁をすべって、深い深い闇の底へと落ち込んで行った。

第二　渦巻と髑髏《どくろ》の巻

仮面の人物

鳥居峠からの帰途、トンネルの闇の中で、大曽根を取りにがした有村青年は、汽車が東京に着くとすぐさま、辻堂老人を訪ねたが、もうそこはもぬけの殻《から》であった。

有村青年は、そこで直ちにこの事を警察に訴えて、三人の行方捜査を依頼したばかりでなく、自身でも心当たりの場所を、狂気のようにたずねまわったが、しかしなんの甲斐《かい》もなく、心痛のうちに三日間が経過した。

さて、その四日目のことである。有村青年の家に一通の奇妙な手紙が配達された。

有村の家は、辻堂家と同じ荻窪のとある町はずれにあった。樹木に取り囲まれた閑《かん》静《せい》な小西洋館で、独身の主人のほかに、妙な老人と召使の少女との三人暮らしである。

有村青年が書斎にいると、召使の少女がその奇妙な手紙を持って来た。宛名の筆癖にも心当たりがなかったし、差出人の署名もない。変だなと思ったけれど、ともかくも封を切って見ると、それは次のような、悪魔からの恐ろしい消息《しょうそく》であった。

> 有村君、先日は飛んだ目に会わせて気の毒だったね。真弓さんは確かに頂戴した。辻堂の親爺や星野と一緒に、俺の隠れがの大暗室に監禁してある。三人とも恐らく二度と日の目を拝むことはないだろう。大暗室は永遠の暗の国だ。それから、もう一つ君に報告しておかなければならないことがある。例の伊賀屋の埋蔵金だ。これも確かに頂戴した。俺はあの暗号文を一《ひ》と目《め》で解いてしまったぜ。そして直ちに発掘作業に取りかかった。人里離れた山中だから誰にも気づかれる心配はない。もう五分の一ほどの金銀を掘り出して、大暗室へ運搬した。ここ十日ほどのあ

いだに、全部掘り出してしまう予定になっている。いつか品川のお台場で約束したことを覚えているかい。俺はこの東京を地獄にして見せると誓ったっけねえ。今こそ、その約束を果たす時が来たんだぜ。俺は十二分の軍資金を手に入れた。この金力と、俺の智恵とでもって、悪魔の王国を建設するんだ。
見ていてくれ。今に東京の空をおおって、真紅の渦巻が現われるんだ。その渦巻が地獄の火焔と黒煙を吐いて旋回するんだ。この世のありとあらゆるものを、悪魔の一《ひ》といろに塗りつぶすんだ。これを書きながら、俺はブルブル震えているんだぜ。怖くてではない。嬉しくてだ。とうとう俺の夢を実現する時が来たかと思うと、俺はもうじっとしていられないくらいだ。君はあの時、正義の騎士となって、この世の邪悪と戦うことを生涯の目的とすると云っていたね。敵にとっては不足だけれど、一つ戦いを挑もうではないか。さア、どこからでもやってこい。悪魔の国の戦場はすっかり整ったぞ。

——大暗室の主より

悪魔の挑戦状である。

なんという傍若無人の放言であろう。真弓さんは奪われてしまった。その上、埋蔵の財宝まで彼の手中にはいってしまった。悪魔の智恵とすばやさは驚くばかりである。

かつて品川のお台場で、正義のために戦う約束をした。二人はあの時からの仇敵である。だが、この大悪魔と闘って、果たして勝算があるだろうか。敵は巨万の財力を擁《よう》し、恐らくは要害堅固の隠れがと、あまたの部下を持って、底には底のある陰謀をめぐらしているに違いない。その大敵に対して、腕一本の青年がどう太刀打ちが出来るであろう。

有村青年が、悪魔の手紙を片手に握りしめて、思案に暮れているところへ、ソッとドアが開いて、一人の奇妙な人物がはいって来た。

その人物は、非常に襞《ひだ》の多い黒羅紗《ラシャ》の法衣《ころも》のようなものを着て、同じ色のトルコ帽を冠っている。ちょっと見たところ、巨大な蝙蝠の感じである。

服装よりも、もっと異様なのは、その顔に木製のお面をつけていることだ。お能《のう》の面に邯鄲男《かんたんおとこ》というのがある。若い男が眉をグッとしかめて、目を伏せ、半開の唇からは、鉄漿《おはぐろ》を塗った前歯が少し覗いている陰気な表情のお面だが、今この人物の着けているのは、その邯鄲男を思い出させるような、異様に無表情な木彫りの面であった。

つまり、身体も、顔も、頭も、すっかり包み隠した、見るからに薄気味のわるい服装である。ひどく腰を曲げて歩く様子では、よほどの老人に違いない。老人のくせに、若い男の面を被っているというのも、なんとなく不気味である。

「若様、どこから手紙が参りましたな」

異様の人物が、しゃがれた声で、有村青年に声をかけた。その人物は有村のことを若様と呼ぶのである。

「ああ、――爺やか。あいつがこんな手紙をよこしたんだよ。まるで地獄の底から這い出して来た悪魔みたいなやつだ」

「あいつと申しますと？」

「きまっているじゃないか。大野木だよ。真弓さんを盗み出したばかりか、例の暗号文書の金銀を見つけて、もう掘り出しているらしい」

「そうですか。恐ろしくすばやいやつですね。ドレドレ……」

覆面の老人はそう云って、大野木の手紙を受け取り、お面の両眼の黒い穴からしばらくじっと読み入っていたが、

「やっぱりそうだ。あいつの子に違いない」

と、妙な独り言を云った。

「あいつの子って、いったい誰のことだね」

有村青年が、不審《ふしん》らしく訊ねると、老人は、そこの椅子に腰をおろして、声を低めて話し出した。

「若様、あいつというのは、ほらあなたの、お父さまお母さまを殺害した大曽根五郎のことでございますよ。よもやあいつの事をお忘れではありますまいね」

「ウン、それはよく覚えているが、大野木隆一が、その大曽根の息子だとでも云うのかい」

「そうです、そうです。わしはこのあいだから、どうもそうではないかと、疑っていたのです。大曽根の息子は竜次と申しましたが、大曽根竜次……大野木隆一。名前からしてひどく似通っているではございませんか。それに、この手紙です。この手紙は、わしのよく覚えている大曽根五郎の筆癖とそっくりですじゃ。親子でなくて、これほど筆蹟の似るはずはありません。若様、この写真をごらん下さい。これは大曽根五郎の若い時分の写真ですが、大野木というのは、もしやこの写真に似ては居りませんか」

云いながら、黒衣の老人は、懐中から一枚の古ぼけた写真を取り出して、有村青年の前に差し出した。

青年は、その写真を手に取って、一と目見ると、ハッと顔色を変えて叫んだ。

「そうだ。爺や、そっくりだ。この男とそっくりだよ」

「それじゃ、いよいよ間違いはございませんね」

「ウン、間違いない。すると、あいつは大曽根竜次だったのか。お父さまお母さまの敵の子だったのか」

「若様、しっかりして下さいまし。わしはそのためにあなたを今日《こんにち》までお育て申して来たのですよ。ただ御前《ごぜん》さま、奥様の敵が討ちたいばかりに、惜しからぬ命を、今日まで長らえて来たのでございますよ。殊に相手が、そんな恐ろしい悪魔とあっては、世間のためにも捨ててはおかれません。若様、戦いましょう。正義のために戦いましょう」

「ウン、爺や、やるよ。あいつは、お父さまお母さまばかりじゃない、俺にとっても憎んでも憎み足りない敵だ。この俺の腕、この俺の智恵の続く限り、やるよ、やるよ。……だが、僕たちには軍資金が乏しいなあ」

「いや、若様、ご心配には及びません。奥さまご最期の折、動産は大曽根のために持ち去られましたが、不動産が残って居りました。それを株券に換えまして、イザという場合のために、わしがちゃんと保管して居ります。若様に質素な暮らしをおさせ申したのも、軍資金を減らしたくないためでございました。株券の値上がりなどもありましたので現在では、若様のご資産は二十万近く(注10)になっております」

「そうか、爺や有難う。僕がそんな金持ちだとは、今日まで少しも知らなかった。それだけあれば、多勢の人を雇うことも出来るし、軍備に事は欠かないね。やろうぜ爺や、爺やだってまだまだ働けるね」

「働けますとも、少し腰は曲がって居りますが、力は若い者にも負けません。それに、わしには七十年の智恵があります。若様、あなたの兵卒となって、参謀となって、わしもやりますよ」

不思議な主従は、互いに手をとって、感動に涙ぐみながら、励まし合うのであった。

この黒衣の怪老人は、読者も既にお察しの通り、故有明友定男爵の家扶久留須左門であった。今から二十数年以前、殺人鬼大曽根五郎の悪計によって、鎌倉の有明男爵邸が火焔に包まれ、京子未亡人をはじめ、多くの召使が無残な焼死をとげた際、彼は全身火達磨《ひだるま》となりながらも、辛うじて死をまぬがれ、男爵の遺児友之助を守り育てて今日に及んだのであった。有村清というのも、世間を忍ぶ仮の名、本名は有明友之助である。昔気質の久留須が、彼を若様と呼ぶゆえんだ。

久留須老人は、当時の火傷のため、全身赤痣《あかあざ》におおわれ、顔もふた目と見られぬ赤禿げとなり、唇は溶けて、前歯が骸骨のように露出しているという有様、そのまるで化物のような素顔を隠すために、彼はお面とトルコ帽を離さぬのである。

さて、戦いはいよいよ開始された。悪魔の申し児大曽根竜次は、どんな恐ろしい陰謀をめぐらしていることであろう。正義の騎士有明友之助は、果たしてこの悪魔を戦い破ることが出来るであろうか。

渦巻の賊

辻堂老人、星野清五郎、星野真弓の三人が殺人事務所の所長大野木隆一、実は大曽根竜次のために誘拐され、行方不明となったことは、都下の新聞紙が競って書き立てたので、今では誰知らぬものもなく、父大曽根五郎の旧悪さえも、事新しく発《あば》き出されて、世人を震え上がらせた。

この大都会のどこかの隅に、血に餓えた悪魔の子が身を潜め、蛇のように獲物を狙っているのだ。彼はこの次にはどんな恐ろしい悪事を企らむであろうかと、それのみが恐怖の種《たね》であった。

誘拐事件があってから五カ月ほどは別段のこともなく過ぎ去った。むろん、警視庁ではそのあいだも、捜査課の腕っこきをすぐって、犯人捜査に狂奔《きょうほん》したが、ついに悪魔の隠れがを突きとめることは出来なかった。

その五カ月のあいだに、悪魔の戦闘準備は完成されたのであろう、やがて、なんともえたいの知れぬ恐怖が東京市民をおびやかし始めた。

「悪魔の渦巻」

誰云うとなく、そんな奇妙な言葉が、疫病のように東京市中にひろがって行った。ある資産家の土蔵の白壁に、子供のいたずらのような、黒い渦巻の絵が描かれた。いつの間にこんな落書《らくがき》をと、いぶかしがっているその夜、土蔵の中の目ぼしい財宝はことごとく奪い去られてしまった。しかも、盗賊の人影を見たものは一人もなく、一つの足跡、一個の指紋さえ残されていぬという、まるで魔法のような早業《はやわざ》であった。

ある町では、一人の美しい少女が、女学校へ登校する途中、悪魔のために攫《さら》われてしまったが、その町の舗道に通学鞄《かばん》が淋しく落ちていて、その鞄の表面に白墨の渦巻模様が、生々《なまなま》しく描かれていた。

ある時は又、隅田川《すみだがわ》沿岸のS公園の森の中に、まっ裸体《ぱだか》にむかれた中年紳士の死体が転がっていて、その背中に刃物の先で傷つけた大きな渦巻模様が、どす黒い蚯蚓脹《みみずば》れになって残っていた。

それから二《ふ》た月《つき》ほどのあいだというもの、十日に一度ぐらいの割合いで、市内の各所に、奇怪な盗難と誘拐と殺人とが繰り返され、その度ごとになんらかの形で「悪魔の渦巻」が現場に残された。渦巻は彼の名刺であった。「俺がやったのだぞ、さア捕えられるものなら捕えて見ろ」という示威《じい》と嘲笑を含んでいた。

警視庁捜査課の人々は、歯がみをしてくやしがった。全市の警察を動員して非常警戒を敷くこと数回、鬼刑事たちの夜を日についでの奔命《ほんめい》も甲斐なく、怪盗の足跡さえも発見することは出来なかった。

有村青年への挑戦状に「東京の空に地獄の渦巻が毒焰を吐くであろう」と書いてあったが、その悪魔の幻想が今や現実の恐怖となって現われたのだ。「悪魔の渦巻」は全市を恐ろしき花火となって狂いまわった。

ちょうどその頃行われた、両国《りょうごく》の川開きに、幾十万の市民は、異様な花火を見た。大《おお》袈裟《げさ》な仕掛け花火も終わって、人々が帰り支度をしていた時、突如として闇の川面《かわも》に、一点の火光が現われたかと思うと、見る見るまっ赤な渦巻となって、徐々にその輪を大きくしながら、遂には隅田川の川幅の半ばを埋め尽くすほどの巨大な渦巻となって消えて行った。

「悪魔の渦巻だ」

誰いうとなく、恐ろしいささやき声が耳から耳に伝わり、幾十万の群集の中に、ただならぬざわめきが起こった。

「あいつがいるんだ。あいつがこの群集の中に隠れているんだ」

人々はまるで恐ろしいものに追われるように、先を争って家路を急いだ。打ち返す群集の浪、湧き上がる怒号《どごう》、女子供は悲鳴を上げて逃げまどった。

翌朝になって調べて見ると、当夜の花火係りの人たちにはまったく覚えのない仕掛け花火の跡が、川のまっ唯中に残っていた。悪戯《いたずら》にしては余り念が入りすぎていた。これは渦巻の悪魔が、市民への示威と嘲笑のために、ひそかに用意しておいたものに相違ないということになった。

翌日の新聞は、社会面の半ば以上を、この椿事の報道のために割《さ》いた。市民はその着想の大胆不敵に今さらの如く戦慄した。「悪魔の渦巻」。二人以上が寄れば、互いに脅えた目を見かわして、その噂であった。

この花火騒ぎが、一つの恐ろしい前兆であった。それから三日の後、帝都随一の大レビュー劇場の舞台に、思いもよらぬ恐怖の渦が湧き返った。

それは龍騎兵《りゅうきへい》将校と花売娘との恋を主題とした少女歌劇の一場面であった。レビュー・ガールの女王と謳《うた》われたプリマ・ドンナ花菱《はなびし》ラン子が、龍騎兵将校に扮して舞台の中央に歌っていた。

緋羅紗《ひラシャ》に金モールの胸飾りのいかめしい軍服の胸を張って、彼女は男のように大股に歩きまわりながら、勇ましく歌い終わった。その余韻の如く場内を揺るがす大オーケストラの奏楽、熱狂した観衆のわめき声、金切り声、そして、万雷の拍手。

純白の薄絹の装い、白鳥のように清々《すがすが》しいコーラス・ガールたちが、あこがれの瞳を輝かせながら、彼女たちのプリマ・ドンナを取り囲んで円陣を作った。そして、今や龍騎兵礼讃《らいさん》の合唱を始めようとした時である。

一人のコーラス・ガールが、悲鳴を上げて隣の少女の肘を突いた。そして次々と合図が伝わると、彼女たちは脅えた小鳥のように、身をすり合わせて、龍騎兵将校の背中を凝視した。青ざめた顔、飛び出すように見張られた目、そして、彼女たちの口からは、堪《たま》りかねた悲鳴が、不思議なコーラスとなって、場内に響き渡った。

彼女らに取り囲まれた龍騎兵将校の花菱ラン子は、時ならぬ悲鳴にギョッとして立ちすくんだ。このなごやかな場面に、悲鳴などの聞こえる予定はまったく無かったからである。

コーラス・ガールたちの、まるで幽霊のような恐怖の表情を見ると、さすが男性的なラン子も、心の底から脅えないではいられなかった。

「あら、なによ？　どうしたのよ？」

彼女は観客に聞こえない低い声でソッと訊ねた。

「あんたの背中よ。ほら、そこに」

コーラス・ガールの一人がさも怖そうに、龍騎兵の背中を指さして見せた。

その声にランン子は又脅え上がってしまって、今はもう舞台どころではなかった。いきなり首をねじ向けて、われとわが背中を見ようとした。

その拍子に、彼女の身体が、クルッと回転して、観客の方に背中が向けられたが、それを見た数千の群集はたちまちその意味を悟って、ハッと声を呑んだ。オーケストラの楽師たちさえも、驚きのために奏楽を忘れたかの如く、鳴り響いていた音楽が、パッタリと止まってしまった。その一刹那、大劇場の内部は啞のように黙り返ってしまった。

いつの間に、何者が描いたのであろう。ついさいぜんまでは何も見えなかった龍騎兵の赤い背中一ぱいに、乱暴に白墨をなすりつけた渦巻が、悪魔の渦巻が、生々しく浮き上がっていたのである。

次の瞬間には、場内は名状も出来ない混乱におちいっていた。その導火線《どうかせん》はプリマ・ドンナ花菱ラン子の突拍子《とっぴょうし》もない行動であった。

彼女はみずからそれを見ることは出来なかったけれど、いや、出来なかっただけに、一層ひどい恐怖に襲われ、両手をひろげて「キャーッ」という悲鳴を上げると同時に、いきなり楽屋《がくや》の方へ駈け込んでしまったのである。

それに続いてコーラス・ガールたちも、同じような悲鳴を上げながら、舞台を右往《うおう》左往《さおう》するうちに、緞帳《どんちょう》が非常な速度で捲きおろされ、ガタンという音を立てて舞台の床を叩いた。

見物中の警官は元より、劇場の表方《おもてかた》の人々などが、楽屋へ楽屋へと駈けつける。見物席は総立ちとなって、少女たちの臆病《おくびょう》をあざけるもの、脅えて帰宅を急ぐもの、顔色を変えてラン子擁護《ようご》のために楽屋へ走る後援会幹部のお嬢さんたち、小さな白墨の渦巻が、今や劇場全体に大渦巻を巻き起してしまった

美青年

この騒ぎに、警察の人々が、すわこそと色めき立ったのは云うまでもないが、それにもまして大騒ぎを始めたのは花菱ラン子の熱心なファン諸嬢によって組織された「花菱会」幹部の令嬢たちであった

「花菱会」の委員を勤めている、とっくに女学校を卒業して結婚を待つばかりの、六人の有閑令嬢《ゆうかんれいじょう》がちょうどその夜来合わせていて、ラン子さんの一大事とばかり、楽屋に押し寄せ、自宅に帰すのは危険だからという口実《こうじつ》で「花菱会」委員長のお嬢さんの邸へ、ラン子を拉《らっ》し去ってしまった。

劇場支配人の言葉も警官の注意も、この有閑令嬢たちにはなんらの権威を持たなかった。「花菱会」八千の会員がうしろに控えているのだ。ラン子さんは誰のラン子さんでもない、私たちのラン子さんだわ、という鼻息である。

警察の方でも、自宅に帰すよりは、その方が安全かも知れぬというので、「花菱会」の意見を認め、特に三名の私服刑事を護衛につけてくれた。令嬢たちは凱歌を上げんばかりに三台の自動車を連ね、一台に一人ずつ、刑事に分乗してもらい、中の一台のクッションには、愛《いと》しいラン子を包み隠すようにして、委員長邸へと急がせたのである。

芝区の高台にある宏壮《こうそう》な大邸宅、N紡績会社専務取締役であった主人の河合《かわい》氏が、一年ほど前に亡くなってからは、未亡人と一人娘の鞆絵《ともえ》さんの天下であった。その鞆絵さんが「花菱会」の輝ける委員長なのだ。

その夜は委員たちは皆河合邸に泊まり込んで、ラン子を取り囲むようにして寝《しん》についたし、三人の私服刑事には邸内の要所要所徹夜の見張りをつづけてもらったので、別段の事もなく朝を迎えることが出来た。

しかし、いくら厳重な警戒をしても、相手はまるで魔術師のような悪魔のことだから、決して油断はならぬ。それにラン子の属する演劇会社では、たかが白墨の渦巻ぐらいで、休演するわけにはゆかぬと主張し、ラン子自身も、一時の恐怖がおさまると、護衛つきで出演したいと云い出したので、委員諸嬢の心痛はいよいよ深まるばかりであった。

そこで、その朝は河合邸の客間で、ラン子を中心に、委員たちの協議会が開かれるという騒ぎである。

ラン子の服装は、外出着といっても、職業がらひどくけばけばしいものだし、委員の令嬢たちも、思い思いの洋装和装、色とりどりの美しさで、カーテンや絨毯の色彩と共に、河合邸の客間は、今や百花咲き乱れる花苑《はなぞの》であった。

「いったい、あいつは、ラン子さんをどうしようっていうのでしょうか」

一人のお嬢さんが、脅えた目をみはって、ささやくように云い出した。

「それは、いつかの新聞にあった女学生みたいに誘拐するつもりかも知れないし、そうでなければ……」

　さすがに本人の前で、その次の言葉を口に出すことは出来なかった。心のうちでは、そうでなければ、まっ裸体《ぱだか》にひん剝《む》かれて、惨殺されるのでは、と考えていたのである。

「いずれにしても一大事だわ。若《も》しラン子さんの舞台がこれっきり見られないようなことが起これば、あたしたち、どうすればいいのよ。どうして生きて行くのよ」

　座中でも年若のお嬢さんは、ひどく利己的《りこてき》で無邪気であった。

「まあ、あたしたちのことなんか、どうだっていいわ。そんな暢気《のんき》なこと云ってないで、もっと真剣によ。ラン子さんの身にもなってごらんなさいな」

　よく肥って、さも純情そうな和服のお嬢さんが、涙ぐまんばかりになって、年少のお嬢さんをたしなめた。

「それについてね、あたし、寝ながら鞆絵ちゃんと相談したんだけど、一つすばらしい思いつきがあんのよ」

　洋装の賢そうなお嬢さん、名は杉崎瞳《すぎざきひとみ》、最近委員に加わったある豪商の令嬢である。

「思いつきって、何さ?」

　まっ赤な模様のドレスを着て、アイ・シャドウの目立つお嬢さんが、煙草の煙をフーッと吹き出して、冗談のように訊ねた。

「それはね」瞳さんは一同の顔をグルッと見廻して、声を低め、「ラン子さんの替玉《かえだま》を作るって相談なのよ。どう？　すてきじゃない」

「ウン、そいつあ、面白いや」

「でも、替玉になる人があって？　命がけじゃない？」

「もちろん、命がけよ。でもね、その大役を命がけで買って出ようって人があるのよ。しかも、女じゃなくって男なのよ」

瞳さんの声はひとしお物々しくなった。

「まあ、男？　男ではラン子さんの替玉なんかになれやしないじゃない？」

「それがなれるのよ。その人あたしの親戚の坊やで、N大学生で、柔道二段なんだけれど、見たところは、そりゃ華奢《きゃしゃ》で、学校の演劇の会ではいつも女の役を振られるんだけど、あたしなんかよりは、もっと女らしくなっちゃうのよ。その人、野沢《のざわ》っていうのよ。とてもラン子さんのファンなの。喜んで替玉になるわ」

「柔道二段って、たのもしいわね。渦巻の賊が近よりでもしたら、あべこべに取りひしいじゃうかも知れないわね」

「そうよ。それなのよ。ラン子さんを安全にした上に、賊を捕える見込みだってあるんだから、この考え、すばらしいでしょ。鞆絵ちゃんはむろん大賛成なの。みなさんはどう？」

　中には不賛成を唱えるものもあった。殊に当の花菱ラン子は、替玉なんて卑怯な真似はしたくないと云い張ったけれど、結局大多数の賛成によって、替玉の計画は成立した。ラン子も、敬愛するお姉さま鞆絵さんの意見にそむくことは出来なかった。ガヤガヤと騒ぎのうちに昼食が済みやがて午後二時頃、一度自宅に帰った杉崎瞳が、野沢という大学生を自動車に隠して戻って来た。

　一同客間に集まっているところへ、瞳さんと野沢君がはいって行くと、お嬢さんたちの好奇の瞳が一斉に大学生の顔に注がれた。

「まあ、すてき、これなら申し分ないわ」

　誰の顔にも、そういう満足の色が現われた。キチンとした学生服を身につけ、黒々とした長髪をうしろに撫でつけた細面《ほそおもて》、紅顔の美青年である。このナヨナヨした美青年が、柔道二段の猛者《もさ》とはどうしても想像出来ないほどであった。

「ご存知でしょうけど、こちらラン子さん。こちらは野沢さん」

　瞳さんが青年をラン子の前に連れて行って引き合わせた。

　二人は二尺の距離で、顔を見合わせた。

「よろしく」

「あたしこそ」

なぜか青年はラン子の顔を穴のあくほど見つめていた。いつまでも見つめていた。ラン子は、青年の視線に堪えぬもののように、一度目を伏せたが、再び目を上げて相手の凝視に会うと、なぜということもなく脅えたように頬を青くした。

「野沢さん、どうしたっていうの。なぜ、そんなに見つめているの？」

瞳さんがたしなめると、美貌の大学生はやっと凝視をやめて振り返った。

「ラン子さんの素顔に初めて会ったものだから、僕少し変になったようだよ」

彼は照れ隠しのように云って、そこの椅子に腰をおろした。

それからまた委員たちの秘密の相談会が開かれた。鞆絵さんのお母さんも席につらなった。警視庁の中村捜査係長も、劇場の支配人と一緒に、この花園の中へはいって来た。

そして、結局、劇場がわとラン子の希望を容《い》れて、ラン子は重要な主役を勤めている一幕《ひとまく》だけに出演させること、しかし楽屋への出入りは野沢青年がラン子の替玉となり、ラン子は野沢青年の服装で、別々に往復すること、当分のあいだ、ラン子に変装した野沢青年はラン子の自宅に泊まり男装のラン子は河合邸にとどまる、ということになった。

劇場の支配人は、喜んでこの決議を承認したし、中村捜査係長も、少し突飛だとは考えたが、別に害があるわけでもなく、あわよくば、ラン子に化けた野沢青年の囮《おとり》によって、賊を捕える見込みがないでもないので、苦笑しながら賛意を表し、ラン子にも野沢青年にも、それぞれ数名の私服をつけることを約束した。

そして、時を移さず、奇妙な服装の取り換えっこが行われた。ラン子はお化粧を落し、眉を太くし、目隈《めぐま》を入れ、髪をオールバックに撫でつけて、大学生になりすました。大柄で男性的と云われる彼女には、それがよく似合って、少しも不自然には見えなかった。

野沢は野沢で、白粉《おしろい》を塗り、眉を細くし、ルージュをさして、ラン子のドレスを巧みに着こなし、ハイ・ヒールにつまずきもせず、シナシナと着替え室から現われて来た。これが（注11）ファンシイ・ボールなれば、たちまち拍手が起こり、哄笑が湧いたのであろうが、令嬢たちは異様な二人の姿を見ても、少しも笑わないばかりか、真《しん》に迫った男女入れ替わりの薄気味わるい雰囲気《ふんいき》に、脅えたような目を見かわしさえしたのである。

それから、両人の不思議な出勤であった。大学生に化けおおせたラン子は、野沢青年のドタ靴をはいて、わざと門前からは自動車に乗らず、その代わりに屈強《くっきょう》の三人の私服刑事に取りまかれながら、サラリー・マンと大学生の散歩といった体《てい》で、夕暮れの巷《ちまた》を暢気らしく歩いて行った。

ラン子に扮《ふん》した野沢青年は、さすがに町を歩く勇気はなく、顔を隠すようにして、門内から自動車に乗り、附添いの私服はわざと一人きりにして、劇場へと出発した。そして、彼は劇場の楽屋でラン子と落ち合い、ラン子の演技のすむまで楽屋の衣裳戸棚の中に身を隠して待っているという手筈《てはず》である。

先《ま》ず大学生姿のラン子が出発し、野沢青年の自動車が門を出たのは、それから三十分もたった頃で、あたりはもう夕闇におおわれ始めていた。

その夕闇の中、河合邸の門前から程遠からぬ街上《がいじょう》に、さいぜんからもう一時間余りも、一台の立派な空き自動車が人待ち顔に停車していた。

だが、若《も》し注意深い観察者が、辛抱強く眺めていたならば、それは空き自動車と見せかけて、その実、空き自動車ではなく、客席に何かしら黒い人影がうずくまっていることを、発見したに相違ない。

その人影は、前を大学生のラン子の一行が通る時と、野沢青年の自動車が通る時に、ソッとガラス窓の中に顔を上げて、なぜか異常な熱心さで、それらの人々を見つめていた。

おお、その顔、影のような人物には顔がなかった。いや、顔はあったけれど、まるで彫刻のように動かぬ顔であった。生きた人間とも思われぬ青ざめた肌、しかめた眉、うつろな目、半ば開いたまま動かぬ唇、その唇のあいだから覗いている、まっ黒な歯。見るからに妖怪じみた、薄気味わるい人物であった。

さて、読者諸君、レビュー界の女王花菱ラン子は、果たして無事に終わることが出来たであろうか。有閑令嬢たちの奇抜なトリック、替玉の計画は、見事に効を奏したであろうか。大学生野沢青年は、果たして悪魔を取りひしぐことが出来たか否か。

われわれは、かえって、この替玉計画そのものに、何とも云えぬ複雑な不気味さを感じはしないか。殺人鬼大曽根竜次の妖術は、すでにして、ラン子の身辺に、目にも見えぬ蜘蛛《くも》の糸を張りめぐらしているのではあるまいか。

黒い影

世にも不思議な替玉のトリックが始まってから五日目の夜、花菱ラン子は、楽屋で例の龍騎兵将校の扮装をしながら、なんとなく胸騒ぎをおぼえた。まだ新しい靴のボタンがコロリと落ちたからである。

「あら、どうしましょう。今夜はきっと何かしら悪いことがあるんだわ。若《も》しかしたら……」

それを思うと、いくら男性的な彼女でも、動悸《どうき》が早くなるのをどうすることも出来なかった。

「あら、ラン子さん、あんたまっ青よ。どうしたの？」

楽屋を出ると、相手役の花売娘に扮した水上鮎子《みなかみあゆこ》がそばに寄り添って来た。

「なんでもないの。もういいのよ」

ラン子は強いて何気ないふうをよそおい、鮎子と肩を並べて、舞台への狭い階段を降りて行った。

「ラン子さん、あのこと聞いて？」

すると、鮎子が、花籠《はなかご》を持ち変えながら、声を低めて、何か一大事らしくささやくのだ。

「あの事って、なあに？」

「黒い影のことよ。なんだか気味のわるい黒い影のような人が、舞台裏や奈落《ならく》を歩きまわっているんですって。道具方《どうぐかた》の小父さんは、もう二、三日前からだって云っているのよ。大道具と大道具の隙間なんかに、妙なまっ黒なやつがうずくまっていて、じっとこちらを見ているんですって」

「まあ、ほんと？」

ラン子はギョッとしたように立ち止まって脅えた声で聞き返した。

「あたしが見たわけじゃないけど、みんながボソボソささやき合っているんですもの、嘘じゃないと思うわ」

鮎子も青ざめているのだ。

階段を降りた薄暗い隅に、小道具の置場がある。ドアがあいたままになっているので、見まいとしても、中が見える。

そこにはゴタゴタした小道具類にまじって、舞台で使う人形が、裸体《はだか》に剝《む》かれて転がっていた。この前の公演でラン子が一人二役を演じた時、身代わりに使われた死人《しびと》人形《にんぎょう》だ。薄暗い電燈の下に、青ざめた蠟細工《ろうざいく》の肌が不気味に光っている。

「まだあれ置いてあるのね。どっかへやっちまえばいいのに」

ラン子が気味わるそうに眉をしかめてつぶやいた。

それは、貴公子に扮したラン子が、恋人のためにピストルで撃ち殺されて倒れているところへ、貴公子の親友に扮した同じラン子が現われて死骸を抱き起こすという場面であった。倒れたラン子が巧みに人形と吹き替えられ、間髪《かんはつ》を容れず別の扮装をしたラン子が現われると、観客席からは、万雷のような拍手が起こった。着想の物珍しさが異常な人気を博したのである。

拍手は嬉しかったけれど、自分とそっくりの蠟人形を抱き起こす仕草は、その度ごとに、気味がわるくて仕方がなかった。早くこの公演が終わればよいと念じたほどであった。その蠟人形が、今は恥かしい裸体に剝かれて、薄暗い隅っこに転がっているのだ。ラン子は、何か自分自身のむくろをでも見るようで、そこを通る度に、なんとも形容の出来ない、いまわしい思いをするのであった。

だが、今夜はそればかりではなかった。裸体人形のそばに、もっと不気味なものがうずくまっていた。

「ラン子さん、早く、早くあっちへ行きましょう」

花売娘の鮎子が、上ずった声で叫ぶように云って、ラン子の腕を引っぱった。

むろん、ラン子もそれを見たのだ。そして、今にも悲鳴を上げんばかりになって、鮎子と一緒に走り出した。

「見て？」

「見たわ」

「黒い影って、あれじゃないのかしら。なんだか人間の形をしたまっ黒いものがうずくまっていたわね」

「ええ、そして……」

ラン子は声が震えて、それ以上云い得なかった。

「そして、蠟人形の上におおいかぶさるようにして、抱き上げようとしていたわね。まあ怖い、あれあんたの蠟人形よ」

そう云われると、ラン子は自分自身が、まっ黒な怪物に抱きつかれでもしたように感じて、思わず身震いした。そいつのハアハアという息遣いさえ、耳の間近に聞こえるような気がした。

「ラン子さん、鮎ちゃん、早く、早く、そんなところで何をしているんだ。もう春の野《の》辺《べ》の歌が始まっているんだぜ」

舞台監督のK先生が、書割《かきわり》の蔭からせかせかと呼び立てていた。如何にも舞台では、コーラス・ガールたちのうららかな春の野辺の歌が、もう半分ほども進んでいた。

「先生、今あすこに……」

ラン子が駈けて行って、黒い影のことを訴えようとしたが、K先生は皆まで聞かず、「後で後で」と云いながら、彼女を舞台の方へ突き出してしまった。

一歩舞台に出れば、そこは彼女の戦場であった。まして勇ましい龍騎兵将校の扮装、黒い影のことなどは忘れて、何千の観客の目に、ほがらかな笑顔で挨拶しなければならなかった。

われるような拍手が起こった。

「ランちゃん！」

「ラン子さあん！」

「ラン、ラン、ラン、ラン……」

甲高《かんだか》いソプラノや、中学生の声変わりの声援が、耳も聾せんばかりに響き渡った。

グランド・レビューの第一景は、うららかな春の野辺に、龍騎兵将校と花売娘との最初の出会いの場面が、印象的な野辺の歌の調子の繰り返しを織りまぜて、巧みに軽やかに描かれていた。

第一景は無事に終わり、第二景との舞台転換のわずかの隙に、正面のラウド・スピーカーから、少女アナウンサーの透きとおった声が流れ出した。

「春日町《かすがちょう》の沖野《おきの》さま、正面入口までお出で下さいませ」

観客呼出しのアナウンスが二度繰り返されようとして中途まで進んだ時、突然、電線でも切れたように、パッタリ途絶え、何か訳のわからぬガガガ……という雑音が聞こえた。機械の故障にもせよ、なんとなくただならぬ気配に、数千の観客はハッと息をひそめて、ラウド・スピーカーの方を眺めたが、すると、突如として、少女アナウンサーの声とはまるで違った太い男の声が、場内を威圧するように響き始めた。

「今夜だ。今夜、赤い渦巻が現われるのだ。血が流れるのだ。……今夜だ」

一刹那、数千の観客に埋められた場内が、死のように静まり返った。なんという恐ろしいアナウンスであろう。いったい何者の悪戯だ。

次の瞬間には何千人の観客が総立ちになっていた。劇場の係り員や、ラン子保護のために入り込んでいた刑事たちが、正面玄関の事務室に駈け込んで行った。物好きな見物たちは席を離れて、事務室のガラス窓の外に、黒山のようにたかり始めた。

どうしたものか、ちょうどその時、事務室には誰もいなかった。ただ接客係りの少女一人が、観客呼び出しのアナウンスをしていたのだが、今人々が室内にはいって見ると、その少女が後手《うしろで》に縛られ、猿ぐつわをはめられて、床の上に倒れていた。

「オイ、どうしたんだ。誰がこんな目にあわせたんだ」

刑事の一人が、猿ぐつわをはずして、あわただしく訊ねた。

少女は驚きの余り、紙のように青ざめて、急には口もきけぬ様子であったが、やっと涙ぐみながら細い声で答えた。

「顔もなにもない、まっ黒な影のようなものでした。サーッと風のようにはいって来て、まるで鉄のような力で、あたしを抱きすくめてしまいました」

「そして、君の代わりにアナウンスをしたんだな」

「ええ、何かマイクの前で云っているようでしたけれど、あたしよくわかりませんでした」

少女は、可哀そうに、一時気を失っていたものに相違ない。

だが、椿事はそればかりではなかった。ちょうどその時、申し合わせでもしたように、舞台裏には、恐ろしい騒ぎが起こっていた。

その時、花売娘の水上鮎子は、第一景が終わって、しばらく身体があくものだから、楽屋へ帰ろうと、ただ一人、舞台裏を歩いていた。

見上げるばかりの背景の大道具が、重なり合って立ち並んでいる。その下には、舞台に使う根のない樹木《じゅもく》が横たわり、どす黒い張り子の岩などが転がっている。

さいぜんの小道具部屋のことがあるものだから、鮎子はビクビクしながら、なるべくものの蔭を見ないようにして、歩いていたのだが、見まいとすればするほど、「ほら、そこにいる」と心の声におびやかされて、目は磁石に引きつけられるように、ほの暗い隅へ隅へと注がれる。

「ア、あすこにいる。黒いものがうずくまっている」

張り子の岩にしがみつくようにして、黒い姿がうごめいていた。しかも、そのものが、身動きも出来なくなって立ちすくんでいる鮎子の方へ、ソロソロと這い寄って来るではないか。

声を上げて助けを呼ぼうとした。相手をつきのけて駈け出そうとした。だが、どちらも出来なかった。恐怖のために身体じゅうが痺《しび》れてしまって、ただ哀れな人形のように突っ立っているほかはなかった。

すると黒い怪物は、鮎子の間近に迫って、洞窟の中から響いて来るような陰気な声で物を云った。

「今夜だ。今夜が危ない。ラン子によく注意して。いいかね」

おや、するとこの黒いやつはラン子さんの身を案じているのかしら。なんだか辻褄《つじつま》の合わない話だけれど、どうやらこいつはラン子さんの味方らしく感じられる。

そう思うと、鮎子はいくらか気が静まって、黒い影を見定めようとした。

「あんた、誰なの？」

思い切って訊ねて見ると、相手は不愛想《ぶあいそう》な調子で、

「誰でもよい。ラン子に、そう云って、よく注意させるのだ」

と云い捨てて、どこかへ立ち去ろうとする。声の様子では、可なりの老人らしい。黒

衣の下の腰が曲がっているのも、年のせいに違いない。

相手がラン子の味方で、しかも老人とわかると、鮎子は一そう大胆になって、

「ちょっと待って。今夜、いったい、どんなことが起こるっていうの？」

追いすがりながら、相手の黒衣に手をかけた。だが、彼女が大胆になったばかりに、恐ろしいことが起こってしまった。その者が頭からスッポリと被《かぶ》っていた黒衣が落ちたのだ。そして、バアと顔が現われたのだ。

その途端、キャーッという劈《つんざ》くような悲鳴がほとばしったかと思うと、鮎子は骨を失ったように、クナクナと床の上にくずおれてしまった。

黒衣の人物は、悲鳴にギョッとしたらしく、再び顔をおおい隠して、そそくさと闇の中へ消えて行った。

鮎子はいったい何を見たのか。何が彼女をかくまで脅えさせたのか。

悲鳴に駈けつけた人々が、失神している鮎子を、楽屋部屋に担ぎ込んでさまざまに介抱するうち、彼女はやっと正気に返ったが、初めのうちは、何を訊ねても、ただワナワナと打ち震うばかりで、口をきくさえも、怖そうに見えたが、やがて、ポツリポツリ語ったところによると、それはほとんど信じがたいほどの奇怪事であった。

「あれは骸骨《がいこつ》よ。骸骨が黒い着物を着ていたのよ」

黒衣の蔭からバアと現われた顔には、皮膚というものがなかった。それは一個の髑髏であった。目は巨大な洞穴のように落ちくぼみ、鼻は跡形もなくくずれて一個の黒い穴となり、唇というものがなくて、異様に長い上下の白歯《しらは》がむき出しになっていた。

「でも、骸骨でもないわ。だって、まん丸な窪みの中に、二つの目が、まっ赤に血走って、ギラギラと光っていたんですもの」

それよりも何よりも、その人物は、墓場の底からひびいて来るような声で、物を云ったではないか、骸骨が物を云ったり歩いたりするなんて、まったく考えられないことだ。

「鮎ちゃん、どうかしたんだよ。怖い怖いと思っているものだから、幻を見たんだよ。そんなばかなことがあるもんか」

「いいえ、確かに見たの。決して幻やなんかじゃないわ。あのまん丸な血の筋の走った目玉は、まだ瞼《まぶた》の裏に残っているわ。ほんとうよ。ほんとうなのよ」

鮎子は真剣になって自説を主張した。

云うまでもなく、刑事たちは、鮎子の言葉に従って、舞台裏から奈落まで、隈なく探索をおこなったけれど、黒衣のアナウンサーと同様、怪人物の姿はどこにも発見されなかった。

真紅の渦巻

そんな騒ぎのために、第二景の道具立てが出来たまま、しばらくのあいだ舞台は空っぽであった。心ない観客の演技をうながす拍手の音が、刻一刻烈しくなって来た。

楽屋では、幕をしめて休演にするか、このまま続演するかについて、あわただしい協議が行われた。レビュー・ガールたちの多くは、脅えきって休演を主張したけれど、当のラン子が、龍騎兵将校の戒厳をもって、舞台をつづけたいと申し出《い》で、何よりも営利を重んずる劇場関係者がそれを支援《しえん》した。

刑事さんたちがこんなに沢山《たくさん》いて下さるのだし、それに、あれほど探しても怪しい人物が見つからぬところを見ると、曲者はきっと、どこかへ逃げ去ってしまったに違いない。なあに、いくら悪人だって、衆人環視《しゅうじんかんし》の舞台の上で、手出しが出来るものじゃない。大丈夫だよ、大丈夫だよ、ということになって、引きつづきレビューの第二景以下が演ぜられることになった。

第二景は兵営内龍騎兵訓練の場面である。背景は遠見《とおみ》の営舎《えいしゃ》、その上の青空には楕《だ》円形《えんけい》の白雲が二つ、のどかにフワリと浮かんでいる。

ほんとうは騎馬の訓練でなければならぬのだが、馬は略して、乗馬姿の女騎兵たちが三十人ほどズラリと並んで、ラン子の扮する将校の指揮のまにまに、舞台一ぱいに歩きまわるのだ。

或《ある》いは腕を組み、或いは脚を上げ、銃をかまえて折敷《おりし》け、伏《ふ》せ、そして、高らかな軍国の歌に合わせて、吶喊《とっかん》だ。列を揃えて歩く度に、走る度に、長靴の鉄《かね》が鳴って、拍子おかしいタップ・ダンスだ。

やがて、その兵営の垣の外を、第一景の花売娘が通りかかる。鮎子はやっと元気を回復して出場したのだ。娘に見とれる兵卒どもを叱って、ラン子の将校は垣のそばまで行って、娘とささやきかわす。そして、舞台の中央に戻ると、オーケストラの間近まで進み出て、花売娘讃美の長い独唱が始まるのだ。

暗い観客席から、拍手の嵐が起こる。甲高い声援が乱れ飛ぶ。

兵卒どもはラン子の背後に一列に並んだ。たちまち変わるコーラス・ガールである。中央前方のラン子を目がけて正面のスポット・ライトがまぶしい光を投げた。きらびやかな龍騎兵将校はただ一人、今や白熱の円光の中に、はれがましくも浮かび上がった。

オーケストラの指揮者が、勢いこめて指揮棒《しきぼう》を打ち振った。場内を震動させるばかりの大管弦楽《だいかんげんがく》が湧き起こり、やがて、ラン子の赤い可愛い唇が大きく開くと、美しいソプラノが流れ出した。

何千の観衆が、水を打ったように静まり返り、息さえ止めるようにして耳をすました。もう野次も飛ばなかった。拍手も起こらなかった。ただラン子の歌声と、伴奏の楽《がく》の音《ね》ばかりが、場内を圧して響き渡っていた。

その時である。突如としてラン子の身辺《しんぺん》に異変が起こった。まるで悪夢のような奇怪事が突発した。見よ、ラン子の全身は、血のような渦巻の中に包み込まれてしまったではないか。彼女自身はそれとも知らず、一生懸命に歌いつづけているけれど、観客席からは、ラン子は血の渦巻に捉われて、目もくらめき、気も狂ったかと怪しまれた。

今まで白熱の光線を投げていたスポット・ライトが、突然まっ赤な渦巻と変わったのだ。しかもその径一丈(約三メートル)ほどもある巨大な血の渦巻が、ラン子の姿を中心に、グルグルグルグル廻転し始めたのだ。

龍騎兵将校は、目まぐるしく廻転する、赤と黒とのだんだら染めの中に、よろけながら立っていた。ともすれば、観衆の目は、余りに強烈な血の渦巻に眩惑《げんわく》されて、小さいラン子の姿を見失いさえした。そこにはもはや、人もなげに跳梁《ちょうりょう》する悪魔の渦があるばかりであった。

やがてランヲ子も、スポット・ライトの異常に気づいた。独唱のあいだにこんな赤い光線がチロチロするはずはないのだ。なんだか変だわ。おや、渦巻だ。悪魔の渦巻だ。ラン子は気も顚動《てんどう》して、舞台をあちこちと逃げ廻った。しかし、いくら逃げても、渦巻のライトは、彼女のあとを追って、グルグルと包み込んでしまう。

兵卒に扮したコーラス・ガールたちも、むろんそれと気づいていた。ラン子が動揺するにつれて、彼女たちも動揺し、はては叫び声を立てて、右往左往に逃げまどい、舞台は今や狂気のような混乱におちいった。

観客は又しても総立ちだ。赤い渦巻が悪魔の仕業とわかると、何か口々にわめき始めた。

刑事たちが三階正面の電気室に駈け込んだのは云うまでもない。だが、今度も同じやり口であった。現場にはもはや犯人の影もなく、電気係りの青年が、さきほどの少女アナウンサーと同じ目にあって、そこに転がっていたばかりである。悪魔はあらかじめ回転渦巻のセルロイド板を用意しておいて、電気係りを縛り上げ、スポット・ライトの前にそれを装置して、グルグルと回転させたのに違いない。

だが、それらの事情が判明したのは、やや後のお話、われわれは再び混乱の舞台に目を移さなければならない。

少女たちの悲鳴と動揺が起こると間もあらせず、何者の仕業か、劇場内全部の電燈がパッと消えて、舞台も客席も一瞬間墨のような暗黒に包まれた。たちまち客席に湧き起こる怒号の嵐、口笛の音。だが、暗闇はほんの三十秒ほどのあいだで、再び電燈が点ぜられ、舞台は、前にもまして明るく、白昼のように輝き渡った。

すると、おお、これはどうしたというのだ。舞台の中央前方に、ラン子がただ一人、見るも無惨な有様で、突っ立っていたではないか。

龍騎兵の飾り帽子はどこかへ飛び散って、頭髪は掻き乱したようにモジャモジャともつれ、顔は死人の土気色に青ざめ、気違いのような目ばかりが、異様にすさまじく輝いている。

何かしらただならぬ気配に、立ち騒いでいた観衆はシーンと静まり返って、かたずを呑んだ。どうしたんだ。何が始まろうとしているんだ。ラン子のあの恐ろしい顔は、気違いのような目は、いったい全体何を意味するのであろう。何千の目がなんとも云えぬ不安に脅えて、ラン子の青ざめた顔に集注《しゅうちゅう》した。

観衆には、小さなラン子の顔が、映画の大写しのように恐ろしく巨大なものに感じられた。彼らの視界には今、その美しい顔のほか何ものもなかった。

何千の凝視の中に、ラン子の顔は云い知れぬ苦悶に、艶《なま》めかしくゆがんだ。そして、見よ、その色を失った唇の隅から、まっ赤なものが、タラタラと溢《あふ》れ出したではないか。血だ。ラン子は血を吐いているのだ。

鮮血はとめどもなく流れ出して、なめらかな顎を染め、雫《しずく》となって、滴々《てきてき》と軍服の胸の金モールをけがした。

観客は息もしないで、じっとそれを見守っていた。劇場全体が墓場のような静けさであった。

すると、ラン子の表情が急に一変した。彼女は笑ったのだ、苦悶の余り狂気したのか、彼女はニヤニヤと笑い出したのだ、血潮のためにまっ赤に染まった歯をむき出して、そのあいだからゴボゴボと赤い液体を吹き出しながら、断末魔《だんまつま》の得も云われぬ嬌《きょう》笑《しょう》で笑ったのだ。

観客の背筋を氷のように冷たいものが、スーッと流れた。客席全体が熱病におかされ、悪夢にうなされているかの如くであった。

云うまでもなく悪魔の仕業である。ラウド・スピーカーの予言は見事になしとげられたのだ。真紅の渦巻が出現した。そして、ラン子の唇は血に染まった。

だが、観衆はいつまでも悪夢にうなされてはいなかった。彼らの過半は間もなく正気づき、ただならぬ殺人事件を認識して震え上がった。劇場の係り員や刑事たちは、すわこそと舞台を目がけて走り出した。

すると、それが合図ででもあったように、又しても場内の電燈が一時に消え、今度は僅か二十秒ほどで、再び点じられた。

この事は、後に厳しく取り調べられたが、電燈異変の際には、両度とも、メイン・スイッチのそばには、係り員が一人も居合わせなかったことが判明した。係り員の不在を幸いに、何者かがスイッチを切ったものに相違ない。

しかし、ただ気まぐれの悪戯としては、舞台の出来事と異様に一致しているのが不思議であった。と云って、渦巻の悪魔一味の仕業とすれば、あの二度の電燈点滅が、ラン子殺害事件と、どんな関係があるのか、なんの必要があってそんな真似をしたのか、少しもわからなかった。

それはともかく、再び電燈が点じられた時には、可哀そうなラン子は、もはや息絶えて、舞台のまん中に倒れていた。それを見て、刑事たちが駈けつけるよりも早く、道具方らしい三人の男が舞台に飛び出して来て、すばやくラン子の死体を抱き上げ、楽屋へと運んで行ってしまった。

「オイ、待たんか。勝手な真似をしちゃいけない」

刑事が舞台に駈け上がって、叫んだ時には、死体はもう楽屋の二階へと消えていた。

そして、その刑事の叫び声を合図のように、恐ろしい速度で緞帳がおろされ、舞台と客席とを絶縁した。

総立ちになった観衆は、脅えて帰宅を急ぐもの、好奇心にかられて舞台へよじ登ろうとするもの、訳もなく興奮してガヤガヤと噂し合う人々、うら若いファン諸嬢のすすり泣きの声、場内は劇場はじまって以来の大混乱におちいった。

このような舞台上の公然たる出来事の裏に、その下の奈落では、もう一つの蔭の椿事が起こっていた。

それはちょうど舞台の上で、ラン子が唇から血を流して気違いのように笑っている時であった。その真下の奈落では、たぶん道具方の職人であろう、三人の労働者風の男が、不思議な仕事をしていた。

電燈の光も乏しい薄暗がりの地面に、棺桶ほどの頑丈な木箱が、蓋を開いて置かれ、三人はその箱の中へ、何か華やかな色彩のクナクナしたものを、一生懸命詰め込んでいるのだ。

それは、どうやら人間らしい。金モールのチカチカした龍騎兵将校の服装である。ああ、顔が見える。美しい女だ。しかも、それはラン子とソックリの顔をしている。おやおや、これはどうしたことだ。舞台の上で苦悶するラン子、地下の奈落で箱詰めにされようとするラン子、彼女は、突如として二人になったのだ。死体が離魂病《りこんびょう》にかかったのか。舞台の上のラン子が悪夢の二重写しになって、同時にここに姿を現わしたのか。

三人の男は黙々《もくもく》として、すばやくラン子を箱の中に入れ終わると、麻縄で厳重に荷造りをした上、まるでなんでもない荷物を運ぶように、「ヨイショ、コラショ」とかけ声しながら、地下室から直接道路へ出る非常口の方角に消えて行った。

いったい全体これは何を意味するのだ。われわれは夢を見ているのか、それとも狐《きつね》につままれたのか。いやいや夢でもない、狐の仕業でもない。ラン子は明らかに二人になっているのだ。そして、一人のラン子は箱詰めになって劇場の外へ、もう一人のラン子は血を吐いて楽屋へ、上と下とに運ばれて行ったのである。

われわれは箱詰め死体のあとも追いたい。と云って、二階の楽屋へ運ばれた血みどろのラン子のことも気にかかる。だが先ず《ま》順序として、楽屋のラン子の方から記して行こう。

その時舞台にいた四名の刑事は、ラン子の死体を運んで行く道具方の後を追って、二階の楽屋へと駈け上がって行った。

ラン子の部屋に行って見ると、死体を運んだ三人の男が、出会いがしらに入口を飛び出して、階段を駈け降りて行った。

「オイ、お前たち、あとで調べることがあるんだから、帰るんじゃないぞ」

刑事の一人が不作法な道具方のうしろから、おどしつけるように怒鳴った。だが、今はそれどころではない。ラン子の死因を確かめるのが最大の急務だ。四人はツカツカと室内に踏み込んで行った。

「ア、君は野沢君じゃないか。ラン子は？　ラン子の死体は？」

替玉の大学生を見知り越しの刑事が、学生服を着て部屋の中に突っ立っている野沢青年に声をかけた。

「ええ、僕野沢ですが、何かご用ですか」

青年は面くらったように、四人の刑事たちをジロジロと見返した。

「何を云ってるんだ。君はあの騒ぎを知らなかったのかい。たった今、ここへラン子の死体が担ぎ込まれたはずだが」

「エッ、ラン子の死体ですって。あなたこそ何をおっしゃっているんです。そんなものここにはありませんよ。いったいラン子さんがどうかしたんですか。僕今までうたた寝をしていたものだから……」

「おい、おい、しっかりしたまえ。何を寝ぼけているんだ。そら、そのベッドの上にラン子の死体があるじゃないか」

それを見つけた一人の刑事が、あきれたように怒鳴った。

「エッ、どれです？　ああ、これですか、今道具方の人が持って来たんですよ」

「それ見たまえ、君はちゃんと知っているじゃないか」

「でも、これラン子さんじゃありませんよ」

この青年、気でも違ったのではないか。龍騎兵将校の扮装のまま、青ざめた顔を血まみれにして横たわっているラン子を、目の前に見ながら、それがラン子でないと強《きょう》弁《べん》するのだ。

「なにを云っているんだ。君はどうかしているぜ。これがラン子でないというのか」

刑事はベッドを指さして、もどかしげに叫んだ。

すると、ああ、いよいよ彼は気が違ったのだ。野沢青年は、さも面白そうに、ゲラゲラと笑い出したではないか。

「ハハハハハ、これですか。あなた方はこれがラン子さんだとおっしゃるのですか。何を云っているんです。もっと近寄ってよく見てごらんなさい」

刑事たちは云われるまでもなく、ベッドに近寄って行った。そして、ラン子の死体を覗き込んで、或る者はその額に手を触れ、或るものはその手首をつかんだ。

と同時に、彼らはハッと手を引いて、棒立ちになってしまった。物も云えないほどの驚きに、ただキョロキョロとお互いの顔を見合わすばかりであった。

何がそれほど彼らを驚かしたのか。くだくだしく記すまでもなく、読者はすでに想像されたであろう。それは蠟人形だったのである。あの小道具部屋に転がっていた、ラン子とソックリの蠟人形に過ぎなかったのである。

しかし、いったい蠟人形が舞台に立って、口から血を流したり、気違いのように笑ったり出来るものであろうか。むろん不可能なことだ。とすると、もう一人生きたラン子が存在しなければならぬ。ああ、何ということだ。花菱ラン子は三人になったのである。彼女とそっくりの蠟人形を合わせて三人になったのである。

では、その三人目のラン子はどこにいるのだ。舞台で血の笑いを笑ったあの不気味なラン子はいったいどこに隠れているのだ！

魔術師

帝都最大のレビュー劇場の舞台に、想像も及ばぬ奇怪事が起こった。プリマ・ドンナ花菱ラン子は突如として三人になったのである。

一人のラン子は、舞台の正面で、龍騎兵の扮装も美々《びび》しく、独唱しながら血を吐いて倒れた。

それとほとんど同時に、舞台下の奈落では、今一人のラン子が、三人の荒くれ男によって、奇妙な箱詰めにされ、その地下道から劇場の外へ運び出されて行った。

それからもう一人のラン子というのは……舞台で血を吐いて倒れたラン子を、二階の楽屋部屋へ運んで見ると、これはどうだ、いつの間にか、それは彼女と生写しの蠟人形に変わっていたのである。

蠟人形が独唱したり、血を吐いて苦悶したりするはずはない。本物のラン子が倒れた瞬間、電燈という電燈がすっかり消えて、ほんの二十秒ほどではあったが、劇場内が暗闇になった。恐らくは、あの闇の中で、この突飛なすり換えが行われたものに違いない。

蠟人形というのは、前月の公演の時、ラン子の一人二役の出しものがあって、それに使うために人形師が腕を揮《ふる》った、ラン子生写しの人形であった。それがまだ道具部屋に転がっていたのを、何者かがラン子の身代わりに使用したのである。

だが、いったい誰が、なんのために、そんな手数のかかる悪戯をしたのであろう。

異変を知って、ラン子の楽屋部屋に駈け込んだ四人の刑事は、そこに居合わせた、ランン子の護衛役の野沢青年に、ベッドの上に横たわっているのは、ランン子の死体ではなくて、ただの蠟人形にすぎないことを指摘され、アッとたまげてしまった。

「そんなばかなことはない。さっき舞台で倒れたのは、確かにランン子さんだった。蠟人形が歩きまわったり歌を歌ったりするものか。いったいこれはどうしたというんだ」

古参《こさん》らしい一人の刑事が、するどい目をギロギロ光らせて、わめいた。

「それじゃ、きっと、ここまで運んで来るあいだに、人間と人形と入れかわったのでしょう」

野沢青年はベッドの枕もとに、腕組みをして立ちはだかったまま、不愛想に答えた。

「ウン、むろんそうだろう。すると、今の三人のやつが怪しい。オイ、君、すぐにあいつらを、ここへしょっ引いて来たまえ」

年若な刑事は、先輩の指図を受けると、飛ぶように階段を駈け降りて行ったが、しばらくして、ぼんやりした顔で帰って来た。

「どこにもいません。あいつら、この劇場のものではないらしいんです。渦巻の賊の手下が、道具方に化けて入り込んでいたのじゃないでしょうか」

もしそうとすれば、今頃場内を探して見たところで、その辺にうろうろしているはずはないのだ。

「だが、本物のラン子はいったいどこへ雲隠れしてしまったんだ。畜生、別働隊がいたんだな。そして、あの暗闇を幸いに、外へ担ぎ出したのかも知れないぞ。こんな人形なぞ使って、追跡を遅らせようという魂胆《こんたん》に違いない。そうだ。それにきまっている。オイ、君たち、すぐ出入口を調べるんだ。さア、早く」

古参の刑事は、叫びざま、先に立って、階下へ駈け降りて行った。あとの三人もドヤドヤとそれに続く。

しかし、出入口という出入口の番人たちはもちろん、劇場の係り員たちにも漏れなく聞きまわったけれど、ラン子を担ぎ出すのを目撃したものは、一人もないことがわかった。

舞台から、楽屋から、客席も、奈落も、場内のあらゆる隅々を調べつくしても、ラン子紛失の手掛りは皆無であった。

むろんこの出来事は、直ちに警視庁捜査課に報告され、時を移さず全市に非常線が張られたが、その細かい網にも獲物はかからなかった。

ラン子行方不明、その上生死さえもわからないとあっては、花菱会幹部のお嬢さんたちが黙っているはずはなかった。四人の刑事は茫然として元の楽屋部屋へ戻って来ると、そこでは、委員長の河合鞆絵嬢をはじめ五人のお嬢さんが、美青年野沢を中にはさんで、物々《ものもの》しい評議の最中であった。ただ一人、野沢青年をラン子の替玉に推薦した杉崎瞳だけは、なぜか今夜は姿を見せていなかった。

「だって、電燈の消えていたのは、ほんの瞬く暇よ。あのあいだに、ラン子さんを人目のないところまで運ぶなんて、不可能なことだわ。それに、舞台の出入口には、両側とも、あたしたちが立って見ていたんだし、ほかの女優さんたちも沢山《たくさん》立っていたわ。いくらまっ闇《くら》だって、ラン子さんを舞台裏の方へ運ぶなんて、どうしたって出来ないと思うわ」

「じゃ、客席の方へ飛び降りて逃げたのかしら」

「いいえ、そりゃなおのこと駄目よ。客席をうまく通り抜けたにしても、その外に廊下があるでしょう。案内係りが沢山ウロウロしているじゃないの。それから、どの入口から出たとしても、そこにも事務員や案内係りの目が光っているわ。電燈の消えたのは、場内だけで、建物の外側にある電燈は昼のように明るかったのですもの。いくらなんでも、あのまっ赤な龍騎兵の衣裳を着たラン子さんを、見逃すはずはないと思うわ」

「そう云えばそうねえ。いったいどこから連れ出したんでしょう。まったく不思議だわ」

「魔法使いって云われるあいつのことだから、あたしたちには想像も出来ないような、恐ろしいトリックを考え出したんじゃないでしょうか」

「どうしたらいいんでしょう。あたし、泣きそうだわ。ねえ、刑事さん、手掛りはちっともないんですの？」

「ラン子さん、助かるでしょうか、ねえ、警視庁の方では、もう活動を始めてるのかしら？」

鬼刑事諸君も、この美しいお嬢さん方の饒舌《じょうぜつ》には、苦笑いを返すほかはなかった。

「ええ、手配は充分してありますから、ご安心なさい。もしラン子がまだ生きているものとすれば、必ず無事に取り返して上げますよ」

古参刑事が、鬼の顔を仏にして、やさしく答えると、しかし、それが一そう事態を悪化させてしまった。

「え？　生きているものとすればですって？　じゃ、ラン子さん、もうこの世の人じゃないのかも知れないのね。そうだわ。あんなに血を吐いてもがいたのですもの。きっともう生きてはいないわ。ああ、どうしましょう。どうすればいいんでしょう」

「あたしたちの計略はうまく行ったんだわ。初め警察の方が危ぶんだようなことは、少しも起こらないで、この野沢さんは見事にラン子さんの替玉を勧めたんだわ。みんなは舞台だけは大丈夫だなんて云っていたけれど、ごらんなさいな、その舞台の上で、しかも独唱のまっ最中に、こんなことが起こっちゃったじゃありませんか。警察の手落ちと云われても仕方ないと思うわ」

お嬢さんの鉾先《ほこさき》はいよいよ鋭いのである。

「皆さん、そんなに落胆《らくたん》なさることはありませんよ。今によい知らせが来ないとも限りません。ここでいつまで議論していても仕方がない。皆さんもお帰りになってはどうです。……じゃ、僕たちも一《ひ》と先《ま》ず引き上げようか」

古参刑事は令嬢たちの饒舌に辟易《へきえき》して逃げをうった。そこで、四人の刑事が部屋を出ようとドアの方に向きなおった時である。突如として、どこからともなく、異様にしゃがれた声が響いて来た。

「お待ちなさい。少し申し上げたいことがある」

ハッと立ちなおる人々の前に、入口のドアが、風にでも吹かれたように、スーッとひらいて、その外の薄暗がりに、奇怪な人影がたたずんでいるのが見えた。

全身黒いマントに包まれ、トルコ帽をかぶり、顔には無表情なお能の面のようなものを着けている。

令嬢たちはその姿を一と目見ると、まるでお化けにでも出会ったように、恐怖におののきながら、お互いにかばい合って、一とかたまりに部屋の隅へあとじさりして行った。

「誰だッ、そこにいるのは」

一ばん入口の近くにいた古参刑事は、ギョッと立ちすくみながらも、大声に怒鳴りつけた。

「わしは事件の真相を知っているものじゃ。お望みなれば教えて上げてもよろしい」

お面の奥から人もなげなしゃがれ声が、陰々《いんいん》と漏れて来る。

「なに、真相を知っているって？　ともかく、そんな所にいないで、はいったらいいだろう。そして、先ず名を名乗ってくれなくちゃ困る。どうして、そんな妙なものを冠っているんだ」

刑事は油断なく身構えている。途方もないことばかり考え出すやつのことだ。このお面のうしろには、若しや渦巻の賊その人の顔が隠されているのではないかと、咄嗟に恐ろしい疑念を抱いたからだ。

しかし、読者諸君は、とっくにご存知である。怪人物は躊躇《ちゅうちょ》もなくその本名を名乗った。

「わしは久留須左門と申す老人です。渦巻の賊には深い恨みを抱くものです」

「フン、久留須左門、聞いたこともない名だ。して、その妙なお面は？」

「アハハハハ、これですかい。これは迂闊にとれませんて。わしのためにじゃない。そこにお出でなさるお嬢さん方のためにね。気でも失わせては大変ですからね」

「何を云っているのだ。君のいうことは少しもわからないじゃないか」

「わしは恐ろしい顔をしているのです。二た目《ふため》とは見られない無残な顔つきをしているのです。火事に焼かれましてな。まあ、これを取ることはお許し下さい」

ああ、すると、椿事の起こる少し前、舞台裏の暗闇で、花売娘に扮した水上鮎子を驚かせた、骸骨のような怪物は、ほかならぬ久留須老人であったのか。

「フン、それほど云うなら、首実検《くびじっけん》はあと廻しにしてもいい。で、僕たちに知らせるというのは、いったいどんな事だね」

「今夜の不思議な出来事の真相についてです。いや、それればかりじゃない。渦巻の賊と云われているやつの素性についてです。わしはあいつを子供の時から知っていますのじゃ」

老人は一語一語力を入れて云いながら、なぜか通せんぼうをするように、入口に立ちはだかっていた。まっ黒な襞《ひだ》の多いマントが、まるでカーテンのように入口に拡がっていた。

「では話してみたまえ」

「あんた方は一つ見落としていることがあるのじゃ。二度目に電燈が消された理由は想像しておられるようだが、最初のを、とんと忘れておいでのようじゃ。そうではないかな？」

「いや、忘れたわけではないが、……あれにも何か意味があったというのかね」

「大ありじゃ。最初の暗闇は二度目よりも長く、三十秒余りも続いた。そのあいだに賊はすっかり手品をやってしまったのじゃ」

「手品？　いったいどんな手品を……」

「奇抜な思いつきじゃ。あいつは手品師の弟子にもなっていたということだが、あざやかな大奇術をやってのけよった。

「よいかな。賊はあらかじめ手下をここに入り込ませて、舞台の床にちょっとした用意をさせておいたのじゃ。迫出《せりだ》しの仕掛けをご存知じゃろう。ここの舞台には大小十二の迫出しの穴があいている。奈落から役者が舞台に迫出して来る四角い穴じゃ。賊はその穴の一つの蓋を取って、蓋の代わりに迫出し台を、床の平面まで上げておいたのじゃ。

「わかるかね。そしてラン子がちょうどその迫出し台の上に乗って、何気なく独唱を始めた時に、突然電気を消すと一緒に、その迫出し台を、サッと奈落へ落とし、声を立てる暇も与えず、ラン子に麻酔薬《ますいやく》をかがせたのじゃ。云うまでもなく、その奈落に賊の手下がいて、手早くこの仕事をやってのけた。

「そして、ラン子を地上におろすと、すぐ迫出し台だけを元に戻して、動かぬように留めてしまったのじゃ。これだけの仕事には、三十秒も暗闇があれば、充分すぎるくらいだ。なんと考えたものじゃろうがな。音かね。少しぐらい音もしたであろうが、まだ音楽も響いていたことだし、誰が気づくものか」

「ちょっと待ちたまえ。君はそれほど詳しく知っていて、なぜ前もって届けてくれなかったのかね。けしからんじゃないか」

しかし、老人は刑事の反問を半ばも聞かず、

「わかっておれば、届けるまでもなく、わし一人でも妨害が出来たはずじゃ。だが、残念ながら、その間際までわしにも手品の種がわからなかった。しかし、安心したまえ、わしはそれと気づくが否や、ちゃんと手配をしておいた。

「むろん、ラン子はそのまま裏の地下道から劇場の外へ運ばれたが、わしはそれを見逃がさなかった。しっかりした人物を、ちゃんと、尾行させておいたから安心なさる

がよい。いずれそのうち、そのものが賊の巣窟《そうくつ》をつきとめて、あんた方のところへも通知をするはずじゃ」

「だが、その筋をさしおいて、そういう勝手な真似をされちゃ困るね。……咄嗟の場合で、その暇がなかったとすれば、まあ仕方もないが。

「それにしても、君のいう事は少しおかしいぜ。最初暗闇になったあとまで、ラン子は舞台にいたんだぜ。血を吐いたのは、二度目に電燈が、消えたすぐ前じゃないか。外へ運び出されてしまったラン子が、どうして舞台で歌うことが出来たんだね」

「それ、それが手品というものじゃ。あのままラン子が舞台から消えてしまったんでは、大騒ぎになって、すぐ追手がかかるは必定《ひつじょう》じゃ。それでは賊の方が危ない。そこで、パッと電気がつくと、ラン子とそっくりの扮装をした替玉が、元の場所に立って、血を吐いて見せたというわけさ、そうすれば、みんなその方に気を取られ、奈落の仕事なんか考えても見ないからね。

「あの血はむろん、お芝居の血のりさ。ちょっと洗えばすぐ落ちてしまう紅汁さ。

「では、その替玉が、なぜまたしても蠟人形に変わったか。云うまでもないことじゃ。替玉がここのベッドに運ばれて、しげしげと顔を見られたんじゃあ、たちまち化けの皮がはがれてしまうからだよ。つまり、この手品には、念入りにも、二重の替玉が必要になったというわけさ。ハハハハハ、わかりましたかい」

怪人物の推理は実に理路整然《りろせいぜん》としていて、さすがの刑事にも、非《ひ》のうちどころがなかった。なるほど、そういう順序とすれば、蠟人形の使われた理由がハッキリわかる。

だが、あんなにもラン子とそっくりの替玉がよくもあったものである。

「で、いったいその血を吐いたラン子は何者だね。それも君は知っているのか」

古参の刑事が、いらだたしく訊ねた。

「知って居ります」

「だ、誰だね」

「渦巻の賊といわれている男さ。賊の首領《しゅりょう》ですよ」

「エッ？　賊が？　ラン子に？　ばかな。ラン子は二十歳《はたち》にもならない娘なんだぜ。いくら魔法使いでも、賊の首領があの娘に化けるなんて……」

刑事たちは、その余りに頓狂《とんきょう》な着想に、思わず笑いくずれた。この老いぼれ、気でも違ったのか。

「ああ、あんた方は賊の首領という人物をご存知ない。おおかた髭《ひげ》もじゃの大男とでも思っているのじゃろう。ところが、大違い。渦巻の賊というのはやっとまだ二十歳を越したばかりの、女にでもしたいような美しい青年ですぜ」

「いったい君は、どうしてそんな事を知っているんだ」

「最初に申し上げた通り、わしはあいつをまだ乳呑児《ちのみご》の時から知っているんです」

「で、そいつは蠟人形を替玉にしておいて、どこへ逃げたんだね。君はなぜそいつを捕えなかったんだね」

刑事はまだこの怪人物の言葉を疑っていた。何もかも余りスラスラと答えるのが怪しいとさえ思っていた。

すると、老人はお面の顔を天井に向けて、巨大な蝙蝠のようにマントの羽を拡げながら、さも得意らしく答えた。

「捉《とら》えましたよ。ちゃんと捉えてありますよ」

それを聞くと、刑事たちも、令嬢たちも、愕然《がくぜん》として色めき立った。ああ、果たしてこの老人は、あの兇賊《きょうぞく》を捉えたのであろうか。

「どこにいるんです。あいつはどこにいるんです」

刑事も兜《かぶと》をぬいで、鄭重《ていちょう》な言葉使いになった。

「ここにいますよ」

老人は悠然と空嘯《そらうそぶ》いている。

「ここ？　ここというのは？」

「この部屋のことです」

空翔《かけ》る悪鬼

人々は思わず顔を見合わせた。

この狭い部屋の中に、渦巻の賊がいるというのだ。どこに隠れる場所があるだろう。大きな戸棚とてもなく、ベッドやテーブルの下は見通しだ。

刑事が四人、後援会のお嬢さんたちが五人、野沢青年、それからお面の老人自身、そのほかに誰もいるはずはない。ここにいるのはラン子の味方ばかりではないか。いったい老人は何を云っているのだ。

「ハハハハハ、さっきから、なぜわしがこの入口に、通せんぼうしていたかご存知かな。それはこの部屋にいる犯人を逃がさぬためじゃ。窓は一つあるけれど、まさかそこから逃げ出すわけにはいくまい。だいぶ高いし、飛び降りて見たところで、下は昼のように明るい雑沓《ざっとう》だ。ハハハハハハ、袋の鼠とはこのことだね。さすがの魔術師も、策《さく》をほどこすすべがなかろうて」

それを聞くと、人々は又キョロキョロとお互いの顔を見かわした。いったい全体あの兇悪なやつは、どこに潜んでいるのだ。

「えらい。さすがに悪魔の申し子だ。貴様、この際になっても、顔色一つ変えぬとは、見上げたものじゃ」

老人が誰にともなく、不気味に云った。

「いったい君は、それを誰に云っているのです」

刑事諸君はもどかしそうだ。

「わからんかね。つもってもごらん。わしは犯人ではない。四人の刑事さんも犯人ではない。それから五人のお嬢さん方は、みんな正真正銘のご婦人だ。すると、残るのは誰だろうね」

「僕だとおっしゃるのですか。ばかな、そんなばかな」

野沢青年が老人の意味を悟って、悲鳴のような叫び声を立てた。

「君じゃよ。みなさん、こいつが恐るべき渦巻の賊なのじゃ」

老人の蝙蝠のようなマントが、パッとひらめいて、皺だらけの指が、野沢青年の真正面につきつけられた。

「何を云ってるんです。僕はラン子さんの無二の味方じゃありませんか。毎日あの人に変装して、女のようにお化粧して、苦労しているんじゃありませんか。それに、若《も》し僕がその賊だとすれば、なにも舞台でなんか襲わないたって、ラン子さんとはしょっちゅう一緒にいるんですから、いくらも機会があったはずです。常識で考えて見れば、すぐわかることです」

青年は、一歩老人に近づいて、一心に弁解した。

「フフフフフ、それ、その言い訳をするために、わざわざ機会をつかまなかったのさ。替玉まで勤めて親切に見せかけながら、裏で牙《きば》を研《と》いでいたのさ。

「犯罪の場所に舞台を選んだ訳かね。それは悪魔の虚栄心《きょえいしん》さ。渦巻の印でもわかるように、君は君の腕前を世間に見せびらかしたいのじゃ。あらゆる危険をおかして、華々《はなばな》しく、世間をアッと云わせたいのが、悪魔の念願なのじゃ」

老人はちゃんと用意してあったように、青年の弁解を事もなく反駁《はんばく》した。

「理窟はどうでもつきます。しかし、証拠は？　あなたは何か確かな証拠をお持ちですか。実に、飛んでもない濡衣《ぬれぎぬ》です」

「証拠？　ハハハハハ、証拠がないとでも思っているのかね。先ず第一は、ソラ、その君のポケットの中にある、水を含ませたスポンジの玉と、麻のハンカチじゃ。さっき君が、舞台で吐いて見せた血のりで、まっ赤に染まっているではないか。刑事さんお手数だが、一つこいつのポケットをあらためて下さい」

しかし、刑事が近づく前に、青年は自分のポケットからそれを掴み出していた。

「これですか。これはラン子さんに変装した僕が、元の男に返る時に、顔の化粧を落とすために持っているのですよ」

「ウン、風呂場へ行って、ほかの女優に見つけられては大変だからね。しかし、その赤いのはなんだ？」

「ルージュです」

「オイ、君は顔じゅうにルージュを塗りつけでもするのかい。ハンカチとスポンジがまっ赤じゃないか。なに、今ここで争うことはない。この証拠品は刑事さんに預けて、いずれゆるゆるその筋《すじ》のご研究を願うことにしよう」

古参の刑事は、老人の意を察して、たちまち青年に飛びつくと、その二た品を取り上げてしまった。

「それはそれとして、もう一つの証拠には、まさか君も弁解の余地はあるまいて。それはね、君をこのお嬢さん方に紹介した杉崎瞳とかいう女性じゃ。実業家の娘とかなんとか自称していたらしいが、あれは君の手下の女賊じゃないか。

「ハハハハハ、どうだね。刑事さんに杉崎家を調べてもらえばすぐわかることだ。杉崎家にお嬢さんがあったとしても、あれほどの美人ではなかろうよ」

後援会の委員諸嬢は、それを聞いて、まあとばかり、あいた口がふさがらぬ体《てい》であった。

「調べていただきましょう。だが、たといあの人が偽物だったとしても、僕が少しもそれを知らなかったとしたら、どうでしょう。そんな薄弱な証拠では……」

美青年の蒼白《そうはく》な顔に、徐々に悪相《あくそう》が浮かんで来た。言葉もいつとなく、学生らしい調子を失って行った。

「では第三の証拠を持ち出すかね。お望みとあれば、第四第五といくらだってあるのだぜ。第三の証拠というのは、君の学校を調べるのさ。たしかN大学生という振れ込みだったね。一つN大学の学生簿を調べて、台帳の写真と君の素顔と一致するかどうか、確かめて見ようじゃないか」

青年は黙っていた。今度こそのっぴきならぬ弱点を突かれたらしい。N大学に野沢という学生はいるに違いない。だがそれはまったく別人なのであろう。

「オイ、大曽根竜次！」

老人は青年の虚《きょ》につけ入って、すさまじく大喝《だいかつ》した。

さすがの怪青年も、突然わが本名を呼ばれては、ハッと顔色を変えないではいられなかった。

「わしはさっきも名乗って聞かせた通り、久留須左門という老人じゃ。だが、貴様はその名を知らないかも知れぬ。父親に聞かされたことはあるだろうが、忘れてしまったかも知れぬ。では、もっとハッキリ云ってやろう。わしは、貴様の父親大曽根五郎が惨殺した有明友定男爵の家扶久留須左門じゃ。わかったか。ああ、やっとわかったようだな。

「貴様の父親は有明男爵を東支那海の藻屑として、その夫人と財産とを横領したばかりか、一度はわが妻とした夫人を焼き殺したのじゃ。いや、夫人ばかりではない、このわしをも焼き殺そうとしたのじゃ。だが、わしは九死に一生を得て、今日まで生き延びることが出来た。生きのびて、御前さまの忘れ形見友之助さまをお育て申したのじゃ。倶《とも》に天を戴《いただ》かざるご両親の仇《あだ》をお討たせ申すために、育て上げたのじゃ。

「それに反して、貴様は悪魔の子らしく、父親に輪をかけた悪党になりすました。今日までに、いったい何人、何十人の婦女子を誘拐している！　その美しい顔で、どれほどのおびただしい血を流し、血を啜《すす》ったことだろう。

「大曽根竜次、これでもまだしらをきるつもりか。見ろ！　この俺の顔を見ろ！　貴様の父親に焼かれた恨みの形相をよく見ろ！」

云うかと思うと、老人は蝙蝠の翅《はね》を物凄くはばたいて、サッと帽子とお面をかなぐり捨てた。

たちまち起こるお嬢さんたちの悲鳴、屈強の刑事連さえ思わず面《おもて》をそむけたほどである。

毛髪は一本もなく、赤く引ッつりになった頭、顔面は肉という肉が焼けちぢれて、赤黒い髑髏である。まん丸く眼球全体を現わした、血走った眼、鼻はなくて三角形の洞穴《ほらあな》があき、唇の溶け流れた口は、耳の痕跡の辺まで裂け、異様に長く見える歯並が、これだけはまっ白にむき出している。

さすが強情我慢の兇賊も、この相好を一と目見ると、思わず恐怖のうめき声を立てて、何かを防ぐように腕を上げ、よろよろとあとじさりしないではいられなかった。この無残な姿が、血を分けた父親の悪業の名残かと思うと、心の底からこみ上げて来る戦慄に、足の力も抜け果てて、その場にクナクナと膝をついてしまった。

それこそ何よりも雄弁な証拠であった。大曽根竜次その人でなくて、誰がこれほどの恐れを現わすであろう。その刹那まで一抹の不安を感じて、手を下さないでいた刑事たちも、もう躊躇はしていなかった。四人が四方から、サッと青年に飛びかかったかと見ると、たちまち彼の両手に捕縄が喰い入った。

「弁解はあとで聞こう。ともかく同行したまえ」

古参の刑事の重々しい声が、部屋を圧して響き渡った。

青年はもう観念したのか、一と言も口をきかず、引ったてる刑事のあとに従った。そのうしろから久留須老人は、お面をつけるのも忘れて、会心の笑みを漏らしながら、ヨチヨチとついて行く。五人のお嬢さんたちは、元の場所に一とかたまりになったまま、身動きする力もあらばこそ、息もつけない様子で、一同の立ち去るのを見送っていた。

狭い階段を降りて、舞台裏にさしかかると、それと知って集まって来た劇場の係り員や道具方、女案内人、野次馬などで、黒山の人だかりであった。

「あいつが渦巻の賊だってさ」

「まあ、可愛い顔してるじゃないの」

「ほんとうに、まだ子供みたいな年をしているくせに、なんて大それたやつでしょう」

だが、刑事の一行が、ワアワア騒ぐ人群を、押し分けるようにして、舞台の額縁の近くまで進んだ時であった。ああ、油断であった！　又しても、場内の電燈がパッと一時に消えて、舞台も、空っぽの客席も、あやめも分かぬ一と色の闇に蔽われてしまった。賊の手下の一人が、まだ場内に残っていて、首領の一大事とばかり、メイン・スイッチを切ったのに違いない。

「誰か、スイッチ盤を見てくれッ！　その辺にウロウロしているやつがあったら、ひっ捕えるんだッ」

刑事の叫び声に、道具方の数人が、応《おう》と答えて、奈落へと駈け降りて行く。その劇場の大配電盤は奈落の一隅に設けられてあったのだ。

それと同時に、闇の中に、ピシッという、細いけれど烈しい物音が聞こえた。

「アッ、捕縄を切ったぞ。犯人が逃げた。オイ木下《きのした》君、そちらの方角だッ」

しかし、この墨のような暗闇をなんとしよう。

群衆はワッとどよめいて、逃げ足立った。人々の触覚が盲目探りに脅えきって、互いに隣の人から離れようともがいた。肉団《にくだん》のぶッつかる音、泣き叫ぶ声、わめき罵《ののし》る声、名状も出来ぬ混乱である。

だが、それも瞬時、道具方が配電盤に到着したのか、たちまち場内は元の明るさに返った。犯人はどこにいる。渦巻の悪魔はどこへ行った。群衆はキョロキョロとお互いの顔を眺め合った。しかし、あの美しい青年の姿は、どこにも見当たらないのだ。

「アッ、あすこだッ」

誰かが舞台の天井を指さして、わめいた。

一斉に見上げる群集の頭上、額縁の裏に垂直にとりつけた、数十尺の細い鉄梯子《てつはしご》を、猿のように駈け上がって行く黒い人影がある。学生服の青年だ。彼は平地の出入口を選ばなかった。外には明るい雑沓の街がある。その中を掏摸《すり》のように逃げまわる醜態《しゅうたい》を避けたのだ。

舞台の天井は、額縁の二倍の高さがある。そこには緞帳や吊り道具が重なり合って下がっている。細い鉄製の渡り板が、目もくらめく高所を走っている。

青年は、六十尺の鉄梯子を登りつくして、その渡り板の上に立ち、遙かの下界を見おろして、何か手真似をしている。嘲笑だ。ここまでお出でとあざ笑っているのだ。

刑事たちはむろん躊躇していなかった。屈強な道具方数名と共に、手別けをして、舞台両側の鉄梯子を駈け上がって行く。青年はその梯子と梯子をつなぐ長い渡り板の上に立っているのだから、両方からの挟み撃ちとなって、もはや袋の鼠も同然である。

すると、その時、群集のあいだから、又しても恐怖の叫び声が起こった。女たちはだれを打って逃げまどった。彼らのあいだに黒いマントを着た骸骨を発見したからである。

久留須老人は、しかし、わが醜い顔を意識する余裕などはなかった。逃げまどう人々も目にはいらぬように、ヨチヨチと一方の鉄梯子にたどりつくと、一心こめてそれを登り始めた。

一段、又一段、直立の梯子を、危なっかしく踏みしめて行く、刑事たちが早くも頂上に達した時に、老人はやっと十尺ほどもよじ登っていた。

人々はこの髑髏のような怪物の正体を知らなかったので空の激情と共に、黒いマントのゆらめきにも気を取られた。あの化物はいったい何者だ。もしや賊の仲間ではないのか。追手の人たちをうしろから襲撃するつもりではないのか。

ワクワクとして見上げる人々の頭上に、怪物の恐ろしい顔が振り返った。薄暗い鉄梯子の中段、大きな洞穴のように見える舞台の天井を背景にして、まん丸に飛び出した目が、群集を睨みつけた。耳までさけた髑髏の口が、ニヤニヤと笑った。

女たちは脅えきって目をおおった。男たちも、余りの不気味さに、息を呑んでたじろいだ。この悪夢のような光景は、その後も永いあいだ人々の記憶に焼きついて消えなかった。

天井では、悪魔の美青年が、細い渡り板の上で、左右からの挟撃《きょうげき》に会って、進むことも退くことも出来ない窮地《きゅうち》に立っていた。

右からは古参の刑事を先頭に四人、左からは手に棍棒《こんぼう》を持った勇み肌の若者を先に五人、ジリジリと渡り板を進んで、怪青年に肉迫して行く。

「ヤイヤイ、じたばたしやあがると、この棍棒で向こう脛《ずね》をかっぱらうぜ」

勇みの若者は、芝居がかりで、棍棒を斜めに構え、足をふんばってつめ寄った。

と同時に、一方からは、刑事の猿臂《えんぴ》がサッと伸びて青年の肩にかかる。

竜次青年は、ヒョイと、その手を避けて、背をかがめた。

「ハハハハハ、じゃあ、諸君、あばよ」

叫んだかと思うと、華奢な黒い姿が、ヒラリと渡り板を離れた。ああ、危ない、下は六十尺の谷底だ。彼は遙かの舞台へ飛び降りて、われとわが命を断とうとするのか。

舞台に群がる人々は、それと見て、ワッと逃げまどった。青年の身体が、爆弾のように頭上めがけて落ちて来るのかと疑ったからだ。

しかし、曲芸師大曽根竜次は、そんなへまはしなかった。転落の間一髪、彼の両手が鉄の渡り板にかかっていた。そして、ヤッという掛け声もろとも、軽い身体を一と振り振ると、すぐ目の前に下がっている背景の吊り道具の上に飛び移った。その距離一間余り。刑事たちはもちろん勇みの道具方にも、この空中の放れ業は思いも及ばなかった。

「オーイ、誰かア、轆轤《ろくろ》を戻してくれエ、こいつを道具と一緒に舞台へおろしてしまえッ」

勇みの若者が、鉄梯子の下にかたまっている同僚たちに向かって叫んだ。背景を吊り上げてある綱をゆるめよというのだ。そうすれば背景と一緒に賊も舞台へ墜落するにきまっている。

若者の叫び声が、天井に谺して下界に伝わると、そこに居た一人の道具方が、捲揚《まきあ》げ器《き》の方へ飛んで行った。たちまち起こるガラガラという歯車の音、綱は見る見るほどけて背景は急速度に下降し始めた。

竜次青年は、背景にしがみついたまま、舞台に引きおろされたか？　さすがの悪魔もついに運の尽きであったか？

いやいや、曲芸師には、まだ奥の手があった。彼は下降し始めた背景の上から、その向こう側に下がっている別の背景に、苦もなく飛び移り、その上を這って、一方の端に辿りつくと、天井の梁《はり》から下がっている綱に両手をかけ、巧みな懸垂の姿で、スルスルと頂上に登りつき、ヒラリと梁の鉄材にすがりついた。

天井には縦横に鉄筋が交錯している。一つの鉄筋から、次の鉄筋へと、猿の身軽さで、小さく見える黒い姿が飛び移って行く。

「アッ、いけない。通風孔から逃げ出すつもりだッ」

叫びざま、刑事たちが急いで鉄梯子を降りかけた時、青年の姿はもう、その小さな通風窓から、建物の外へと消えていた。

だが、通風孔の外は、地上七十尺にも達する、切りそいだようなコンクリートの壁、なんの足場もありはしない。彼はそんなところへ出て、いったいどうするつもりであろう。

刑事たちが息せき切って、風のように走りながら、建物の外へ廻って見ると、そこには急を聞いて駈けつけた数名の警官隊が、空を見上げて、口々に何かわめいていた。それを遠巻きにして、おびただしい野次馬の群集。

劇場の外側は、屋根のイルミネーションを輝かせて、クッキリと夜空にそびえていた。その項上の小さな窓に、一点の黒影がうごめいている。

「屋根だ。屋根へ逃げるつもりだ」

如何にも、賊の小さな姿は、窓から両手を屋根の端にかけて、見事な尻上がりの放れ業、たちまち、大建築物の屋上に立ち上がった。

だが、屋根へ上がって、どうしようというのだ。それから先は、もう逃げ道がないではないか。

賊は屋根の斜面を、劇場の裏側へと走って行く。星空の中を、黒い物の怪のように走って行く。

刑事も警官隊も、屋上の賊の進路につれて、建物の側面から背面へと、街を走る。野次馬の一団が、罵り騒ぎながら、そのあとに従う。

劇場の背面は三間ほどの細い道路だ。そこを埋《うず》めつくす黒山の大群集。

賊は建物の側面と背面との角に達すると、そこから地上に下がっている銅製の樋《とい》を伝って、スルスルと降り始めた。

おや、彼はとうとう観念して、追手のまん中へ降りて来るつもりかしら。

むろんそんな愚かな真似をするはずはない。頂上から三分の一ほど下ったところで、彼は下降を中止すると、腰につけていた長い麻縄を取り出して、その先端の鈎《かぎ》になった金具を、樋の留金に掛け、麻縄の先を持って、ちょうどその下にあいていた楽屋部屋の窓に飛び移った。

又建物の中へはいるのかと見ていると、そうではなくて、彼は縄の先を両手に巻きつけたまま、弾みをつけて、サッと窓から飛び出したのである。麻縄が空中に大きな弧をえがいて、ブランコのように揺れた。ブランコの先には、青年の身体が振子となって下がっている。

一と揺り、二た揺り、長い麻縄はたちまち望みの振幅に達した。すると、縄の先が建物の壁から最も遠く離れた一瞬、竜次青年の手がパッと縄を放れた。黒い人影が空を横ぎって、弾丸のように飛んで行く。目ざましい空中曲芸だ。地上の群集が、アッとばかり手を握りしめた時には、身軽な青年の足は、三間の道路を越して、向こう側の三階建ての大屋根の上に着いていた。

「アハハハハハ」

大屋根の端に立ち上がって、遙かの下界へ、嘲笑の身振りと共に、人もなげな高笑いだ。そして、その笑い声の余韻が夜空に消え行く頃には、青年の姿も屋根の向こうへ、群衆の眼界から消え去ってしまった。

その建物の一郭《いっかく》は、一丁四方ほどのあいだ、和洋さまざまの建築の屋根つづきだ。東西南北、いずれに逃げ去ろうと、或いは又建物の中に忍び込もうと、自由自在である。もう十人や二十人の警官隊ではどうすることも出来はしない。

だが、叶わぬまでも追跡をゆるめるわけにはいかぬ。刑事と警官とは四方に手別けをして、その一郭を囲む町筋に見張りをした。だが、一時間、二時間、賊の姿はついにどこにも現われなかった。恐らく彼は、警官隊が包囲陣を敷く前に、屋根を降りて、暗闇の露地から露地へと、姿をくらましてしまったのだろう。

それより前、賊の姿が屋根の向こうに消えた頃、劇場裏側の一つの窓に、髑髏の顔が現われて、じっと夜の空を見つめていた。久留須左門老人である。

「畜生め、とうとう逃げたな。だが、悪魔、まだまだ安心するのは早いぞ。俺は万一の場合を考えて、ちゃんと先手が打ってあるのだ。ラン子が無事に貴様の手にはいると思っているのか。気の毒ながら、そうはいかぬじゃろうて。いや、そればかりではない。貴様の行く手には、貴様にとって一ばん恐ろしい大敵が、両手を拡げて待ち構えているのじゃ。毒には毒を、魔法には魔法じゃ。俺の方にも貴様に負けない魔法使いがいるのを知らんか。

「今夜か。明日の朝か。もう貴様の運の尽きは見えている。ワハハハハハ、俺はそれを思うと、小気味がよくて、小気味がよくて、ワハハハハハ」

髑髏は、耳まで裂けた口を、物凄くひらいて、腹の底から哄笑した。夜空の彼方、重畳《ちょう じょう》する甍《いらか》の上を這う兇賊の耳にも響けとばかり、黒マントの化鳥《けちょう》の羽根をひろげ、羽搏《は ばた》きをうって、気違いのように、いつまでもいつまでも笑いつづけた。

魔の倉庫

花菱ラン子はついに大悪魔大曽根竜次の呪わしき欲望のいけにえとなったのだ。殺人鬼竜次の三人の部下が、道具方に化けて、舞台下の奈落にはいり込んでいた。そして、まるで奇術師のような不思議な手段によって、舞台のラン子を迫出しの切穴から奈落におとしいれ、麻酔剤によって意識を失わせ、用意してあった木箱の中へ詰め込んでしまったのだ。

三人の荒くれ男は、そのまるで寝棺のような長方形の木箱を、奈落から劇場の裏門に通ずる階段へと運び始めた。

トンネルのような地下道の両側には、不用の大道具や荷箱などがゴタゴタと置いてあって、暗さも暗し、ともすればつまずきそうになる。

「オイ、うまく行ったじゃねえか」

「ウン、うちの先生の智恵はいつもこれだ。そんなばかなことがと思うような事を、まるで手品みていに、易々とやってのけるんだからね」

「恐ろしい智恵さね。こうして担ぎ出せば、道具方が荷箱を運んでるとしか見えねえからね。こん中には、舞台で使わなくなった小道具かなんかはいっている、としか見えねえからね」

「ここを出てしまえば、裏門はあけっぱなしだし、番人は味方に引き入れてあるんだし、あとは待っているトラックに積み込むばかりだ。あんまり造作がなくて、嘘みていな仕事だったね」

「だが、先生うまくやってやがらあ。まんまとラン子を手に入れたんだからね。こいつを又、大暗室とかへ連れ込んで、思うままにするんだぜ」

「フフン、焼いて食おうと煮て食おうと、どうなりとなさいませだ。俺たちあ慾さ。こんなうめえ仕事はたんとあるもんじゃねえからね。これを無事に運びさえすりゃ、運転手のやつと四人頭《あたま》(注12)に千両だぜ。ラン子なんかよりもっと可愛いのが、どっかに待っておいでなさらあ」

「だが、大暗室てえのは、いったいどこにあるんだい」

「それだよ。俺あ仲間のやつにずいぶん訊ねて見たんだがまるでわからねえ。誰一人知ったやつがいねえんだ。なんでも、先生ともう一人誰だかと、二人っきりしか知らねえ大秘密だとよ」

「一ぺん、そこを覗いてみてえなあ」

「まっ暗闇の中に、こうして攫《さら》って行った美しいのが、裸にむかれて、ウジャウジャかたまっているんだっていうぜ」

「血みどろになってか」

「ウッ、たまらねえ。俺らそんなもの見たかあねえ。まるで地獄じゃねえか」

三人の無頼漢《ぶらいかん》どもは、あたりに人もない地下道に気をゆるして、ボソボソとそんなことをささやきかわしながら、エッチラオッチラと重い木箱を運んで行く。

「シッ！　なんだか変な音がするぜ」

突然、先に立った一人が、立ち止まって、話し声を制した。耳をすますと、なるほど人の足音らしいものが聞こえて来る。コッコッとコンクリートの上を歩く靴の音、それも一人ではなく大勢らしい。

「オイ、でかいじゃねえか」

耳ざとい一人が、靴音のほかに、何か金属の触れ合う音を鋭敏に聞き分けて、強くささやいた。

「待て、俺が覗いて来る。声を立てるんじゃねえぜ」

先頭の一人が、木箱の手を離して、暗い地下道の壁を、平蜘蛛《ひらぐも》のように伝いながら、出口の方へ忍んで行った。

角を一《ひ》と曲《ま》がりすると、闇の中にうっすらとコンクリートの階段が聳え、その上のトンネルの口のような穴から、遠くの広告塔のネオン・ライトが見えている。

靴音は刻一刻大きくなり、やがて、階段の上部に、夜空を背景にして黒い洋服姿が現われた。一人、二人、三人……アッ、やっぱり警官だ。三人が三人とも、制帽を冠っている。手に手に警棒をにぎっているのが見える。いつのまに、こんなところへ先廻りしていたのだろう。

男は大急ぎで仲間のところへ引っ返すと、烈しく手を振りながら、その旨を告げた。誰か内通者《ないつうしゃ》があったのかも知れない。門番の野郎が裏切ったのかな。ともあれ、逃げるほかはなかった。

ラン子を入れた木箱は、その辺の大道具や荷箱のゴタゴタしたあいだに突っ込んでおいて、三人は身をもって、元来た方へ逃げ出した。

物蔭に隠れて、入口の方を覗いていると、靴音はもう階段を降りきって、コツコツとこちらへ近づいて来る。角を曲がって、異様に大きく見える三人の制服の影が、まるで悪人たちの隠れ場所を知り抜いてでもいるように、傍目《わきめ》もふらず、こちらへ迫って来る。

仕合わせなことに、警官たちは例の木箱には気づかぬらしく、そのそばを通り過ぎてしまったが、一本道をグングン追いつめられるのだから、悪人たちは、あとへあとへと逃げるほかはなかった。彼らは先《ま》ず第二の曲がり角に身を隠したが、しばらくするとそこにもいたたまれず、更に奥へ奥へと逃げ込んで行く。

だが、三人の警官は第二の曲がり角まで来ると、そこに立ち止まったまま動かなかった。

「誰もいないじゃないか。あいつまさか嘘をついたんじゃあるまいね」

「少しここで待って見よう。これから奥は広くなっているから、奴らを見逃すようなことがあっちゃいけない。外への出口はここ一つだから、ここに頑張ってりゃ、大丈夫だよ」

警官たちの話し声が、悪人の隠れ場所まで聞こえて来た。お巡りさんも、この暗闇の奈落には薄気味がわるいらしく、そこから奥へははいって来ようとしないのだ。

永いあいだ、闇の中の対峙《たいじ》が続いた。悪人どもは奈落の太い柱の蔭に身を隠して、向こうにボンヤリと見える警官の姿を、じっと見つめていた。猫に追いつめられた鼠のように、死にもの狂いの目を光らせ、先方が動き出せば、すぐ逃げられる身構えをしながら、じっと闇の中にうずくまっていた。

警官たちはひどく意地わるであった。暢気らしく立ち話をしながら、はては煙草さえ吸い始めた。永い時間であった。ほんとうは二十分ほどなのだが、悪人どもにして見れば、一時間も二時間も、そうして睨み合っていたように感じられた。

「もういいだろう。引き上げようじゃないか」

すると、突然一人の警官が妙なことを云った。

「ウン、引き上げよう。僕たちは何か思い違いをしていたようだね」

そして、三人の制服巡査は、またコツコツと靴音を響かせながら、曲がり角の向こうへ消えて行ってしまった。耳をすましていると、彼らはもう一つの曲がり角を曲がって、やがてコンクリートの階段を登る音が聞こえて来た。

いったい警官は地下室へ何をしに来たのであろう。曲者を捕えるためであったとすれば、ただ二十分ほどのあいだ見張りをしただけで、そのまま引き上げてしまうのは変ではないか。そんな事で警官の役目が勤まるものではない。すると、何かもっと別の目的があったのかしら。だが、いったい犯人を捕えるほかに、どんな目的があるというのだ。なんとなく腑に落ちぬ話ではないか。

しかし、悪人どもはそこまで疑う智恵も余裕もなかった。恐ろしい警官たちが、なんのこともなく立ち去ってくれたのが、無性に嬉しかった。ヤレヤレ助かったという安堵の思いで一ぱいだった。

「オイ、うまく行ったぜ。奴《やっこ》さんたち、思い違いだろうなんて暢気なことを云って、帰っちゃったぜ。サ、この間に早く逃げよう」

「あの箱に気がつきやしめえか」

「気がつくもんか。気がつけば、靴音が立ち止まるはずじゃねえか」

彼らはそんなことをささやきながら、元の場所に引き返したが、ラン子を入れた木箱にはなんの異状もないことがわかった。

「うまい、うまい、これを運び出さなくちゃ、ご褒美《ほうび》にありつけねえんだ。さア、手を貸しな。北村《きたむら》のやつさぞ待ちくたびれているこったろう」

北村というのは、裏通りにトラックを停めて待ち受けている運転手である。

「だが、お巡りがほんとうに帰ったかどうか確かめて見なくっちゃあ。その辺に隠れてでもいられちゃ堪《たま》らないからね」

一人がそう云って、こっそりと階段を登って行った。地上に出て、門内の狭い空地を見廻していると、あけ放った門の向こうから、黒い人影がはいってきた。おやッと逃げ腰になって、壁のうしろから覗いていたが、近づくにつれて、その人影が別人ではないトラックの運転手であることがわかった。

「オイ、北村じゃないか」

ささやき声で呼びかけると、黒い影も同じようにささやき声で答えた。

「おめえ、三《さん》ちゃんか」

「ウン、そうだよ。今お巡りが踏んごんで来やがってね」

「知ってる。知ってる。だが、もう大丈夫だ。三人とも帰ってしまった」

「ほんとうか」

「ほんとうとも。ちょうど人通りも少なくなったし、荷物を積むには持って来いだ。

しかし、ラン子はうまく手に入れたか」

「大丈夫。安心しろ。……じゃ、すぐに荷物を運び出すからね」

急がしくささやきかわして、北村は外のトラックへ、三ちゃんと呼ばれた男は地下道の相棒のところへ引き返した。

それから三人の無頼漢は、ラン子のはいっている木箱を三方から手舁《てが》きにして、階段を登り、門外へと急いだ。門外の裏通りには、街燈の光を避けて、一台の空トラックが停っている。三人は無言のまま、手早く木箱をその上に乗せると、彼らもつづいて、無蓋《むがい》の車上に登り、長々とそこに寝そべってしまった。

「オイ、おめえたちのうち、誰か運転の出来るのはいねえか」

前の運転台から、低い声が聞こえて来た。北村が窓から半身を乗り出して、うしろの三人に訊ねているのだ。

「どうしたんだ」

「急に腹が痛み出しやがって……とても堪《たま》らねえんだ。誰か代わってくんねえか」

「よし、俺が代わってやろう。おめえは助手席で休んでいるがいい」

例の三ちゃんと呼ばれた男が、気軽に引き受けて、いきなり貨物箱を飛び降りると、運転台へ廻って行った。

「ひどく痛むか」

「どうも、胃痙攣らしいんだ。すまねえ」

「そいつはいけねえな。少しのあいだだ、我慢しな。向こうへ着いたら先生が手当てをして下さらあ。でも、俺がいてよかったぜ。俺とおめえのほかには、運転の出来るやつなんて、いやしねえんだからね」

車はもう走り出していた。北村は両手で腹部をおさえ、前こごみに丸くなって、じっと痛みをこらえている様子だ。口をきくのも大儀《たいぎ》らしい。三ちゃんも運転に気を取られて物を云わなかった。

暗い町、暗い町と縫って、誘拐トラックは走りつづけた。隅田川を越えて深川《ふかがわ》区内にはいって行く。橋の多い工場街、一方の川縁には倉庫会社の大倉庫がずっと棟を並べている。昼間は工場の騒音やトラックの往き来で賑やかなこのあたりも、夜は死の街のように静まり返って、人っ子一人通りはしない。光と云っては、ところどころの電柱にとりつけた小さな裸電燈ばかり、人顔もさだかには見えぬ薄暗さだ。

さいぜんからヘッドライトを消したまま走っていた怪トラックは、立ち並ぶ大倉庫の一つの前に静かに停車した。

三ちゃんは車をとめるや否や、運転台を飛び降りて、倉庫の大戸に駈け寄り、キョロキョロとあたりを見廻した上、ポケットから取り出した鍵で錠前をはずし、ソロソロと大戸を開いた。倉庫のことだから、内部は一点の光もない暗闇である。

彼は小型懐中電燈を出して、それを振り照らしながら、広い倉庫の中を見廻していたが、別状ないことを確かめると、トラックに引き返して、二人の仲間と共に木箱をおろし倉庫の中へ運び入れた。病人の北村もそのあとについて、中にはいり、積んである麻袋《あさぶくろ》の上に、グッタリと横たわった。

三ちゃんは、用心深くトラックを遠くの空地の中へ入れておいて、倉庫に戻ると、中から大戸をぴったり閉めてしまった。今は首領大曽根竜次がやって来るのを、そして、莫大なご褒美にありつくのを、待つばかりだ。

倉庫の中には、三方の壁に接して、おびただしい荷箱や麻袋が乱雑に積み上げられ、それらの一部が床一面に転がり落ちて、足の踏み場もない有様だ。残る一方の隅には、中ほどに躍り場のある立派な階段があって、その登ったところに、大きな部屋のようなものが見えている。倉庫の中に、こんな立派な階段があるのも変だし、その上に、まるで芝居の道具立てみたいな、四方を壁で囲まれた二階がついているというのも不思議である。

床の上には、ランプを入れた木箱を中にして、四人の無頼漢が、或いは寝そべり、或いは麻袋にもたれかかり、或いはあぐらをかいて、ボソボソと話し合っている。木箱の蓋の上に置いた懐中電燈の光に、彼らの異様な姿が、闇の中からほのかに浮き上がって見える。

「うちの先生の頭のいいのには驚いちゃうね。表面上は山一《やまいち》倉庫っていうれっきとした会社なんだからな。まさかここが渦巻の賊の隠れ家とは、気がつかねえや。なにしろ倉庫なんだから、いくら俺たちが出入りしたって、トラックが荷物を運んで来たって、誰も怪しむものはありやしない。ところがその荷物の中にゃ、みんな一人ずつ別嬪《べっぴん》がはいっているんだからね。ウフフフ、うまく考えたものさね」

「それから、この梯子段と二階の部屋だ。あの部屋が、ほら、例の殺人会社の事務所だったってえじゃねえか」

「そうよ。倉庫の中に、三部屋もある立派な二階があって廊下までついているんだからね。どんな名探偵だって、探せっこないやね。殺人会社の事務所は大きなビルディングの中にあるって噂が立ったんだぜ。面白えじゃねえか。それもうちの先生の手品なんだ。

「依頼人に目隠しをしてね。この梯子段を何度となく上がったり降りたりさせたんだっていうぜ。まん中に躍り場があるだろう。だから、そこを利用してうまくごまかせば、目隠しをされてるやつあ、なんだか高いところへ上がったような気がするんだ。幾つも幾つも梯子段のある大きなビルディングの中へつれ込まれたような気持になっちまうんだ。うまく考えたじゃねえか。さすがは先生だよ。

「そして、廊下を引っぱり廻されて、はいった部屋が、どこにも窓のない漆喰壁《しっくいかべ》と来ている。いい加減面くらおうじゃねえか」

すると、今まで腹痛のためにグッタリとなったまま、口もきかなかった北村が、突然話しかけた。

「じゃ、あの辻堂っていう高利貸の爺さんがやられたのはこの二階だったのかい」

「そうよ。おめえ、それを知らなかったのか。……北村もういいのかい。胃痙攣はどうしたんだ」

「ウン、少し治まったようだ。……で、あの爺さん、ここで殺されてしまったのかい」

「なにを云ってるんだ。先生がそんな迂闊な真似をするもんか。爺さんはここでからくり仕掛けの椅子に締めつけられて、箱詰めにされてしまったんだって。そして、例の大暗室へ運ばれたのさ」

「大暗室って、いったいどこにあるんだい」

「それを知るもんかな。俺たちの仲間にゃ、一人も知ったものはいねえんだ。先生の大秘密さ。秘密の歓楽境《かんらくきょう》っていうやつさ、それも地獄のね」

「おい、おい、壁に耳ありだぜ。先生の噂は止しにしねえ。……それはそうと、先生遅いじゃねえか。俺たちよりは少し遅れるが、半時間とは待たせねえって約束だったぜ。それに俺たちの方じゃお巡りの一件で、うんと遅れてるんだからねえ」

「まさかどじを踏んだんじゃあるめえな」

「アーア、少し腹が減って来たぞ。仕事が済んだら一杯やるつもりで、そればっかり楽しみにしていたんだが、この様子じゃ、いつになったら酒にありつけるかわかりやしねえ」

「フフフフフ、意地の汚ねえ野郎だなあ。そんなに酒がほしけりゃ、俺の大事なウイスキーを少し分けてやろうか」

北村が、もうすっかり腹痛も治ったと見えて、冗談まじりに耳よりな事を申し出たのである。

「エッ、ウイスキーだって？　そいつあ有難え。おめえ持っているのか」

「ちゃあんとここに、ポケット瓶が忍ばせてあるんだ。まだ詰め替えたばかりで、ちっとも手はついていねえんだぜ」

「だから、北村は話せるっていうんだよ。俺に一つ塩梅見《あんばい》をさせてくんねえ」

三ちゃんが、飛びつくように北村の手から琥珀色《こはくいろ》の瓶を取り上げて、蓋をとるのももどかしく、いきなり口からじかにゴクリとやった。

「オーたまらねえ。こいつあワンタン屋のウイスキーじゃねえや。どこからこんな上《じょう》物《もの》を仕入れて来たんだい」

「ドレ、俺にも一杯やらしてくんねえ」

次の一人がまたゴクリとやって、舌なめずりをした。

「ウン、こいつあ上等だ。おまえも、どうだね」

するとまた次の一人が……。

そして、代わり代わり呑み廻しているうちに、いつしか瓶の半ばが空になってしまった。

「ドレ、それじゃ、俺が殿《しんがり》と行こうかな」

最後に北村が瓶を受け取って、勢いよく口の上に持っていったが、故意か過失か、瓶の上から流れ落ちる琥珀色の液体は口の中へははいらないで、すっかりチョッキの胸を濡らしてしまった。そのくせ、彼はさも甘そうに、ベタベタと舌鼓《したつづみ》を打ちながら、

「胃痙攣にゃ、モルヒネよか、こいつに限るよ」

などと、もう巻舌《まきじた》になって、乱暴な口をきくのであった。

恐ろしき返り討

それから一時間ほどもたった頃、山一倉庫の一丁ほど北に当たる川縁の闇の中に、一台の自動車がとまった。

「先生、大丈夫ですかい」

運転手がうしろを振り返ってささやくと、車内燈を消した客席から、何者かが答えた。

「心配するな。お前はすぐ持ち場へ帰るがいい。いつまでもこの辺にぐずぐずしてちゃいけないぜ」

云いながら、自動車を降りたのは、白髪白髯のよぼよぼの乞食のような老人であった。身にはひどく破れた古袷《ふるあわせ》一枚、汚ならしい古ソフトをかぶり、竹切れの杖をついて、腰をかがめながら、倉庫の蔭から蔭へと歩いて行く。

この奇怪な乞食親爺は、ほかならぬ大曽根竜次の変装姿であった。彼は大劇場の屋上から裏通りの人家の屋根へと人間業とも思われぬ軽業を演じて、追手の目をくらましたが、それから、どこをどう逃げたのか、いつの間にかこんな姿に変装して、部下との連絡を取り、巧みに非常線を潜って、部下との約束の場所へ辿りついたのである。

乞食親爺は、山一倉庫の前に立つと、念入りにあたりを見廻してから、力をこめて大戸を開き、非常なすばやさでその中に身を隠して、再びぴったりと扉を閉めてしまった。

倉庫にはいった老人は、懐《ふところ》中から大型の懐中電燈を取り出し、パッと点火して、その辺を見廻したが、四人の荒くれ男どもは、首領の到着を待ちくたびれたのか、床の上にゴロゴロと転がって、正体もなく眠っている。

「チェッ、仕様のないやつらだ」

老人は舌打ちして、いきなり、草履《ぞうり》ばきの足で、手近の一人の肩のあたりを蹴りつけた。

「おい、北村、そのざまはなんだ。起きろ、起きろ」

蹴りつけられた北村は、ハッと飛び起きて、老人の姿をけげんらしく見つめた。

「ハハハハハ、俺だ、俺だよ」

「アッ先生ですかい、すみません。あんまり先生が遅いもんだから、ちょいとここで酒盛《さかもり》を始めたんでね。奴さんたち酔いつぶれているんですよ」

北村は頭を掻きながら、ペコンとお辞儀をした。

「仕様がねえな。俺は今まで汗だくで逃げ廻っていたんだぜ。久留須という変な親爺が飛び出しやがってね。まるで骸骨みたいな顔をした恐ろしいやつだ。そいつがすっかり俺の手品を看破っていたんだ。大活劇さ」

「ヘエ、そうですかい。それで、そんななりをしているんですね」

「非常線を張りめぐらしやがってね。だが、渦巻の悪魔はそんなものにビクともするんじゃねえ。この通り無事にご帰館さ。ウフフフフ、今頃奴さんたち、さぞくやしがっていることだろうて。……だが、ラン子は大丈夫だろうね、その箱がそうかい」

「そうですよ。だが、こっちも飛んだ邪魔がはいりましてね。ちょうどこれを運び出そうっていう時に、奈落へお巡りがはいって来たんですよ」

「エッ、警官が？　で、どうした」

「なあに、うまくごまかして、尻尾をつかまれるようなヘマはやりやしねえが、そのために、三十分ばかりおくれたんです」

「フン、そいつあよかった。……ラン子はこの中に眠らしてあるんだね」

「いい気持で寝ているでしょうよ。コトリとも音がしねえんですからね」

「じゃ、一つお目にかかるかな」

殺人鬼は彼自身の目でラン子の姿をたしかめないでは安心が出来ぬというように、木箱のそばに近づいた。

木箱には、ただ蓋が落ちない程度に、四、五本釘が打ちつけてある。粗末な荒削りの板張りだから、方々に節穴や隙間があるので、獲物が窒息《ちっそく》する憂いはない。

「その辺に金挺《かなてこ》があっただろう。君、これをちょっとあけて見てくれないか」

北村は命ぜられるままに、金挺を探し出して、造作もなく木箱の蓋を開いた。

竜次の老人は、それを待ちかねるように、箱の上にのしかかり、懐中電燈を照らしながら、その中を覗き込む。

だが、覗き込むや否や、彼はそのままの姿勢で、まるで化石したように動かなくなってしまった。さすがに叫び声を立てるようなことはしなかったが、その驚きがどれほどであったかは彼の激しい息遣いによっても充分察しることが出来た。

電燈に照らし出された木箱の中には、なんともえたいの知れぬ奇怪事が起こっていた。彼はそれを一目《ひとめ》見た時、木箱の底一面に、大きな鏡が張りつめてあるのではないかと疑った。なぜといって、箱の中にはラン子でなくて、目の前に立っている部下の北村と寸分違わぬ男が、長々と横たわっていたからである。

だが、鏡でないことはたちまちわかった。箱の中の北村は、猿股《さるまた》一つのまっ裸体《ぱだか》であったからだ。彼は毛むくじゃらの全身をさらけ出して、まっ青な顔に玉の汗を浮かべながら、グッタリと失神しているのだ。

いったいこれはどうしたというのだ。俺は夢でも見ているんじゃないか。部下の北村が二人になった。一人はすぐ前に立ちはだかって、ニヤニヤ笑っているし、もう一人は裸体に剝かれて箱の中に横たわっている。まるで化物屋敷じゃないか。待てよ、待てよ……。

さすがの悪魔も、この摩訶不思議《まかふしぎ》には、狐にでもつままれたような感じで、日頃すばやい智恵も、急には働かぬのだ。

彼はまるで機械人形のように、懐中雷燈を上下に動かしながら、立っている北村と寝ている北村とを、代わる代わる見比べるばかりであった。

だが、そうしているうちに、少しずつことの次第がわかって来た。一人の人間が二人になるはずはない。どちらかが偽物なのだ。立っている方か？　寝ている方か？……わかり切った話じゃないか。偽物は立って笑っているやつにきまっている。

彼はそれに気づくと、今更のようにギョッとして、相手の顔に電燈の光をさし向け、食い入るようにその顔を凝視した。

異様な睨み合いであった。黒暗々の倉庫の中、光といっては竜次の老人の手にする大型懐中電燈ただ一つ。丸い光の中に、宙に漂うように浮き上がっている一つの顔、その北村の顔が、まるで気違いみたいにニヤニヤと笑いくずれているのだ。

「き、きさまは、いったい誰だッ」

竜次の脅えた声が、闇の中から劈《つんざ》くように響いた。

「やっと気がついたのかい、俺が偽物だっていうことを」

相手は落ちつき払って、やっぱりニヤニヤと笑いつづけている。だが、その声はさいぜんからの北村の声とは、まるで調子が違っているのだ。

おやッ、この声はどっかで聞いたことがあるぞ、はてナ、はてナ、……竜次はゾーッと背筋が寒くなった。目の前に不気味な化物が立ちふさがっているような、なんともいえぬいやな気持であった。

ああ、そうだ、あいつだ！　きっとあいつに違いない。あいつでなくてこんな芸当のやれるやつがほかにあるはずはないのだ。

「貴様、有村だなッ！」

「ハハハハハ、わかったか。いつもの君にしちゃ、遅かったぜ。オイ、大曽根君、久し振りだなあ。どうだい、このメーキャップは？」

北村に化けた有村青年は、頬の無精鬚《ひげ》を、引きちぎるように剝いで行く。薄いゴムに毛髪を植えつけた玩具《おもちゃ》のつけ鬚である。剝がれて行くゴムの下から、美青年有村の血色のよい皮膚が、艶々と現われて来た。

「鬘には及ばなかったよ。ただ油気を抜いて、モジャモジャとかき廻せば、北村とそっくりになるんだからね、ハハハハハ。オイ、オイ、渦巻の悪魔とも云われる君が、みっともないじゃないか。なにをそんなに驚いているんだい。俺はただちょっと君の真似をして見ただけさ。この手は君のおはこじゃないか」

ああ、深讐綿々たる仇敵は、かくして再び相会したのであった。大東京の空を、邪悪の渦巻でおおい尽くして見せると誓った悪魔の申し児と、その生涯を邪悪との闘争に捧げた天国の使徒が、父子《おやこ》二代の敵意に燃えて、今や最後の勝敗を決する大闘争の舞台に立ったのである。

「有村、貴様にしちゃ大出来だったなあ。ハハハハハ、面白いよ。実に面白いよ」

竜次もさるもの、たちまち狼狽を押し隠して、敵に譲らぬ落ちつきを見せた。

「ところで、俺をどうしようって云うんだい。オイ有村、ここは俺の根城《ねじろ》だぜ。しかも、こっちには三人の味方が控えている。四対一だぜ。オイ、それでいいのかい」

彼は云いながら、うしろに転がっている部下の身体を、足先でソッと揺り動かした。

だが三人が三人とも、この首領の一大事に、目を覚ますものもない。

「駄目だよ。いくら揺すぶったって、そいつらが起きるものか。僕のウイスキーをしたたか飲んでいるんだからね。むろんそのウイスキーの中には、強い睡《ねむ》り薬が仕込んであったのさ」

しかし、竜次は虚勢《きょせい》をくずさなかった。そして憎々しくわめくのだ。

「そんなことだろうと思った。それじゃ、一人と一人だね。ハハハハハ、こいつは面白い。一騎打ちの勝負はこっちも望むところだ。で、貴様の方には、これがあるかね」

彼はボロボロの着物の内懐中《うちぶところ》に手を入れて、その手を、はだけた胸から、ニューッと突き出した。ピストルだ。セピヤ色の小型ピストルだ。

「ハハハハハ、僕はそんな飛び道具なんか持っちゃいないよ。しかしね、一人と一人というのは、気の毒だが、君の思惑《おもわく》違いだよ。僕の方には大勢の味方がいる。僕も残念だが、一騎打ちの勝負というわけにはいかないのだ」

「エッ大勢の味方とは？」

「警官の一小隊さ。こいつらが眠ってしまったあと、僕が、ボンヤリここに坐っていたと思うのかい。いくらなんでもそんな無茶はしないよ。大急ぎで電話をかけに走ったのさ。そして、警官隊を呼び寄せておいたのさ。

「その辺の建物の蔭にはウジャウジャ警官が隠れているんだが。その中を何も知らないで、ノコノコやって来るなんて、君も少し焼きが廻ったねえ。つまり、君がそのピストルを打てば、警官隊を呼び寄せる合図も同然なのだぜ。

「嘘と思うなら、ちょっと戸の隙から覗いて見るがいい。今頃は、この倉庫の前には警官の人垣が出来ている時分だよ」

それを聞くと、ハッと竜次の虚勢がくじけた。彼はいきなり大戸のそばへ駈けよると、それを細目に開いて、外を覗いた。

いる、いる、不気味な黒い影が、入口の石段の下に、幾つも幾つもうずくまっている。恐らく、川に面した出入口にも、同じ人垣が築かれているに違いない。

「畜生ッ、やりやがったなッ」

竜次は叫びざまに、大戸の内側の頑丈な掛け金をガチャンとおろした。

「有村ッ、気の毒だが、こうしてしまえば、あいつらが大戸を破るまでには、十分や二十分の余裕があるぜ。その間に貴様の息の根を止めてくれる」

彼はクルッと振り返って、ピストルの狙いを定めた。

「どうせ捕えられる身体ときまったら、いよいよ貴様を生かしちゃおけねえ、有村、覚悟しろ」

恐ろしい音がしたかと思うと、身をかがめた有村青年の頭上を、ヒューッと激しい風が通り過ぎた。

しくじったと知ると、半狂乱の竜次は、第二発目の身構えだ。だが、そこに一瞬の隙があった。彼の左手に、何かしら大きな物体が、ガーンとぶッつかったかと思うと、懐中電燈が叩き落とされてしまった。それをパリパリと靴の底に踏みつける音。唯一の光線がくだかれて、倉庫の中は文目《あやめ》もわかぬ暗闇となった。

有村青年の咄嗟の体当たりが成功したのだ。

続いて、闇の中に盲目撃ちの銃声、一発、二発、三発。だがむろんそんな弾《たま》が当たるものではない。

次の瞬間には、二つの肉団が、からみ合って床の上を転がっていた。黒暗々の中から湧き起こる、けだもののような唸り声、激しい息遣い、メリメリと荷箱の破《わ》れる音、肉団の床にぶッつかる地響き、死にもの狂いの闘争はいつ果つべしとも見えなかった。

やがて、大戸がガタガタと激しく揺れ始めた。その表面を叩きつける機関銃のような物音、警官たちが内部の騒ぎを聞きつけて、大戸を叩き破ろうとあせっているのだ。

火と水

たった一つの懐中電燈は、さいぜん叩き落とされ、踏みつぶされてしまった。大倉庫の中は、墨を流したような黒暗々である。

その暗闇の中に、二匹の野獣のように、からみ合い、のたうち廻る、二つの肉団。頼みに思う三人の部下は、有村青年に謀られて、昏睡状態《こんすいじょうたい》におちいっているので、竜次は孤立無援《こりつむえん》であった。それに反して、有村青年には多過ぎるほどの味方があった。倉庫の外には、警官の一小隊がひしひしと押しよせて、扉を機関銃のように乱打しているのだ。

さすが頑丈な大戸も、メリメリと云う不気味な音を立てて、今にも破れそうに見える。もし破れて、警官隊が乱入して来たならば、大悪魔大曽根竜次も、ついに運の尽きである。それまでに、相手を倒して、逃走を計らねばならないのだ。

殺人鬼はあせりにあせっていた。生涯の力をこの一挙に絞り出そうと、狂人のようにもがき廻った。突き離しては麻袋のあいだを駈け抜け、又飛びかかっては、ところきらわず転げ廻った。闇の中の巨大な蝙蝠のように、或いは洞窟の中の兇悪な野獣のように。

さすがの有村青年も勝手を知らぬ暗闇の中と云い、相手の気違いめいた振舞いに、なんとなくもて余し気味であった。

突き離して、闇の中へ逃げる敵を、手探りに追っ駈けようとした時、ちょうどその前にあった麻袋につまずいて、ヨロヨロとよろめく途端、後頭部に恐ろしい打撃を感じてその場に打ち倒されてしまった。闇の中で、棒切れを拾い当てた竜次の、盲目打ちの一撃をかわし損じたのだ。

深さも知れぬ水の底へ、非常な速度で沈んで行くような気持だった。矢のように沈んで行く闇の中に、何かヌルヌルした水母《くらげ》のような異形《いぎょう》の生きものが、ウジャウジャとひしめき合っていた。それらの魑魅魍魎《ちみもうりょう》を縫って、無限の水底へと沈んで行くのだ。

それがどのくらいのあいだであったか。沈みに沈んだ反動で、今度は黒い水の中を、上昇しはじめたように感じられた。グングンと昇って行く。昇るにつれて、通路にひしめくヌルヌルした怪物どもの数が減って行くのがわかる。

やがて、水面に近づいたと見えて、パッと眼界が明るくなった。びっくりするような明るさであった。まるですぐ目の前から太陽が昇ったかと思うような、ギラギラと目もくらむ明るさであった。

ハッとして目を開くと、今の幻影の続きのように、現実の世界にも、何かまっ赤なものがゆらめいていた。さいぜんまでまっ暗であった倉庫の中が、異様に赤く染め出されていた。

見ると、すぐ目の前に、白髪白髯の老人が、手に松明《たいまつ》のようなものを振り照らして、床に転がっている大きな麻袋へ、火をつけているではないか。

竜次のやつ、ほんとうに気が狂ったのではないか。警官隊に包囲された苦しまぎれに、この倉庫に火を放って、敵も味方も、自分自身までも、焼き殺そうとしているのではないか。

有村青年は、この無謀な放火をとめるために起き上がろうとしたが、まだ身体の自由がきかなかった。叫ぼうにも声さえ出なかった。

「おや、有村、気がついたか。ワハハハハハ、愉快愉快、今貴様に火焔の渦巻を見せてやるぞ。いつか東京の空を邪悪の渦巻でおおって見せると約束したっけなあ。その約束を今果たすぞ。

「見ろ、この沢山の麻袋の中に何がはいっていると思う。爆薬と鉋屑《かんなくず》だ。こういう折もあろうかと、この倉庫を灰にする用意がちゃんとしてあったのだ。ワハハハハハ」

白髪を振り乱した殺人鬼は、松明の火に照らされて、地獄の赤鬼のように見えた。彼は邪悪の焔を打ち振って、乱舞しているのだ。何が嬉しいのか、歯をむき出して、笑い興じているのだ。

警官隊の叫び声と乱打の音は、いよいよ烈しくなっていた。メリメリと板の割れる音、大戸は今にも破れようとしている。

「アハハハハ、叩け、叩け、その大戸には鉄板が張ってあるからな。ちっとやそっとでは破れないぞ。この中が火の海になるのが早いか。貴様たちが大戸を破るのが早いかだ。

「ソラ、爆発だ！　びっくりするな」

竜次はそんなことをわめきながら、松明を一つの麻袋の上に振りおろした。

ジワジワと、油じみた麻袋が焼けて行く。小さな紫色の焔が這って、異様な匂いが鼻をついた。と同時に、グラグラと大地が揺れて、目の前が真昼のように明るくなった。倉庫の中に旋風《せんぷう》が捲き起こった。百千の花火が爆発した。

渦巻く煙が、うすれて行くにつれて、その下からまっ赤な火焔が、巨獣の舌のように、メラメラと燃え上がった。そして、見る見る次の麻袋へと移って行く。

白髪の殺人鬼は松明を振りかざして、その中を右に左に飛びまわる。奇怪なる火焔の舞いだ。気違いめいた哄笑と爆発とが入れまじった。爆発の度に、火焔と黒煙とが、高い倉庫の天井へ舞い上がり、旋風のような空気の震動が起こった。

今や、広い建物の中は、文字通り毒焔の渦巻であった。渦巻の賊と云われる大曽根竜次は、彼が今までに描いたどんな渦巻よりも壮烈な、巨大な、大紅蓮《だいぐれん》の渦巻に包まれて彼自身を亡ぼそうとしているのであった。

倒れている有村青年の身辺にも、焔が迫っていた。熱気と毒煙のために、もはや目を開いていることも呼吸することさえむずかしくなった。

どうかして起き上がろうと身もだえしているうちに、突然、足首のあたりに劈くような激痛を感じた。ズボンの先に火焔が燃え移ったのだ。だが、その激痛が、眠っていた神経を目覚めさせる作用をした。その刺戟によって、彼はハッと夢から醒めたように、身体の自由を回復した。

有村青年は立ち上がった。焔の渦をすかして、仇敵の姿を求めた。

殺人鬼は、白髪をまっ赤に染めて、火焔のまっ只中にうずくまっていた。ああ、とう焼け死ぬ覚悟をきめたのかと、なおよく見ると、彼は何か妙な事をしていた。両手を床にかけて、力一ぱい引き上げようとしているのだ。床に小さな鉄の環《かん》が取りつけてあるらしく、彼の指が鍵なりになって、それにかかっている。

おやッと思ううちに、目の前に濃い黒煙が舞い上がって眼界をさえぎってしまった。それを掻き分けるようにして二、三歩前進し、元の場所を見定めると、そこにはもう人の姿がなかった。殺人鬼は魔法のように消え失せていた。

さては、あすこに秘密の抜け道があるんだな。

咄嗟にそれと察して、有村青年は、彼のうずくまっていた床に駈け寄り、それとおぼしい箇所を見廻すと、案の定、小さな鉄の環が目にはいった。

いきなり、それを摑んで引き上げる。方三尺ほどの床板が、音もなく持ち上がった。それを一杯に開いておいて、下を覗《のぞ》いて見ると、まっ暗な穴の底に、何か揺らいでいるものがある。黒い水だ。何者かが水を搔き分けて泳いで行く。その波紋が、小波《さざなみ》となって、暗い中にもチカチカと光って見えるのだ。

わかった、わかった。ここに最後の逃げ道が用意してあったのだ。倉庫に火を放って焼死したと見せかけ、実はこの地下の水道から、外の河筋へと泳ぎ出し、行方をくらますつもりなのだ。そういう場合のために、賊はこんな床下へ、小さな堀を作っておいたのだ。

有村青年は、それと悟ると、何を考える暇もなく、ただ敵に追いすがりたい一念に燃えて、いきなり穴の底へ飛び込んだ。冷たい水の中へグーンと沈んで、ポッカリ浮き上がった時、手に触れたのは、何かユラユラと動いている大きな物体であった。舟だ。小型のモーター・ボートだ。ああ、床下の掘割にはボートさえ用意してあったのだ。いざという時、これに乗って逃げ去るためか。いや、それればかりではあるまい。誘拐した婦女子は先《ま》ず貨物としてこの倉庫に運ばれ、それから、モーター・ボートに積み換えられて、人知れず、闇の水路を、賊の本拠へと運び去られていたものに相違ない。

有村青年は、天井の切穴からの火光《かこう》をたよりに、ボートの縁《へり》に両手をかけて、中を覗いて見た。だが、そこには人の影もない。あいつはやっぱり泳いでいるのだ。向こうの黒い水の上に、パチャパチャとかすかな音が聞こえる。

折角《せっかく》のモーター・ボートをなぜ使わないのだろう。そうだ警官隊の目が恐ろしいのだ。倉庫の川に面した側にも、警官の一隊が廻っているのは知れたことだ。その目の下を倉庫の床下から、こんなボートが飛び出したならば、たちまち悟られ、追撃を受けるのは必定である。賊はそれを恐れ、水中をもぐって、どこか人目のない川岸まで泳ぎつこうとしているのに違いない。

有村青年は、水音のする方へと泳ぎ始めた。三間ほどの堀割を出ると、そこはもう広い川の中であった。

冷たい水に筋肉が引き締まった。燃える敵意に、さっきの痛手も忘れてしまった。音する方へと、抜手《ぬきで》を切るうちにやがて、つい目の前に、ポッカリと浮かんでいる白い頭が見えた。まだ老人の扮装のままの大曽根竜次だ。

「待て、大曽根、待て」

叫び声に、白髪頭がヒョイとふり返った。

「ヤ、貴様、有村だな」

　さすがの悪魔も、この執念深い追跡には、あっけにとられてしまった。つい先程まで気を失って倒れていた男が、今頃は焼け死んでいると思い込んでいた男が、あの火焔の渦を潜りぬけて、床の隠し戸を探し当てて、水の中をここまで追い迫って来ようとは、まったく思いも及ばなかった。

　有村青年は賊を目の前にして、助勢を求めるために、岸の方を振り返った。すると、ちょうどその時、倉庫の裏側に廻った警官隊が、川に面した大戸を打ち破ったところであった。

　大音響が川面に響き渡って、大戸が裂けながら内側に倒れて行く、それを待ち構えていたように、黒煙と火焰とが恐ろしい勢いで吹き出して来た。そして、渦巻く焰の先は百千の火の蛇となって、たちまち倉庫の壁を這い上がり、屋根裏へと燃えひろがって行く。

　警官たちは、この猛烈な火勢に、中へはいることも出来ず、口々に何かわめきながら、まっ赤な倉庫の入口の前を、右往左往するばかりだ。

　有村青年は、水中から二た声三声、警官たちに呼びかけて見たが、物の焼けはぜる騒音、紅蓮の風の渦巻く音、警官たち自身の叫び声などに消されて、通じる模様もなかった。警官隊は倉庫の二つの出入口を固めていたのだから、まさか賊と有村青年とが、いつの間にか倉庫を抜け出してまっ黒な川の中を泳いでいようなどとは、夢にも知らず、こちらを振り向きもしないのだ。

そのあいだにも、賊はグングン川のまん中へと遠ざかって行く。見失ってはならぬ。ともかくも単身敵を追うほかはない。有村青年も又抜手を切り始めた。

そして、暗黒の水の上に、しばらく不思議な競泳がつづいたが、広い川のちょうど中ほどにさしかかると、突然、大曽根は逃げるのをやめて、ここまで来ればもう大丈夫と云わぬばかりに、水中に踏み止まった。相手が動かなくなったので、有村青年も、そのまま立ち泳ぎに変わって、様子を窺う。

「オイ、有村君」

大曽根が落ちつき払って、水の中から呼びかけるのだ。

「どうだい、すばらしいじゃないか。あれを見ろよ」

振り返ると、倉庫はもう建物全体に火が廻って、一箇の巨大な火焰の塊と変わっていた。隣接する他の倉庫の軒にも、メラメラと赤いものが這いはじめている。

「ところで、有村君、君はいったい、ラン子をどこへやったのだい？　いつの間に北村のやつとすり替えたんだい？　一つお土産《みやげ》に聞かせてくれないか」

「冥途(めいど)の土産にか」

「家への土産にさ」

「フフフフ、聞かせてやってもいい。ラン子は君たちの手の届かない或る場所に連れて行ってある。今頃は久留須老人が、見張り番を勤めている時分だ。君は劇場で久留須に会ったって云ったね。じゃ、よく知っているだろう」

「ブルルル、あの骸骨爺いか。君はすてきな相棒を持っているじゃないか」

「ウン、僕の守り神さ。久留須は僕の軍師、僕の智恵袋だ」

「で、ラン子と北村とすり替えた手段は？」

「なんでもないさ。君の部下があの木箱を奈落から運び出そうとしていたところへ、外から三人の警官がはいって行ったのさ。そして、君の部下が奥の方へ逃げ込んだ隙に、僕と僕の部下のものとで、すり替えをやったのさ。むろん北村は、その前にちゃんと眠らせておいたのだがね」

「で、その三人の警官というのが、実は君の部下の変装だったのだね」

「そうだよ」

「骸骨爺いの智恵か」

「まあ、そんなところだね」

それは実に不思議な光景であった。われわれはいつか品川のお台場の草の上でも、このような会話を聞き、このような光景を見たことがある。仇敵と仇敵、追うものと追われるものとが、まるで親友のように語り合っているのだ。

しかも、場所は冷たい黒い水の中、立ち泳ぎをしながら、首だけを水面に浮かべて、あたかもそこが客間のソファででもあるように、伸びやかに落ちつき払って、言葉をかわしているのだ。

まっ黒な水面に、白髪の首と、モジャモジャ頭の首とが二つの奇妙な西瓜《すいか》のように浮かんでいた。二つの首のまわりには、ゆるやかな渦紋が描かれ、それが拡がるにしたがって、二人の敵意を象徴するかのように、互いに斬り結んではくずれていた。

幾重にも重なった波紋の上に、岸の火焔が映って、無数のまっ赤な弧となって、チロチロと拡がって行く。拡がって行っては、ぶつかり合って、可愛らしい火花を散らす、水面に浮かんだ二つの顔に、それが反射して、複雑な陰影を作っている。

竜次の顔にも、有村青年の顔にも、二、三本の血潮の川が流れている。額から、頬から、唇から、美しい血のりが流れている。

「有村君、君は有明友之助っていうんだろう」

「久留須に聞いたのか」

「ウン、今まで少しも知らなかったのだ。お台場以来あんなに度々会っていてね」

「君と僕とは同じ母の腹から生まれたんだ」

「なんだか遠い昔のことを思い出すような気がするぜ」

「森の中でハンモックに乗って、二人で遊んでいる景色じゃないか」

「ウン、そうだよ。すると、俺が何かいたずらをして、やさしいお母さんに叱られているんだ。美しいお母さんだった」

「君と僕とは兄弟なんだね」

「兄弟なんだね」

「しかし、どんな他人よりも敵同士なんだ。君の父親は、僕の父を殺した。それから、君の夢に出ても来るあの美しいお母さんを焼き殺した。僕を古沼の中へ投げ込んだ。久留須をあんな無残な姿にしてしまった。

「そして、君はその殺人鬼の血を受け継いだのだ。父親の何倍も人を殺したのだ。僕の恋人を誘拐したのだ。その人の父や伯父をどこかへ連れ去ったのだ」

「ワハハハハハ、親子二代の恨みか。わかったよ。わかったよ。で、この弟をどうしようっていうんだ。エ、兄さん」

「こうしようというのさ」

水面の二つの首が烈しい勢いでぶッつかり合うように見えた。有村青年が水の中で、敵に組みついて行ったのだ。今まで二つであったゆるやかな渦紋が、一つになって、烈しく波立ちひろがって行った。乱れる波頭に岸の火焔が映じて、ギラギラと、怪しい血しぶきのようにきらめいた。

二人はもつれ合ったまま、水中深く沈んで行ったが、やがて、二つの首が、遠く離れてポッカリと浮き上がった。竜次が有村青年を振りほどいて、逃がれたのだ。

「ワハハハハ、今日は俺の方が強そうだね。君は可哀そうにひどく疲れているぜ。

「オイ、有明男爵閣下、君は知っているかい。俺がさいぜんから、こんな川の中で、暢気らしく君と話していた意味をさ。ハハハハハ、待っていたのだよ。何をって？　あれをさ……」

云われて、ハッと気づくと、モーターの爆音が、もう十間ほどの近さに迫っていた。小型の快速艇が、波を切って非常な速度で近づいていたのだ。

すべてがほとんど一瞬間に終わってしまった。不気味な通り魔の感じであった。

快速艇の中には、一人の黒い人影が、傍目もふらず、舵輪《だりん》を握っていた。そのまるで人形のように無神経なポーズが、有村青年の網膜《もうまく》に、なんとも云えぬ不気味な残像《ざんぞう》を残した。

サーッと風のように通り過ぎた快速艇のあとには、もう白髪の首は見えなかった。あらかじめ打ち合わせてあったものと見え、首領は物をも云わず、部下の舟に飛びつき、部下はすばやく首領を抱き上げて、速度をゆるめず、そのまま闇の川上に消え去ったのである。

遠ざかって行くというよりも、突然闇の中へ溶け込んでしまったようなモーター・ボートのあとに、有村青年の血みどろの顔が、放心したように、ポツンと浮かんでいた。

岸ではその時、倉庫の棟が焼け落ちて、大音響と共に、すさまじい火焰の渦が、空に吹き上げていた。それに向って幾条《いくすじ》かの白い筋が注いでいるのは、蒸気ポンプの水柱《みずばしら》だ。地上には、警官隊、消防署員の黒い人影が、豆粒のように右往左往しているのが眺められる。

その烈しい火光を受けて、不気味に輝く渦紋の中心に、ポッツリと有村青年の首が浮かんでいた。血みどろの顔の中に、恨みに燃える両眼は、川上の闇の彼方を見つめたまま、まるで首全体が生き人形ででもあるように、いつまでも、いつまでも、微動さえしないで浮かんでいた。

第三　大暗室の巻

六人の新聞記者

今、東京全市は恐怖の渦巻に蔽われていた。新聞の社会面は、毎日ほとんど渦巻の賊の記事によって占められていると云ってもよかった。レビュー・ガール花菱ラン子こそ有明友之助（有村青年）と久留須老人の機智によって、危うく危急を逃がれたけれど、友之助の恋人真弓さんの誘拐以来、渦巻の賊の魔手にかかって、行方不明となった婦女子だけでも、二十三人の多きに達し、そのほか、老幼男女の故もなく惨殺されたもの六人、しかもその殺人手口の残酷をきわめたことは、日本犯罪史上ほとんど前例がないほどであった。

市民の恐怖は絶頂に達していた。美貌の娘たちは夜はもちろん、昼間の外出さえ恐れるようになった。親たちも娘の外出を禁じた。女学校の欠席者が俄《にわ》かに激増したとさえ噂された。

警察はむろん全力を尽くして犯人捜査に当たっていたけれどいつも賊のあとへあとへと廻って、その影を見るばかりで正体を摑むことは出来なかった。誘拐された美女たちは「大暗室」とやらいう賊の巣窟にとじこめられ、無残な拷問《ごうもん》に遭っているという噂は聞くけれど、その「大暗室」がどこに存在するかさえも、まったく不明であった。昔話(注13)の大江山《おおえやま》ではないのだ。それと同じ、或いはそれ以上の恐怖が、この東京市内に、いや、少なくとも東京近郊に現実に存在するのだ。

　警視総監は職を賭《と》して事に当たっている。捜査課の名刑事たちは、不眠不休で八方に飛び廻っている。大げさに云えば、東京中の百万の家屋が、ほとんど虱《しらみ》つぶしに家探しをされたほどである。あらゆるビルディング、寺院、神社、地下街など、大暗室の存在しそうな箇所は残る所なく調べ尽くされた。しかも、悪魔の本拠はついに発見されないのである。

　この事件の最も面倒な点は、賊がほとんど無限の軍資金を持っていることであった。辻堂老人をたぶらかし、暗号文書を手に入れて、星野氏の先祖が地中に埋蔵しておいた莫大な金銀を掘り出して、その資力を擁して、何十人何百人という無頼の徒を、自由自在に駆使していることであった。これはもう、犯罪者ではなくて犯罪軍であった。匪賊《ひぞく》の蛮力《ばんりょく》に加えるに近代的智能を以《もっ》てする、恐るべき悪魔の軍隊であった。さすがの大警視庁もその軍資金において遙かに賊に及ばなかった。殺人鬼は警視庁一カ年の総予算に該当する資力を、一挙に蕩尽《とうじん》せんとしているのだ。

市民の恐怖が深まれば深まるほど、渦巻の賊の兇悪な自負心《じふしん》は高まって行った。彼は新聞紙一ページ大の広告料を郵送して、都下の各新聞に、市民への邪悪の挑戦状を掲載せしめんとさえ企てた。むろん新聞社は、こんな広告依頼に応ずるはずはなかったが、しかし、賊からそういう申し込みを受けたという記事が、ニュースとして大きく取り扱われ、結局大曽根の思う壺《つぼ》にはまってしまった。

心ある人々は、賊のこの暴挙《ぼうきょ》を、内乱者にも比すべき悪虐《あくぎゃく》として、眉をしかめた。町にはさまざまの恐ろしい虚報《きょほう》が氾濫《はんらん》して、市民は自警団を組織しないばかりに興奮していた。警察では駄目だ、軍隊を出動せしめよなどという、ヒソヒソ話さえ聞こえるほどであった。ある日の新聞紙は渦巻の賊のことが閣議の席の話題にのぼったことを報じた。

全東京をあげての、この戦慄、この興奮、それをどこかの隅から眺めている大曽根竜次の得意思うべきである。彼はついに東京の空を毒焔の渦によって蔽い尽くしたのだ。

だが、悪魔はこれをもって足れりとはしなかった。彼の底知れぬ邪悪の虚栄心は、ついに「大暗室」の内部の光景を、世人に見せびらかすことをさえ企てるに至った。

ある日、都下の六大新聞の社会部長は、私立探偵明智小五郎《あけちこごろう》氏から、奇妙な電話を受けた。

「渦巻の賊について私《ひそ》かに探り得たところもあり、私見を申し述べたいから、すぐに私の今いるところまで記者をよこしてもらいたい」

というので、その場所は芝区M町の中野《なかの》という探偵の知人の家であった。各社の社会部長が、直ちにこの申入れに応じ、部内すぐっての腕利《うでき》き記者を、中野家へ急派したのはいうまでもない。渦巻の賊といえば、誰の話でも飛びつきたいところへ、電話の主が名探偵明智小五郎とあっては一刻も猶予のならぬ特種《とくだね》である。

各社六人の記者が、相前後して自動車を乗りつけた中野家というのは、大邸宅街の中にはさまれた、瀟洒《しょうしゃ》たる西洋館であった。

刺を通ずると、広々とした立派な飾りつけの客間に通された。中央に大きな円卓があって、そのまわりに、ソファや椅子が並んでいる。六人の記者は、思い思いの場所に腰をおろして、待っていると、美しい少女が紅茶を運んで来て、テーブルの上の葉巻の箱を一同に勧めて、引き下がって行った。

無遠慮な記者気質《きしゃかたぎ》は、勧められたものはさっそく頂戴する慣わしである。一同葉巻をふかしながら、紅茶をガブガブと呑んで、明智探偵の出現を今や遅しと待ちかまえていた。

しばらくすると、ドアが開いて、黒い背広の青年紳士がツカツカとはいって来て、円卓の正面の席についた。

「お待ち遠でした。では、渦巻の賊について、僕からお話しすることにします」

青年が主人顔をして、喋り出すのを聞くと、記者たちはいぶかしげに顔見合わせた。

「あなたはどなたですか。僕たちは明智小五郎氏のお招きで、やって来たのですが、明智さんはいらっしゃらないのですか」

一人がさっそく無遠慮な反問をすると、青年はニコニコ笑いながら答えた。

「いや、明智探偵なんかよりも、僕のお話の方が面白いですよ。ああ、諸君は僕をご存知ないのでしたね。僕はね、大曽根竜次っていう者です」

青年が平然として云ってのけた名前の、余りの意外さ恐ろしさに、さすがの猛者《もさ》たちもギョッと顔を強ばらせて、押し黙ってしまった。

「ハハハハハ、びっくりしていますね。明智探偵なんて云ったのは、実は出鱈目なんです。そうでも云わなければ、諸君は来てくれませんからね。実はこの大曽根が、皆さんにお目にかけたいものがありましてね」

「君はほんとうに大曽根竜次君ですか。あの渦巻の賊の？」

一人の記者が、度胸を据えて、相手の美しい顔を睨みつけながら怒鳴った。

「そうです。いや、騒いだって駄目ですよ。僕を捕えて其の筋につき出そうとでもおっしゃるのですか。ハハハハ、僕がそんなへまをやるとでも思っているのですか。ごらんなさい。あなた方のうしろを」

云われて振り向くと、これはどうだ。ドアというドア、窓という窓が、皆細目にあいて、その隙間からピストルの筒口が、ニューッと覗いているではないか。

「椅子から立ち上がってはいけません。立ち上がった人は即座に撃ち殺すように命じてあるのですから」

青年は世間話でもしているようにほがらかに落ちつき払っている。

「で、僕たちを虜にして、何をしようというのですか。例の大暗室へでも連れて行くのですか」

勇敢な一人が、虚勢を張って云い返した。

「おお、当たりました。そうですよ。諸君を大暗室へご招待申したいのです。

「大暗室という名前は、もう世間に知れ渡っています。しかし、その中にどんな美しい世界が創造されているか、世の中の美しい女という美しい女を攫《さら》って行って、僕が大暗室の中でいったい何をしているか、というようなことは、誰も知らないのです。

「僕は僕の作り上げた大暗室を、この上もない誇りに思っているのです。それが名前ばかり喧伝《けんでん》されて、その実際を誰も知らないというのでは、僕は心淋しくて仕方がないのです。

「僕は世間の人たちに、大暗室の内部を見せてあげたいと思います。しかし、誰も彼もというわけには行きませんので、東京市民諸君の代表者として、君たち六人を選んだのです。諸君なれば、職業がら観察も鋭いでしょうし、報道も正確に違いありません。いや、その上此の頃の記者諸君は、高い審美眼《しんびがん》さえ備えていらっしゃるように見受けられます。なんと適切な人選ではありますまいか」

青年はだんだん演説口調になりながら、雄弁に語るのであった。語るに従って、彼の美貌は一《ひ》ときわその輝きを増し、薄桃色に上気した頰の色、物云う度に、花びらのように赤い唇からは、真珠《しんじゅ》の歯並が、あでやかにこぼれるのだ。

「しかし、大暗室は謂わば僕の本城《ほんじょう》です。その所在を諸君に知らすわけにはいきません。諸君はただ、そこへ運ばれ又そこから運び出されるのです。そして、そのあいだに見聞された事を、出来るだけ詳しく、新聞紙上に報道していただきたいのです」

「だが、僕たちをそこへ運ぶといって、いくら目隠しされたって、新聞記者は勘がいいですせ。どの方角のどの辺という事を、すぐ悟ってしまうかも知れませんよ。

「それに第一、僕たちが大暗室を見るのを拒絶したら、君はどうするつもりです。僕たちを拷問でもしようっていうのですか」

「ハハハハハ、いや、そのご心配には及びません。そういう懸念《けねん》があったからこそ、僕は先程、葉巻と紅茶をおすすめしたのですよ。諸君は一人残らず紅茶を飲み、葉巻をすったではありませんか」

「エッ、紅茶と葉巻ですって？」

「両方とも強い睡眠剤が配合してあったのです。そういううちにも、諸君はもう眠くはありませんか。ハハハハハハ、みんな目の皮がたるんで来たじゃありませんか。なあに、構いませんよ。ソファにふんぞり返って、どうかゆっくりお寝《やす》み下さい。今度目が醒めた時には、諸君は大暗室の中の別世界にいるのです。そして、明日一日そこを見物して又もう一度眠っているあいだに、諸君はこの部屋へ帰っています。つまり美しい夢を見せて上げるようなものですよ」

云い終わって、青年は異様な微笑を含みながら、じっと一座の人々を見廻していた。

六人の記者は、おそいかかる睡魔《すいま》を払いのけようと、しばらくは甲斐ない抵抗をしていたが、薬の力には敵しがたく、一人眠り、二人眠り、ついには六人が六人とも、或いはソファにもたれ込んだ姿勢で、或いはテーブルに俯伏したまま、額に脂汗を浮かべ、鼾《いびき》をかいて眠り込んでしまった。

魔界見聞記

世にも不思議な新聞記者の誘拐が行われたその翌々日、何気なく目覚めた東京市民は、新聞を手にするや、わが目を疑い、新聞記者の正気を怪しむほどの驚きにうたれたのであった。

六大新聞の社会面は、ギョッとするような恐ろしい大見出しを並べて、ただもう「大暗室」の記事で埋まっていた。ある新聞などは特別にページを増して、二ページ見開きの全面を、この激情の報告についやしていた。

「いったいこんなことが、現実の世界にあり得るのだろうか」

人々は呆然として、青ざめた顔を見かわすほかはなかった。それは常識をもっては到底信じがたいほどの奇怪事であった。そこには何かしら狂気の要素がまじっていた。この世の外《ほか》のいまわしい幻影におおわれていた。現実の出来事というよりは、地獄の底の幻、人外《じんがい》魔境《まきょう》の消息であった。

その非現実が、現実そのものの如き新聞記事となって現われたところに、底知れぬ驚愕《きょうがく》があった。立っている足の下の地面が、グラグラとくずれて行くような名状《めいじょう》しがたい不安があった。

どんな大戦争の報道も、これほどまでに人々をうつことはなかったかも知れない。戦争は想像のほかのものではない。しかし、この「大暗室」の記事は、ほとんど正常人の想像を絶していたのだ。その上遠い異境の出来事ではなくて、この東京のまん中に、何丁四方とも知れぬ巨大な毒蜘蛛《どくぐも》が、まっ黒な脚をひろげて、今にも市民の上におそいかかる姿勢で、じっとうずくまっていたのだ。

では、いったい「大暗室」とはどのような場所であったのか。六人の社会部記者は、そこで何を見、何を聞いたのか。それを如実《にょじつ》に読者にお伝えするためには、簡単な新聞記事よりも、六人の記者の一人が、その翌月のある雑誌に寄稿した「魔界見聞記」という詳細な報告を、そのままここに転載しておくのが、最も適当のように思われる。以下はその全文である。冒頭《ぼうとう》の数十行には、読者がすでにご承知の麻布《あざぶ》の西洋館での出来事が記されているのだが、この部分は繁《はん》をさけて省略した。文中「私」とあるのは、云うまでもなく筆者の社会部記者自身のことである。

私は墨を流したような暗闇の中で、ふと麻酔《ますい》の夢から醒めた。

ハテ、ここはいったいどこかしら。森でもない、野原でもない。むろん家《うち》の中ではない。何かしら奥底の知れぬ暗闇だ。

身体の下にはゴツゴツした岩のようなものが感じられる。空気はソヨとも動かず、異様に息苦しく、押しつけられるような気持だ。

変だな。俺はどうしてこんな場所にいるのだろう。

おお、そうだ。思い出した。渦巻の賊に欺《あざむ》かれたのだ。そして、睡っているうちに、こんなところへ運んで来られたのに違いない。すると、ここがあの「大暗室」なのかしら。

いよいよ「大暗室」に来たのかと思うと、なんとも云えぬ変な気持だった。まるで生きながら墓の中へとじこめられでもしたような、一種異様の不気味さであった。

だが、まさか俺一人ではあるまい。五人の他社の連中もきっとその辺に転がっているに違いない。まだ目を覚ましていないのかも知れぬ。

私は闇の中で身を起こそうとした。

おや、どうしたのだろう。手も足も、なんだか痺《しび》れたようになって、自由が利かぬ。麻酔が醒めきっていないのかしら。いや、そうじゃない。何かしら重い堅いもので締めつけられているような気持だ。

やがて、私はそれが鉄の手錠《てじょう》と足枷《あしかせ》であることを気づいた。いつの間にか、私は囚《しゅう》人《じん》のように身体の自由を奪われていたのだ。だが、別にそこに縛りつけられているわけではないのだから、立ち上がることも出来るし、狭い歩幅でなら歩くことも出来そうだ。賊は用意周到にも、私の抵抗力と逃走の自由を奪うために、こんなものをはめておいたのに違いない。

私は闇のなかに上半身を起こして、あたりを見廻したが、まるで目がつぶれてしまったように、なんの形を見分けることも出来なかった。私はあとにも先にも、こんな暗さというものを経験したことがない。

実に心細いともなんとも云いようのない気持だ。せめて音でも聞こえたら、何か見当がつくのだが、この世界には音というものもないと見えて、死に絶えたように静まり返っている。

私はとうとう我慢が出来なくなって、誰にともなく「オーイ」と怒鳴って見た。すると、その声がガンガーンと、どこかへ谺して不気味に響き渡るのだ。ここは地底の洞窟なのかしら。そうでなければ、こんな妙な反響をするはずはない。

ところが、私が谺に驚いて、その余韻の消えて行った方角に顔を向けて呆然としていると、ちょうど今の呼び声の答えででもあるように、向こうの方から、かすかな光が漏れはじめ、まっ暗であった身辺が、徐々にほの明るくなって行くのが感じられた。

そのほの明りによって、あたりを見廻すと、案の定、そこは峨々《がが》たる岩穴の中であることがたしかめられた。見る限り一面の黒い岩肌、それが汽車のトンネルほどの広さでウネウネと向こうの方へ曲がって行っている。

たちまち目にはいるのは、私のまわりにゴロゴロと転がっている五人の同業者の姿であった。そのうちの二、三人はやっと眠りから覚めたのか、何か呟きながら身動きをしている様子だ。

だんだん明るくなりまさる光に、よく見ると、彼らもまた、私と同じように、手錠と足枷をはめられている。手錠は普通の形のもの、足枷は両の足首に、太い鉄の輪金《わがね》をはめて、その輪金と輪金とが、一尺にも足らぬ頑丈な鉄鎖《てつさ》で結びつけてあるという式のものだ。

転がっている人々の向こうに大きな荷箱のようなものが、数えて見るとちょうど六つ、蓋を取ったまま置いてある。

はてナ、いったいこの妙な箱は何を意味するのであろう。もしかしたら、私たち六人のものは、あの麻布の西洋館から、この木の箱に詰め込まれて、まるで荷物のようにして、ここまで運ばれたのではあるまいか。そして、その箱の中から引き出され、こんな手錠などをはめられて、ここへ横たえられたのではあるまいか。

そんなことを考えているうちに、あたりを照らす光はいよいよ明るくなり、でこぼこになった岩肌に赤茶けた陰影が、不気味にゆらぎはじめた。光の源《みなもと》が身近に迫って来たのである。私はその光がいったい何であるかを怪しみながら、光源の方角を振り向いて見ないではいられなかった。すると私はそこに、意外ともなんとも形容の出来ない不思議なものを発見して、ハッと息を呑んだ。

岩のトンネルの向こうの角から、光と共に現われたのは、一人のまっ白な乙女であった。まぶしいほど美しい一人の女であった。身には透きとおるような白い薄絹をまとい、肩と腕と膝から下をあらわにして、ほとんど裸体も同然なのだが、妙なことに、この女の背中には、一対の大きな白い羽根がはえている。

左手に西洋風な松明をかざして、その白い天使が、闇の中に後光《ごこう》を放って、静々《しずしず》と現われた時には、私はまだ麻酔の夢が醒めきらないで、途方もない幻を見ているのではないかと疑った。

だが、幻ではなかった。一方には仲間の五人の新聞記者が、転がっているのだ。そして、彼らも次々と起き上がって、私と同じように、あっけにとられて、洞窟の天女を見つめているのだ。

あまりの事に誰も声を出すものはなかった。

いつのまにか白衣《びゃくえ》の天女は、二、三間の間近に立っていた。そして、私たちのあっけにとられた顔を眺めながら、にこやかに頬笑んでいるのだ。

数千年の歴史が逆転して、ギリシャ神話の世界に生まれ変わったのではないかと疑われるほどであった。それほど白衣の女の姿は、ギリシャ彫刻の女神様にそっくりであった。まっ白な一対の羽根と云い、手にする松明の形と云い、薄絹の衣裳と云い、すべてギリシャ彫刻でお馴染のものばかりであった。

天女はただ頬笑むばかりで物を云わなかった。物を云う代わりに、あらわな右手を上げて、洞窟の奥を指さし、「どうかこちらへ」というような身振りをするのだ。

その身振りが言葉以上の力を持っていたのか、私たち六人のものは、知らず知らず立ち上がり、不自由な足を引きずって、まるで夢遊病者《むゆうびょうしゃ》のように、天女の方へ近づいて行った。

それはちょうど無声映画のように物静かで、不気味な光景であった。天女も私たち六人も、唖のように物を云わなかった。ただその静寂を乱すものは、六人の足についている太い鎖のすれ合う音ばかりであった。

白衣の女は松明をかざして先に立った。六人のむくつけき男は、まるで天国の裁きの庭に牽《ひ》かれる囚人どものように、黙々としてそのあとに従った。

天女の後姿を見つめながら歩くうちに、私はふと、この天女自身もまた囚《とら》われの人であるという、不思議な事実を発見した。彼女の両の足首にも、われわれと同じような足枷がはめられているのだ。その一尺足らずの鎖の伸びる範囲で、彼女はさも不自由らしく遅々《ちち》として足を運んでいるのだ。だが、さすがは天女の足枷である。それは、型こそわれわれのと同じであったけれど、色は、輪金も鎖も、ピカピカと金色に輝いているのだ。

ああ、一《ひ》と口《くち》も物を云わぬ唖の天女、罪人のように足枷をはめられたギリシャの女神、この異様な矛盾の蔭には、そもそもどのような秘密が隠されているのであろう。

洞窟は迷路のように曲がりくねりながら、どこまでも奥深く続いていた。天女の松明に次々と照らし出されて行く左右の岩石は、緑青《ろくしょう》の緑色、赤土色、鼠色などのだんだら染めになって、巨大な怪獣の牙のように、不気味なジグザグを作っていた。

ある場所では背をかがめなければならぬほど、天井が低くなっているかと思うと、ある場所では、まるで寺院のお堂のように、天井も高く、左右も広くなっていた。

ああ、私たちはいったい、今どこの地底にいるのであろう。そして、これからどこへ行き、何を見ようとするのであろう。

やがて、陰鬱な坑道を半丁も進んだころ、先頭に立っていた白衣の美女が、突然立ちどまって、私たちを振り返った。ニッコリと笑うその笑顔には、何かしらこの世のものならぬ、ゾッと総毛立つような妖気《ようき》が感じられた。

彼女は手にした松明をサッと地上に近く振りおろした。すると、そこにおぼろげな影を浮かべていた巨大な皿のような金属板の上に、たちまちメラメラと焔が燃えあがり、異様な明るさで、洞窟の内部を照らし出した。

異魚怪獣

それは一種の篝火であった。金属の皿の中には何かの油がたたえられているらしく、それが地獄の業火《ごうか》となって、すさまじく燃え上がるのだ。

洞窟のその部分は、百坪もあろうかと思われる広さで、天井の高さも二、三丈に及び、その岩肌もはっきりとは見分けられぬほどであった。謂わば洞窟の中の広場である。ところどころに、巨木のような岩石が屹立《きつりつ》しているのは、高い天井を支えるためにわざと掘り残されたものであろうか。その岩石の林が、この地底世界にひとしおの荘厳《そうごん》と怪奇を加えていた。

白衣の天女は、燃え盛る篝火のかたわらに立って、異様に頬笑みながら、しきりと地面を指さしている。ここを見よというのであろう。

そこには、大きな池が、動かぬ黒い水をたたえて拡がっていた。おお、ここに地獄の池がある。天女は私たちをこの池に溺れよと指図するのであろうか。いや、そうではない。何かしら池の中にあるものを、よく見よと云っているのだ。

六人の背広服の亡者《もうじゃ》は（背広服というものが、この人外の世界では、なんと不意気に、田舎臭く見えたことであろう）オズオズと水際の岩の上に背をかがめて、美女の指さすあたりの水面を、じっと覗き込んだ。

しばらくそうして眺めていると、黒い水が恐ろしい波を立てて、突然、水中から、ギョッとするほど巨大な魚類の尾鰭《おびれ》が現われた。節句の鯉幟《こいのぼり》ほどの巨体である。篝火を受けてギラギラと輝く鱗《うろこ》は、その一枚一枚が一寸ほどの大きさに見えた。

私たち六人のものは、思わず逃げ腰になった。勇猛な新聞記者も、この世の外の怪異には、存外《ぞんがい》臆病ものである。だが、逃げようとて、足は、鎖に自由を奪われている。第一、私たちはこの洞窟の出口がどこにあるかさえも知らないのだ。

すると、その狼狽がおかしかったのか、天女が真珠の歯並を見せて、銀鈴《ぎんれい》のように笑い出した。美しい楽音《がくおん》で、いつまでもいつまでも笑いつづけている。

笑いは谺となって洞窟に反響し、あちらでも、こちらでも、天女が笑いはじめた。おや、彁にしては余りに甲高い笑い声だぞ。異様に思って、ヒョイと元の水面に目を返すと、ああ、なんという美しい悪夢だろう、もう一人の笑いの主は、池の中の巨大な魚類であった。

一瞬前、私はその下半身を見たばかりであったが、全身を水に浮かべた魚類には、白い女の顔があった。緑したたる黒髪があった。白い肩と、五本の指を持つしなやかな腕と、ふっくらとした乳房があった。

人魚なのだ。やっぱりここはわれわれの世界ではなかった。ギリシャ神話のサイレンは、初め翼を持つ女神であったが、ミューズの神と争って敗れてから、海にはいって、人面魚体の妖女《ようじょ》となったということであるが、この洞窟には、翼を持つ女神もいるし、魚類の胴を持つ美女もいるのだ。

私たちは余りと云えば信じがたい光景に、初めは恐れおののき、中ほどはあっけにとられ、ついには押さえがたき好奇心の虜となって行った。そして、いつしか、夢なれば醒めないでくれ、幻ならばいつまでも消え失せるなと願うほどになっていた。

人魚は岸の平らな岩の上に這い上がって、巨大な魚体の下半身をグッタリと投げ出し、キラキラと水のしたたる白い上半身を斜めにして、小意気な姿態《したい》で頬杖《ほおづえ》をつき、私たちを見上げながら、媚《こ》びるがように、なまめかしく頬笑むのであった。

人魚は一匹ではなかった。翼の天女と、第一の人魚の笑い声に誘われたかのように、やがて、地の表面がただならず波立ちざわめき始めたかと思うと、右から左から、二匹、三匹、四匹、いずれ劣らぬ美しい人魚が泳ぎ寄って、その肌の艶《なま》めかしさを見せびらかすように、次々と岩の上に這い上がり、思い思いのしどけない姿勢をとって横たわり、歌こそ歌わね、あのサイレンの誘惑を瞳にたたえ、サイレンの艶笑《えんしょう》を頰に浮かべて、私たちの魂を奪うのであった。

私たちは六人の浦島太郎のように、時のたつのも忘れ果てて、この世ならぬ美女の群れに見入っていた。

ふと気がつくと、どこからともなく、そよ風のように、不思議な音楽が聞こえて来た。私たちは耳をすまして、現実の世界では未だかつて聞いた事もない、微妙な曲調に聞き入った。その音楽にも何かしら狂気の要素がまじっていた。そして、心をかき乱す艶めかしさが感じられた。

音楽は刻一刻その音を高めて行った。それにつれて、その曲調をそのまま現わすかのように、洞窟の遙か向こう側の天井に近く、おぼろげな黄色の虹が浮き上がった。そして、見る見る鮮やかな、光り輝く橙色に変わって行く。

ああ、あの恐ろしい光を何にたとえたらよいのであろう。それは謂わば地底のオーロラ、狂人の悪夢の中に現われるという、あの異様な色彩であった。

音楽の調子が突然、何かしら気も狂うような呪わしい曲調に変わって行った。私はそれを耳にした時、ふと「殺人」という言葉を思い浮かべた。血みどろの音楽というものがもしありとすれば、その曲調はちょうどそれであった。

すると、虚空にかかった橙色の虹の表に異変が起こった。その幅の広い弧の上部が、まっ赤な糸のように染まったかと思うと、その糸から無数のまっ赤な氷柱《つらら》がさがり始め、まるで美しい乙女の肌に血がにじみでもするように、見る見る虹の表面一ぱいに拡がって、橙色はいつしか、夢の国の真紅の色に染めかえられてしまった。

その血の虹の中を、何かしらチラチラと、右に左に飛びかわすものがある。大きな白い鳥である。いや、鳥ではない。天女だ。あの翼のある美しい天女が、洞窟の天井を、楽の音に合わせて、さも楽しげに飛びかわしているのだ。一人ではない。二人、三人、四人、五人、五羽の白鳥が、薄絹の裾をひるがえして舞っているのだ。

かたわらを見ると、私たちを案内してくれた天女は、いつの間に立ち去ったのか、姿を消していた。おそらくあの空の舞踊に仲間入りをしたのであろう。

だが、天女は姿を消していたけれど、そこの篝火のそばには、彼女の代わりのように、一匹の奇怪なけだものが立っていた。

下半身には羊のような美しい毛が密生して、ふさふさとした尻尾が揺れ動き、蹄《ひづめ》のある二本の足で、コトコトと地面を蹴っている。その下半身の上部には、人間の乳房が震えているのだ。なめらかな肌が光っているのだ。優美な人間の腕が私たちを手まねきしているのだ。そして、美しい女の顔が、にこやかに笑っているのだ。人面獣身の妖女である。

妖女は間近に立っていた私の手を取ると、蹄の脚でコトコトと踊りながら、グングンと向こうへ引っぱって行く。今度はこの美しいけだものが私たちの案内者を勤めるのであろう。引かれて行く私のあとからは、魂を抜かれた機械人形のような五人の背広男が、フラフラとついて来る。

それから、私たちはいったい何を見たことであろう。その一々をここに書き記すことは許されもしないし、たとい許されるとしても、私の筆の及ぶところではない。一《ひ》と口《くち》に云えば、それはあらゆる怪奇と艶美《えんび》とを織りまぜた狂気の国、夢幻の国、天国と地獄との交響楽《こうきょうがく》ともたとうべき光景であった。

ある岩窟の中では、巨大な女体の蛇がとぐろを巻いて、融《と》けるような目で私たちにいどみかかった。先に記した岩の柱の上からは、一間もある白い守宮《やもり》が、その下を通る私たちに、美しい女の顔で笑いかけた。

ある場所では人面獣身のさまざまの奇怪なけだものどもが、互いにからみ合って、組んずほぐれつ艶めかしい格闘を演じていた。

それらの数々の目もくらむ景色を見せつけられたあとで、私たちはとある洞窟の窪みの前に連れられて行った。畳にして八畳も敷けるかと思われるその窪みの中には、淡い篝火がメラメラと燃え、そこにあるいとも異様なものを、ほのかに照らし出していた。

その岩窟の中央には、ちょっと想像も出来ないような、不思議な形の寝台が置かれてあった。

ほのかな明りでは充分見分けることは出来ないけれど、その大きな寝台には十数本の脚があって、それが鉄の棒ではなく、柔らかそうな白い人間の手と足の形をしていた。しかもそれらの手足は、生きているもののように、モゾモゾと動きさえしているのだ。

「おやッ」と、胸をドキドキさせながら、なおよく見ると、その寝台にはところどころに、まるで彫刻模様ででもあるように、美しい女の顔が笑っていた。ほんとうに生きて笑っているのだ。いや、顔ばかりではない。寝台の表面には数えきれないほどの乳房があった。それから、ふっくりとクッションのように盛り上がった腹部があった。

背中があった。腰部があった。

あとでわかったのだが、つまりそれは七人の生ける美女によって組み立てられた寝台であった。彼女たちは、或る者は四つん這いになり、或る者は弓のように反って、腹部を上にして四肢を突っ張り、或る者は片膝をついて他の者の首を支え、或る者は他の者の四肢のあいだから首をさし出して、少しの隙間もない微妙な凹凸《おうとつ》の、柔軟な寝台を形造っていた。

その暖かい寝台の上には、ギリシャ彫刻のアドニスのような美青年が、腰部に何かけものの皮を巻きつけたほかは全裸体で、さも伸び伸びと大の字なりに寝そべっているのだ。はてナ、この青年はどこかで見たような顔だぞ。

私たち六人のものは、期せずして、いぶかりの目と目を見かわした。

おお、そうだ。あいつだ。麻布の西洋館で、われわれに麻酔のシガーと紅茶をすすめたあの青年だ。殺人鬼大曽根竜次その人だ。

私たちの胸裏《きょうり》に、まだ生々しい現実世界の記憶がよみがえって来た。洞窟の世界の余りの異様さに、つい忘れるともなく忘れていた悪魔の陰謀が、まざまざと思い出された。そうだ。俺たちはあいつに誘拐されて来たのだ。そして、この不思議な狂人の国はあいつの「大暗室」だったのだ。

「ハハハハハ、諸君、いかがですか、この別天地は？」

アドニスはムクムクと肉の寝台から起き上がって、私たちの前に近づいて来た。それにしても、この悪魔はなんという美しい顔をしているのだろう。なんというしなやかな肉体を持っているのだろう。この美しさなれば、歌劇のプリマ・ドンナ花菱ラン子に化けおおせたのも、少しも不思議ではない。

「いやにぼんやりしているじゃありませんか。たまげたのですか。ハハハハハ、諸君、僕はとても愉快ですよ。物に動ぜぬ新聞記者諸君を、これほどびっくりさせたかと思うとね。

「僕の創造したこの世界をすばらしいとは思いませんか。こんな世界が地球のどこにあるでしょう。ただ詩人たちが、空想の中で歌っていた世界です。夢の国です。恐ろしいけれども、甘美この上もない悪夢の世界です」

青年は演説者のように身振りをまぜて、美しい声で話しつづけるのであった。

「これは僕の天国です。だが地の底の天国なんてありませんね。そうです、これは僕の地獄です。この地獄こそ僕に取っては天国以上なのです。

「諸君はさまざまの姿に生まれ変わっている美しい女たちを見たでしょうね。むろんもうおわかりでしょうが、あれらはここにいるこの寝台もそうですが、皆僕が地上の世界から連れて来た女たちです。わかり易く云えば、渦巻の賊が誘拐した女たちです。

「僕は彼女たちの或る者には、羽根をはやして、人工の天女を作りました。或る者には鱗を着せて、人工の人魚を作りました。それから、大蛇を作り、半人半獣の怪物をこしらえ上げました。

「いや、彼女たちばかりではありません。この地獄の国そのものが、すべて僕の創造した人工の世界なのです。この峨々たる岩石も、あの湯の池も、虚空のオーロラも、ことごとく作りものなのです。

「この国には電気さえも引いてあります。生きた人間でさえ盗み出す僕の事です。電力会社の高圧線から電流を盗むことなど、朝飯前の仕事だとは思いませんか。

「しかし、僕はその電気を照明には使用しないことにしました。光線はわざと古風な篝火と松明に限ったのです。女たちに、口をきくことを禁じたのも、同じ僕の趣味からです。ほの暗い世界、声のない唖の世界、なんと悪魔の天国にふさわしいではありませんか。

「電気はいろいろなからくり仕掛けの動力としてのほかには、地底の国に一定の温度を保ち、池の水をあたため、オーロラを壁に映し出す光源に使っているばかりです。

「人工の天女がどうして空を飛ぶことが出来るというのですか。むろん飛んだのではありません。あの辺には天井から、それとは見分けられぬ針金のブランコが、幾つも下がっているのです。諸君は僕が軽業の名手であることをご存知ですか。僕は退屈した時には、この岩石の上を猿のように走りまわり、その針金のブランコに飛びついて、グッタリするまで空中曲技を演じるのですよ」

「では、あの音楽は？」

一人の記者が堪《たま》りかねたように質問した。私たちはこの異様な地底王国の雰囲気と、その中に英雄のように立ちはだかっている美青年の姿に魅せられて、いつとはなく、著名の人物とインタービュウでもしているような気持になっていた。

「僕はオーケストラの一団を持っているのです。その人たちが、ここからは見えぬ場所で、奏楽しているのですよ。

「あの曲は僕が作曲した悪魔の国のシンフォニーです。いかがです、お気に召しませんか。

「僕の楽師諸君は必ずしも誘拐した人たちばかりではありません。中には莫大な報酬にひかれて、或る年限地上の世界へ帰らぬ約束で、雇われている人たちもあるのです」

「で、いったいこの洞窟はどこにあるのですか。東京からは余ほど離れているのですか」

記者たちは紙と鉛筆を取り出しかねない有様であった。

「ハハハハハ、今にわかりますよ。案外、非常に近い所かも知れません」

「近いと云って、東京の附近に、こんな山なんてないじゃありませんか」

「山ですって? 洞窟は山の中でなければ、掘ることが出来ないとでも思っているのですか」

「エッ、それじゃあ、山でなくて、平地に、こんな大きな洞穴を、あなたが掘鑿《くっさく》されたというのですか」

「この世界はことごとく人工だと云っているじゃありませんか。金力ですよ。僕には父から譲られた巨万の金力があったのです。それだけでも、この悪魔の国の建設を思い立つのには充分でしたが、その上に、最近には又それに何十倍する金塊を手に入れました。僕は億万長者なのです。地底王国の建設を目論むのも、あながち無謀の沙汰ではないでしょう。

「そうです。僕はここに悪魔の国を打ち建てたのです。暗黒の世界に君臨したのです。そして、地上の現実世界に向かって一大戦闘を挑んでいるのです」

青年は昂然《こうぜん》として叫ぶのである。

「僕は優秀な専門技師と数十人の土工を買収しました。彼らもまた一と身代《しんだい》にも当たる莫大な報酬に目がくれて、ある年限をきめて、地底王国の労働者となったのです。現にその人たちが、どんな工事を進めているか、今にお目にかけますよ」

「それじゃここにいる女の人たちも、報酬に目がくれて、こんな浅ましい生活に甘んじているのですか。誘拐された中には良家の子女もあり、教養の高い婦人もいたと記憶しますが」

「ハハハハハ、あの女たちは報酬に動かされたのではありませんよ。この世界を心から楽しんでいるのです。親を捨て、家を捨て、ここに安住しているのです。悪魔の国の魔術にかかったのです。

「万一の場合のために、あの女たちには、ことごとく足枷をはめて逃亡の自由を奪ってはありますが、ほとんどその必要はないのですよ。

「ここには甘美な夢の世界があります。陶酔するような遊戯と、美食と、思う存分の懶惰《らんだ》と、その上に恋さえもあります。

「ハハハハハ、恋ですよ。彼女たちは一人残らず僕を愛しているのです。僕のそばから離れて行くことが出来ないのです。僕は女護《にょご》の島のたった一人の男子なのです」

ああ、私たちは狂人の国に踏み込んだのであった。この美しい青年は人間ではない。魔物だ。一刻もこの世に存在を許すことの出来ない悪魔だ。

だが、いくら憤慨して見ても、ここは彼の君臨する王国である。私たちは手錠足枷をはめられた、その王国の囚人にすぎないではないか。

「で、これがあなたのいわゆる大暗室というわけですね」

誰かが憤怒《ふんぬ》を押し殺したような声で、からかい顔に訊《たず》ねた。

「そうです。これが大暗室です。しかし、今まで諸君がご覧になったのは、その一部分に過ぎません。僕の大暗室にはもう一つ別の世界があるのです。ここを仮りに地底の天国とすれば、そのもう一つの世界は、ほんとうの地獄です。

「実を云うと、僕が諸君をここへ招待したのは、その地獄の方をお目にかけたかったからですよ。

「さア、ではこれから今一つの世界へご案内しましょうか」

アドニスのような裸体の美青年は、にこやかに頬笑んで、私たちの前にうやうやしく一礼するのであった。

地獄図絵

大曽根竜次の女のように白いなめらかな背中が私の目の前にあった。私たち六人の記者は、彼の案内で、更に魔界の地獄へと踏み入って行くのである。

トンネルのように細くなった、岩石《がんせき》の地下道を、しばらく行くと、正面に黒い鉄の扉が立ちふさがっていた。

「これが地獄の門です。今あけさせますから」

大曽根は、にこやかに私たちを振り返って、まるで博物館でも案内するような、軽い調子で云ったかと思うと、白い拳を固めて、その大きな鉄扉をトントン、トントントンと、異様な叩き方で叩いた。

すると、キイーと金属のきしる音がして、鉄扉がゆるやかに開かれ、その向こうの闇の中から、異常な人物が顔を出した。いや、顔を出したのではない。顔のない人物が覗いたという方が正しいかも知れぬ。

遠くの篝火の反射で、かすかに照らし出されたその人物は、一《ひ》と目《め》見た時には、ギョッとするような巨大な章魚《たこ》の感じであった。頭部が海坊主のように、ツルツルしていて、眉毛も何もない上に、身体に比べて恐ろしくでっかいのだ。

人魚や人面獣身のさまざまの怪物を見せられたあとなので、これも何かしらえたいの知れぬ獣類ではないかと、私たちは思わず逃げ腰になったが、よく見れば、その男は、ちょうど潜水具《せんすいぐ》のような銅色《あかがねいろ》の丸い器で、スッポリと頭部を包んでいることがわかった。その昔フランスの貴い血筋の人が、一生涯かぶせられていたという、あの恐ろしい鉄仮面《てつかめん》を思い出させるような、一種異様な仮面であった。

その時は暗くて見分けられなかったが、あとでわかったところによると、その仮面には、耳と目と口の部分に穴があけてあり、口の穴だけは蝶番《ちょうつがい》の蓋がついていて、物をたべる時に限って開かれるように出来ていた。つまり、この地底の国の掟《おきて》に従って、喋ったり叫んだりさせないための用心である。私たちがびっくりして立ちすくんでいるあいだに、扉はすっかり開かれ、その章魚のような人物は道のかたわらに退いてうやうやしく、私たちにではない、地底国の王様大曽根青年に頭を下げた。通りすがりに見れば、その男はなんだか青いような色合いの職工服のようなものを身に着けていた。

「諸君、あの男を見ましたか。あれは僕の部下の一人ですよ。この地獄にはあんな男が百人近くも住んでいるのです。そして、僕の命令に従っていろいろな仕事をしているのです。

「ハハハハハ、地獄の住人には人間の顔がないのです。どれもこれも一様に、銅の丸い顔を持っているばかりです。お互いに見知り合ったり、話をしたりさせないためですよ。僕はね、初めは諸君にもあれをかぶせようかと思った。あれをかぶせておいて、僕の領地を案内しようかと思ったが、それではあまり気の毒なので……、ハハハハハ。

「諸君、聞こえますか、あのエンジンの爆音のようなものが。オートバイが走っているんじゃない。鑿孔器《さくこうき》ですよ。岩を切り開いて僕の領地を拡げているのです。昼も夜も絶え間なくその作業がつづけられているのです。今にお目にかけますよ」

大曽根は得意らしく説明して、私たちを洞窟の奥へと案内して行く。如何にもオートバイの爆音とそっくりの音が、どこか遠くの遠くの方から、耳鳴りのように不気味に、絶え間なく響いて来る。

トンネルを五、六間進むと、両側の岩肌がだんだん遠ざかって行って、少し広い場所に出た。この地獄には、最初から、あちらこちらに、鬼火のような篝火が、チロチロと赤い焔を吐いていて、松明はなくとも、歩くに差支えないほどの目印になっているのだ。

「ごらんなさい。ここに二人の囚人がいる。僕の国にも牢屋があるのですよ」

云われて気がつくと、そこには岩肌に深い窪みが出来ていて、その入口に頑丈な鉄の格子がはめてあるのが、篝火の光にぼんやりと照らし出されていた。

その鉄格子の奥に、よくは見えぬが、なんだか洋服らしいものを着た二人の人物が、やっぱり例の章魚のような仮面をかぶせられて、力なくうずくまっている。

「諸君は百万長者辻堂老人をご存知でしょう。その従弟の星野清五郎をご存知でしょう。二人とも新聞紙上で行方不明を伝えられた人物です。あの囚人は、その辻堂と星野清五郎ですよ。むろん僕がここへ連れて来たのです。

「ハハハハハ、諸君は妙な顔をしていますね。人殺しの好きな僕が、どうしてあの二人だけを生かしておくかと、不思議に思っているのでしょう。

「殺せない訳があるのですよ。あの二人は僕に莫大な財宝のありかを教えてくれた大恩人ですからね。彼らのお蔭で、僕はこの地底の王国を、これほどまで拡張する資力を得たのですからね。

「いや、それだけではありません。彼らをこうして生かしておくのは、もっと重大な理由があるのです。

「それは今にわかりますがね、この二人の老人は、実は拷問の道具なのですよ。ある美しい女を拷問するために、なくてはならない責め道具なのです」

怪青年は、何か私たちにはよく呑み込めないことを云って、悪魔の微笑を浮かべたが、その異様な牢獄の前を離れて、ゆるゆると歩き出しながら、

「おお、拷問といえば、これから諸君に、僕の地獄の血の池や針の山をお見せしようと思うのですよ。いやここに血の池や針の山なんて、そんな原始的な代物があるわけ

じゃありません。もっと恐ろしいものです。真実の地獄です。例えば、これをごらんなさい」

赤々と燃える鬼火の篝の前に立ち止まって、彼の指さすところを見ると、そこの岩肌の一部がくり抜かれて、青黒く淀んだ水底の断面が露出していた。一間四方もある厚いガラス板の向こうに、さまざまの海草が、妖女の髪の毛のように、もつれからんで、ユラユラと揺れ動いていた。

「水族館のようでしょう。ハハハハ、だが、この水槽には魚類はいません。もっと美しいものが住んでいるのです。しばらく、じっと見ていてごらんなさい」

私たちの目の前には、昆布の大森林が、無数の巨大なまっ黒な生き物のように、不気味に揺らいでいた。岩肌全体が、宵闇《よいやみ》のように薄暗い中に、水槽のガラスの部分だけが、恐らくはその向こう側に何かの光が装置されているのであろう、異様にほの明るく、謂わば映画のスクリーンのように浮き上がって見えた。

私たちは、いったいその水槽の中に何が棲んでいるのかと、好奇心にかられて、初めて水族館を見物する子供ででもあるように、じっとガラスの向こうを見つめていた。

やや五分間ほどもそうして立ちつくしていると、突然何か巨大な生きものが動きでもしたように、昆布の林が暴風のように揺れて、水底の細かい砂が、ムラムラと雲のように湧き上がり、水槽全体をたちまち不透明にドス黒く濁してしまった。

何かいるなと思うと、私たちはその不透明な水中を、ほとんどガラスに顔をつけんばかりにして、熱心に覗き込まないではいられなかった。

見ていると、昆布の林の中央が、左右にかき分けられるようになって、そのあいだから、まっ黒な非常に細い一とむらの海草がユラユラと揺らめきながら現われて来た。

不思議なことに、その細い海草は根無し草なのか、一尺ほどの巾の一と株のまま、見る見るガラス板の方へ近づいて来る。海草ではない。何かしら薄気味わるい動物だ。まるで女の髪の毛のように細くて黒い一群の生きものだ。

ふと見ると、その異様な海草の右側、昆布の林のあいだから、何かしらまっ白な別の生きものが、モヤモヤと触手《しょくしゅ》を動かしながら、同じようにこちらへ近づいていた。生白《なまじろ》いヒトデである。五本の触手が、まるで人間の指のように伸びたり縮んだりしている。

おや、又こちらからも！　今度は左側だ。同じ一匹のヒトデが、昆布をかき分けて、モヤモヤとうごめき出した。なんだか、断末魔《だんまつま》に空《くう》をつかんでもがく人間の指とそっくりじゃないか。

例の黒い海草は、もう私たちのすぐ目の前、ガラス板から一尺ほどの向こうに近づいていた。そして、今度は海草の根が浮き上がりでもするように、少しずつ、上の方へひるがえって行くと見るうちに、その根元から、白いものが、なんだか大きな青白いものが、スーッと私たちの眼前に現われ、恐ろしい早さで、ガラス板に突進して来た。

おお、それには大きな二つの目が、恨みに燃えた二つの目が、皿のように見開かれた二つの目が、爛々《らんらん》と光っているではないか。それから鼻が、そしてまっ赤な唇が、苦悶に引きゆがんだ唇が！

水底に苦悶する美しい女の顔。二つのヒトデがその両手であったことは云うまでもない。

私は生まれてから、あんなにも美しく、あんなにも恐ろしく、あんなにも悲しい顔を一度だって見たことがあるだろうか。

今やその名状しがたい水中の顔は、ピッタリとガラス板に密着し、美しい唇は、二匹の蛭《ひる》のようにその表面を這いまわって、まるでそこから空気を吸おうとでもしているように見えた。

唇のあいだから、真珠のような歯並が覗き、その奥から、これも一匹の軟体動物《なんたいどうぶつ》みたいな赤い舌が、息苦しく吐き出されていた。

二つの目は、私たちを、いや、悪魔大曽根竜次の美しい顔を、ガラス越しにハッタと睨みつけていた。そして、もうこれ以上見開くことは出来ないと思われるほど、はり裂けんばかりに、まん丸に燃え輝くのであった。

二匹のヒトデも顔と同じに、ガラス板に摑みかかって、恐ろしい早さで、開いたりしぼんだりしていたが、やがて、もはやこれが最期と云うように、ギュッと痙攣《けいれん》したかと思うと、そのものの美しい顔は、少しガラス板を離れて、赤い唇が、この世のものならぬ呪詛《じゅそ》の叫び声をふりしぼるように、ギョッとするほど大きくパックリと開かれ、その白い歯並のあいだから、無数の気泡が、美しい五色のシャボン玉となって、水面へ水面へと立ちのぼるのであった。

私たちは大曽根のいわゆる「地底の極楽」において、池に泳ぎ戯れる美しい人魚の群れを見たが、この「地底の地獄」では、人魚は同じ人魚ながら、遊び戯れるのではなくて、今にも窒息しそうに水底にもがき苦しむ人魚を見せつけられた。

岩肌をくり抜いて水をたたえたガラス張りの水槽の中、昆布、わかめなどさまざまの海草が、巨人の髪の毛のように揺らめくあいだを潜って、一人の若い美しい女が、断末魔のようにもがく有様は、恐ろしさむごたらしさ、ほとんど正視するに忍びないほどであった。

やがてその美女が思う存分苦しんだ頃を見はからって、裸形の悪魔大曽根竜次は、岩肌に仕掛けた黒いボタンのようなものを押したが、すると、水槽の上部から、二本の鉄製の熊手の形をしたものが、ニューッと水底に降りて来て、両側から、もがく美女の腹部を挟み、そのまま水面へと運んで行くのが、えたいの知れぬ巨獣の触手が獲物を攫いでもするように、不気味に眺められた。

「諸君、あれは人魚の見世物ではない。地底の国の拷問です。地上から連れて来た女のうち、稀には非常に強情なやつがある。そういう女を飼い馴らすための手段なのですよ。

「僕はあらゆる責め道具を揃えている。だが、今の『人魚攻め』は、それらの拷問の中でも、最も重い仕置きの一つです。ああして、窒息の一歩手前で引き上げては責めて、それでも地底の掟に従うことを肯《がえん》じなければ、又二度でも三度でも、同じ『人魚攻め』をつづけるのです。

「では、今度はこの国の拷問室をお目にかけましょう。ここでは、女ばかりではなく、地底の住人で、掟に背《そむ》いたものは、労働者であろうがなんであろうが、皆この機械のご厄介になるのです」

アドニスのように美しい悪魔は、そんなことを云いながら、私たちを更に洞窟の奥へと導いた。

そこには、チロチロと燃える地獄の篝火に照らされて、なんともえたいの知れぬ、木製或いは鉄製の巨大な道具が、数知れず並んでいる。

直径一丈もあろうかと思われる御所車《ごしょぐるま》の車輪のようなものが、材木の軸承《じくう》けに支えられて、地上すれすれに立っている。車輪の幅は一尺ほどもあり、その面には所きらわずドキドキ光る鉄の太い針が植えられ、車輪の下の地面には、一枚の厚い板が横たえてあって、その表面にも、地獄の針の山とでもいう感じで、先の鋭い鉄の突起物が、無数に生えている。

大曽根が毒々しい語調で説明したところによると、それは欧洲中世紀の宗教裁判の拷問具を模したもので、その車輪に裸体の人間を縛りつけ、徐々に回転させると、鉄の突起物が皮膚に触れて、皮を裂き肉をえぐる仕掛けであるという。彼はそれを「車責め」と名づけていた。

その次には、三間角ほどの場所の四隅に、土木用の轆轤めいたものが四個、岩肌にとりつけてある。やはり西洋中世紀の拷問具の一種で「轆轤裂き」の道具だという。人間の手と足とを一本ずつ縛って、その縄の端を、四方の轆轤で捲き取って行く、つまり八つ裂きの刑とか、牛裂き、馬裂きなどに類するものであろう。

その向こうには、木製の大きな十字架が立っている。だが磔刑《はりつけ》の道具ではない。磔刑よりももっと恐ろしい「逆さ吊り」の拷問具である。十字架の腕木《うでぎ》には、井戸車のような木製の車がついていて、そこから太い縄が垂れている。その縄の先に人間の足首をくりつけ、頭を下に、宙に吊したまま、全身の血が逆流して、もがき苦しみ、ついに死に至る一歩手前まで、責めさいなむ仕掛けだという。

更《さ》らにその隣には、フランス革命時代に流行したという「水攻め」の器械が備えてある。十字架を地上に横たえた形の木製の台があって、その上に人をくくりつけ、身動き出来ぬようにしておいて、地獄の獄卒の一人が大きな水瓶を持ち、他の一人は皮製の巨大な漏斗《じょうご》のようなものを持ち、その漏斗《じょうご》の先を縛られた人の口にさし込んで、上から限りもなく水を注ぎ込むという責め道具である。息をする暇もなく、胃袋と腸との許す限り、いや遂にはそれらが破裂するまでも、水を飲みつづけなければならぬのだ。私たちは、その皮の漏斗を見せつけられて、余りの無残さに、思わず身震いしないではいられなかった。

ある箇所には小部屋のような穴蔵が掘ってあって、その上部に巨大な時計の振子様《よう》のものが下がっていた。よく見ると、振子の先端が鋭い刃《やいば》になっている。その人斬り振子の一と揺れごとに、穴蔵の底に縛りつけられた被害者の皮膚が、だんだん深く切り裂かれて行く仕掛けである。

又その穴蔵の底には更らに古井戸のような深い穴が開いていて、その中に無数の鼠が飼育してあるということであった。餓えた鼠どもが、ウジャウジャと被害者の身体に這いあがる恐怖、女性には殊さら堪《た》えがたい責苦《せめく》に違いない。

だが、それらの数知れぬ拷問具について、一々ここに書き記していては際限がない。一と口に云えば、そこには、西洋拷問史と東洋拷問史とに記載されたあらゆる怪奇の拷問具の上に、宗教的空想の地獄図絵に現われ、或いは古来の物語に描かれた種々さまざまの責め道具が、所も狭く置き並べてあったのだ。

珍奇なものでは、西洋刑罰史に名高い「鉄の処女」、拷問用の怪しい仮面の類から、小さいものでは、生爪をはがす小型釘抜に至るまで、揃わぬものとてもなく、さながら拷問博物館の観があった。

それらのおぞましき大小さまざまの器械器具が、赤い篝火に照らされ、ドス黒い岩肌を背景にして、おぼろげに立ち並んでいる有様は、陰々として鬼気《きき》肌《はだえ》に迫り、「地獄」とはよくぞ名づけたと、怪物大曽根の底知れぬ残虐心に、ただ身震いするばかりであった。

「ハハハハ、諸君、そんなに顔色を変えなくてもいい。僕は何もこの道具で人を殺したわけではありませんよ。拷問さえもほとんどしたことがない。それというのが、女などは、この道具を一と目見せてその使い途を説明すると、それだけでもう震え上がってしまって、この国の掟をよく守るからです。極楽の空を飛んだり池を泳いだりしている女は、みんな一度はこの道具を見せられたのですよ。そして、極楽の生活と比較してみて、僕の恋人となる方がどんなに楽しいかという事を、はっきりと悟ったのですよ。

「では次には、この地獄の最も恐ろしい部分をお目にかけましょう」

アドニス青年は、そう云い捨てて、一方の狭い洞窟の中へはいって行く。

ああ、この拷問場よりも、もっと恐ろしい地獄とは、いったいどのような場所であろうと、私たちは足もすくむ思いであったが、今さら躊躇して見ても仕方がない。地底の国の虜は、ただその王様の命令に従うほかに、身の安全を保つ手段はないのである。

私たちは互いに先を譲るようにしながら、大曽根の美しい裸体姿を見失うまいと、その洞窟の細道へとはいって行った。

大陰謀

洞窟はところどころに迷路のような枝路の入口を見せながら、どこまでも続いていた。

爪先上がりに奥深く進むにつれて、両側の岩石は赤土と変わり、だんだん地盤が弱くなっているらしく、その辺からは、ちょうど炭山の坑道のように、鳥居型に組んだ太い材木が、天井を支えている。まったく炭坑にはいった感じだ。

やがて、曲がりくねった坂道を、一丁ほども歩いたとおぼしき頃、突然大曽根が立ち止まって、私たちを振り返った。

「諸君、ここに梯子がある。狭い段ですから、足枷があっても大丈夫登れますよ。ただ辷《すべ》らないように気をつけて下さい。その上に、僕の大秘密の一つがあるのです」

そして、彼は洞窟の壁にとりつけてある、ほとんど直立の鉄梯子を白い猿のように登り始めた。私たちも仕方なくそのあとにつづいたが、驚いたことには、そこには天井を貫いて垂直の縦坑が掘ってあり、鉄格子は一間二間三間とどこまでも空へ空へと伸びているのだ。

梯子を登りながら、足の下を見ると、底は文目《あやめ》も分かぬ暗闇、無限の奈落のように感じられ、一段登るのにも、全身に脂汗が流れる思いであった。ほんとうの高さは三、四間ほどであろうが、それが暗さのために十間にも十五間にも感じられ、更らにそれを登りきった所にどんな恐ろしいものが待ち構えているのかと思うと、ほとんど生きたそらもなかった。

そして、やっと登りついた場所は六畳敷きほどもある天井の低い土室《つちむろ》であった。そのまん中に、たった一つ小さな鉱山用の安全燈のようなものが置かれ、ほのかにあたりを照らしていた。

私たちは大曽根につづいて、次々とその土室に上がったが、どんな恐ろしい怪物がいるのかと、こわごわ見廻しても、別にこれというものも見当たらぬ。ただ一方の壁に大きな白木《しらき》の札が貼りつけてあって、その表面に筆太に××百貨店と記してあるのと、一方の隅に大きな木箱が一つ置いてあるばかりだ。

私たちが異様に顔見合わせながら、黙って突っ立っていると、大曽根は疑わしげに、ジロジロと私たちを眺めて、いきなり低い声で笑いはじめた。

「ウフフフフ、六対一か。絶好のチャンスですね。どうです、君たち六人がかりで僕を捻《ね》じ伏せて見ては。フフフフフ、ところがね、ごらんなさい。僕はこのスイッチを握っている。諸君が飛びかかって来るのが早いか。このスイッチを入れるのが早いか、一つ競争して見ましょうかね」

大曽根は兇悪に頬笑みながら、木箱のそばの壁にとりつけてある小さな電気のスイッチを握った。先に大曽根が説明した通り、この地底の国には、地獄の効果を出すためにわざと電燈を点じないまでで、盗用した電線が洞窟内到る所に張り巡らされているのだが、ここにもスイッチがあるからには、やはりその電線が引き込んであるものと見える。

「いや、僕らはそんな向こう見ずな真似はしませんよ。たとい君をわれわれの虜にしたところで、沢山の部下がいるじゃありませんか。それに、僕らはこの洞窟の出口さえ知らないのです。そんなつまらない邪推をしないで、この部屋の恐ろしいという意味を、早く説明して下さい。見たところ、別に恐ろしいものがいるようにも思えないじゃありませんか」

一人の同僚が勇敢に応酬した。

「ハハハハハ、いや、諸君にそんな勇気のないことは、僕にもよくわかっています。ただね、このスイッチに諸君の注意を集めたかったのです。冗談ですよ。冗談ですよ。

「ところで、諸君はこのスイッチをなんだと思います。よくごらんなさい。電線が壁を這い上がって、天井の土の中へ消えているでしょう。その天井の土の中に何があると思います。爆発薬です。大きなビルディングを木葉微塵《こっぱみじん》にするほどの多量の爆発薬が、この天井の上に仕掛けてあるのです。

「この木箱の中も火薬で一ぱいです。予備の火薬です。しかし、天井の爆発が起これば、むろんこの木箱も一緒に破裂するでしょう。そして、爆発力を二倍にするわけです。

「君は今、何も恐ろしいものがいないと云いましたね。だが、これ以上恐ろしいものが、どこにあるというのです。爆発そのものが恐ろしいのではない。その爆薬によって破壊されるものが恐ろしいのですよ。この文字の意味を考えてごらんなさい」

大曽根は意味ありげに、壁の木札を指さした。それには先にも記したように××という東京市内で一、二を争う大百貨店の名が記してあるのだ。

「それはね、今われわれの立っている天井の真上が××百貨店の建物だという意味です。あの百貨店の土台工事のコンクリートの柱は、この壁のすぐ向こう側にあるのです。地下室の床も、この天井から一間とは隔っていません。その地下室の床のコンクリートの中に、幾カ所も、僕の爆薬が喰い込んでいるのですよ」

それを聞くと物に驚かぬ私たちも、アッとばかり仰天しないではいられなかった。

だが、そんなばかばかしい事があり得るだろうか。若《も》しここが××百貨店の真下とすればこの広さも知れぬ大洞窟そのものが、東京市の中心地帯の下に拡がっているわけではないか。悪夢でなければ、気違いのたわ言だ。

「ハハハハハ、そんな子供だましのおどかしを云ったって、僕らを怖がらせることは出来ませんよ。大東京の地下にこんな大きな洞窟を掘るなんて、一個人の力で出来ることじゃない。地下鉄道の工事でさえ何年という月日と、恐ろしい額の費用を要するじゃありませんか。いくら君が悪魔の化身だって、そんな大それた真似が出来るはずがない。僕らはそんな甘い手にはのりませんよ」

私はつい毒口を叩かないではいられなかった。余りの暴言に腹を立ててしまったのだ。

「君は信じられないというのですね。なるほど、新聞社というものを、まるで一つの王国かなんぞのように心得て、威張り返っている君らの狭い心では、僕の言葉は信じられぬかも知れぬ。まあ、お待ちなさい。今に諸君をギョッとさせるような証拠を見せて上げますから。

「君はこの洞窟の掘鑿作業を地下鉄道の工事に比べましたね。どうしてどうして、そんな生やさしいものじゃないのです。しかし、広いようでもこの地底王国は、地下鉄道ほどの面積はありません。面積では現在完成している東京の地下鉄道の十分の一もないくらいです。難工事の割にそれほどの費用をかけてはいないのです。

「といっても、決してこれが一年や二年で出来たものではありません。僕の父親は、僕の十五歳の年から、この工事に着手したのです。僅かの資金を持ってそれを始めたのです。そして、僕が大人になってから、ここまで王国を拡大する素地を作っておいてくれたのです。

「僕らがこの領土拡張の資金を得るために、どれほどの苦心をしたと思います。むろんそのためにはあらゆる悪事を働いていますが、星野清五郎の先祖伊賀屋伝右衛門の埋蔵金を発見してからというものは、短時日のあいだに、僕の領地は驚くほど拡大したのです。時価(注14)五千万円の古金銀を手に入れたのですからね。

「ああ、そうだ。あれを云えば、諸君は僕の言葉を信じるかも知れない。

「今から七年前の事件です。ちょうど地下鉄道の第一期の工事が始められた時分です。その頃工事を請負っていた土木会社の技師、成瀬《なるせ》という工学博士が、部下の数名の技師と共に行方不明になった事がありましたね。あの事件はまだ迷宮入りのままじゃありませんか」

私たちはそれを記憶していた。それは当時世間を騒がせた大事件で、成瀬博士と数名の技師とがこの世から姿をくらましてしまったまま、今になんらの消息に接しないのは事実であった。

「僕らは、妻はあっても、子供や親のない人々を選びました。あの人たちはちょうどそういう条件に当てはまっていたのです。僕の父親は、あの人たちに、向こう十年間地底の闇から一歩も外へ出ないという誓いを立てさせ、銘々に、一《ひ》と財産《ざいさん》といってもいいほどの報酬を与えて、仲間入りをさせたのです。

「しかし、彼らは今では地上の世界に帰ることなど夢にも考えていません。地底の極楽の楽しみを知ったからです。悪のうま酒の酔い心地をおぼえたからです。この地底王国の住民が、どんなに幸福だかという事を悟ったからです。

「僕らは同じような方法で、数年にわたって、沢山の土木労働者、電気技師、美術家、音楽家などをこの国に帰化せしめました。彼らは成瀬ほどの世間的地位を持っていなかったので、それほど世間の注意も惹かなかったのです。

「さア、どうです。僕は巨大な資金を持っています。その方面では日本でも屈指の設計者と、仕事に慣れた多数の労働者を持っています。そして現在まで十年の歳月をついやしているのです。東京市の真下に、一つ地底王国が出来上がったのも不思議はないではありませんか。

「われわれはこの地下作業を絶対に秘密に行わなければならない関係から、実にさまざまの困難にぶッつかりました。換気とか地下水の防止装置などは、技術上の巧みな処置によって切り抜けることが出来ましたが、最も困難を感じたのは、掘鑿した岩石や土の処分でした。

「この王国には五つの国境線があります。つまり地上世界への出入口ですね。その一つが岩石土壌の排泄口となっているのです。われわれは実にうまい方法を考えついたのですよ。そこからなれば、いくら土を運び出しても少しも怪しまれることがないのです。しかし、その場所を云う事は出来ません。ほかの四つの出入口もむろん教えるわけにはいきません。それを悟られてしまっては、地底王国の滅亡も同然ですからね。

「しかし、場所が東京市の下とわかっているからには、いつかは発見されるに違いないとおっしゃるのですか。ところが、そうではないのです。この洞窟は広いと云っても僅かな面積です。それを掘り当てるために、東京中の地面を滅茶苦茶にしてしまうわけにもいかぬではありませんか。

「それなら、はっきりわかっている××百貨店の地下室の床だけを掘り返して見ればよいとおっしゃるのですか。ハハハハハ、そいつは危ないですよ。今も申す通りおびただしい爆薬が仕込んであるのですから、たといううまくこの洞窟を掘り当てたとしても、その瞬間に、百貨店そのものが木葉微塵になっているでしょうからね。

「ご希望とあれば一々お見せしてもいいですが、これと同じような爆発装置が、あと八カ所あるのです。或る大銀行の金庫室や、或る富豪の邸宅や、大宝石商の床下や、いや、われわれの当面の敵、某警察署の床下まで、その装置が出来ているのです。

「この王国の中心部に配電室があります。爆発装置はこの現場で一つ一つ別箇にも発火させることが出来ますが、また全部同時に、その配電室のスイッチ一つで大爆発を起こすことも出来るのです。

「それらの爆発装置が大体完成するのを待って、今日諸君を招待申し上げたという次第ですよ。つまり、諸君をご招待したために、万一地上からの攻撃を受けるようなことがあっては一大事ですから、そういう事が起こっても差し支えないだけの用意を備えておいたのです。

「おわかりですか。若し地上からわれわれを攻撃しようとすれば、市内の最も賑やかな場所にある九つの重要な建築が、たちまち木葉微塵になるのです。そして大火災が起こることは必定ですから、東京市民の損害はどれほどに上るか知れません。まあ、先年の関東大震災の小型のやつがお見舞いすると考えて下されば、大した間違いはないでしょう。

「僕はこの世にたった一人、恐るべき競争者を持っています。名前を申し上げてもよろしい。それは有明友定男爵の忘れ形見、有明友之助という青年です。こいつは僕と同じ智恵、同じ腕力を持っています。その上、相当の軍資金を擁して、僕の悪業を妨げ、僕に仇を返すことを終生の事業としているやつです。その男と僕は約束しました。数年のうちに必ず東京の空を毒焔の渦で覆って見せるという約束をしました。僕が名札代わりに渦巻の印を残すことを思いついたのも、そういうことがあるからです。

「ですから、その約束を果たすためには、僕は地上からの攻撃が一日も早いことを望んでいるくらいですよ。その時こそ東京市が大震災を起こし、火焔の渦が全市の空を覆うのですからね。むろん僕の命は投げ出しています。命に代えて大都会の空一ぱいに燃え盛る悪の華を咲かせて見ようというわけです。これが僕の夢です。少年時代から僕の頭の中に渦巻いている幻想です」

私は当時の印象をたどって、大悪魔大曽根竜次の雄弁を、ほとんどそのままに記し得たと思う。ほの暗い土室の中で、安全燈の逆光線に照らされて、彼の裸体の全筋肉は、興奮のためにムクムクと波打ち、燐《りん》のように輝く目、上気した顔、口角泡《こうかくあわ》を飛ばすまっ赤な唇、美青年アドニスは、今や邪悪の化身、魔界の妖鬼そのものであった。

読む人よ、私たち六人の新聞記者の余りの腑甲斐《ふがい》なさを笑うなかれ。かくまでの極悪人を、その場に打ち斃《たお》さざりしかと責めるなかれ。地底の闇は私たちの精神に不可思議の作用をした。現実と知りながら、現実と信じ得ざる何ものかがあった。そこには悪夢と狂気のただならぬ雰囲気が感じられ、私たちは謂わば夢見心地であった。悪人の企らみの余りの恐ろしさに、私たちは憑《つ》かれたものの如く、まったく常の心を失っていた。

さて、奇怪きわまる地獄の演説を終わると、大曽根は私たちをうながして、その土室を降り、迷路の枝路を右に左に曲がりながら、彼のいわゆる配電室へ案内したが、その途《みち》私たちは到る所で、鑿孔器や鶴嘴《つるはし》を持って、地下道開鑿《かいさく》に従事している銅仮面の労働者に出会った。それらの労働者を指揮している銅仮面の人物もあった。恐らく七年以前行方不明となった技師の一人でもあろうか。

配電室というのは、通路の横に切り開かれた、やはり六畳敷ほどの洞窟で、地上世界で見るのと同じような大配電盤が、一方の壁にとりつけてあり、その前に一人の銅仮面の男が腰かけていた。

配電盤そのものはなんの奇もなかったが、そのそばにある大きな蓄電池装置が私たちの目を惹いた。大曽根はその様子を見て取って、得意らしく説明した。

「この蓄電池は、地上からの攻撃を受け、盗用している電線の元を切られた場合、つまり、地上を闇の世界にしておいて、爆発の危険を避けながら攻撃されるような場合の用心です。電流を切られたら、この世界の通風や暖房装置は休止するでしょうが、爆発装置だけは、この蓄電池の力で充分操作出来るのです」

ああ、なんという用心深さであろう。地底王国にはもはやまったく弱点というものがないではないか。地上からの攻撃は、帝都の中心の大爆発を覚悟しなくては、ほとんど手も足も出ないではないか。

「ですが、君はさいぜん、ここが東京の地底であるという証拠を見せると云いましたね。その証拠はどこにあるのです。それを見るまでは、僕たちは君の言葉を信じることは出来ませんよ」

一人の同僚が我慢しきれぬように質問した。それはわれわれ六人のものが皆糺《ただ》したいと思っていたところでもあった。

大曽根は如何にも雄弁に、ここが東京の地下である旨を物語った。その言葉には、細かい技術上の事はともかくとして、一応筋路が立っていた。だが巧みに語られれば語られるほど、私たちとしては、その裏を考えて見なければならない。彼はあんな大《おお》法螺《ぼら》を吹いて、その本拠の所在をカムフラージュするつもりではないのか。ここは東京の地下などでなくて、飛んでもない遠方の山の中かなんかではないのか。底知れぬ悪魔の智恵には、あくまで警戒しなければならぬ。第一、大都会の爆破なんて、余りにも稚気《ちき》に満ちた、気違いじみた着想ではないか。こんなばかばかしい物語に、妄想以上の価値を認めてよいのであろうか。新聞記者は誤りなき事実を伝えなければならぬ。悪魔の幻想をまことしやかに報道するわけにはいかないのだ。

だが、追及された大曽根は、少しも騒がなかった。

「ハハハハハ、君たちはなかなか疑い深いですね。よろしい、多少危険は伴なうけれど、新聞記者諸君のために、特別に掟を破って覗かせて上げましょう。しかし、ホンの一と目ですよ」

覗かせるといって、いったい何を覗かせるつもりであろうと、私たちは奇異の感に打たれたが、それを尻目に大曽根はツカツカと洞窟の一方の隅へ歩いて行き、そこの壁に向かって身動きもせずたたずんでいた一人の銅仮面の男を呼びかけた。

「君、この人たちにそれを覗かせるんだから、目印になるものを見せないように、遠景でなく、地面に近いやつを、ウンと下の方へ向けてくれたまえ。人の歩いているところ、自動車や電車の通るところがわかればいいんだ」

見れば、壁の方を向いてたたずんでいる男の眼前に、天井の岩肌から五本の太い金属の筒が下がっている。男はさいぜんからこの金属筒の一つの先端に目を当てていたのだ。大曽根のいわゆる監視哨《かんししょう》なのであろう。

彼は首領の命を受けて、無言のままその一つの金属筒をしきりと操作している様子であったが、やがて方向が定まったのか、静かに二、三歩退いて、うやうやしく首領に一礼した。

大曽根はみずから金属筒の下端に目を当てて覗いて見た上で、

「よろしい。これなら大丈夫だ。さア、諸君、順番に覗いて見たまえ」

と、私たちをうながすのであった。

先頭に立っていた私が、第一にそこに目を当てたが、想像していた通り、潜航艇の潜望鏡と同じ装置の覗き眼鏡であった。

眼界にはどことも知れぬ大通りの地面ばかりが見えている。地面はアスファルトらしい。そこに腰から下の賑やかな人通りがある。洋服のズボン、和服の裾、靴、下駄、草履、さまざまである。その人道の向こうに車道があって、走って行く自転車や自動車の下半分が見える。そのもう一つ向こうには、銀色のレールが光り、電車らしいものの車輪の部分だけが、やっと視界にはいって来る。

覗いたと思うと、もう私の肩に大曽根の手がかかっていた。一秒にも足らぬ瞬間である。引き離されるままに、次の者に代わると、それもたちまち引き離され、瞬くうちに六人のものが覗き終わってしまった。

「どうです。これでも東京の地底でないと云いますか。テレビジョンはあんなに明瞭な像を映すほど発達していないし、映画でないことはむろん一と目でわかるはずです。と云って、潜望鏡が一丁も二丁も延びるわけはない。つまりわれわれの今いる所は、大都会の地面のすぐ下であるという事が、これで確証されたわけですね。それとも、まだ疑念がありますか」

大曽根の言葉に誰も答えるものはなかった。余りの事に声も出ないのだ。もはや一点の疑うところもない。悪魔の大暗室は、われわれの都会の真下に、毒蜘蛛のような醜い触手を拡げているのだ。ああ、なんということだ。これが悪夢でも、狂人の幻想でもないとは。

「念のために申しておきますがね。この潜望鏡の先が地面から突き出しているなどと考えて、それを探しまわっても駄目ですよ。僕がそんなばかな手抜かりをするはずがないからです。潜望鏡はむろん地面よりも高い場所に装置してあります。しかし、それは決して一と目でそれとわかるような形はしていないのです。恐らく諸君が、東京中を、一年探しまわったって、それを発見することは出来ますまい。ここへの入口も同じことです。その入口は決して地上の人々は、それを発見することは出来ません。全警察力をもってしても、如何なる名探偵の手腕をもってしても」

怪青年は昂然として、止《とど》めをさすように云い放ったが、やがて、ニヤニヤと薄気味わるく笑いながら、語調を変えてつづけた。

「これで、僕の大暗室がどんなものであるか、あらましおわかりになったでしょう。どうか諸君の麗筆《れいひつ》で充分世間に伝えて下さい。ただそのために、こうしてご招待したのですからね。では、これでお別れと致しましょう。諸君のご健康を祈ります。

「むろん諸君を無事に地上の世界までお送りしますが、この国の秘密を保つために、お気の毒ながら、もう一度諸君の意識をお預かりします。しかし、今度は紅茶や煙草には及びません。ちょっと注射を一本だけ」

云い終わって、壁のボタンを押すと、あらかじめ命じてあったものと見え、すぐさまほかの暗室から、一人の銅仮面が、手に注射器と消毒綿を持って現われた。

「待って下さい。もう一つだけお訊ねしたいことがあります」

同僚の一人が、何を思ったのか、あわただしく大曽根に声をかけた。

「ほかでもありません。君が誘拐しようとして失敗した花菱ラン子のことです。まさか君はあの失敗をそのままにしておく気ではないでしょうね。またもう一度誘拐を企てるつもりでしょうね」

するると、裸形のアドニスはニッコリ笑いながら、さも自信ありげに答えるのであった。

「おお、よく訊ねて下すった。序《ついで》にそれも、諸君の筆を通じて世間に伝えておいていただきましょう。むろん花菱ラン子は地底王国のものです。僕は必ず彼女を虜にして見せます。期限を切ってもよろしい。今日から十日のあいだに、必ずこの目的を達してごらんに入れる。渦巻の賊は再び地上に現われるのです」

かくして私たちの大暗室訪問は終わりをつげた。二の腕に注射針の痛みを感じると間もなく、私たちは再び意識を失った。そして何時間かの後、六人は芝浦《しばうら》埋立地の草原の上で、悪夢から醒めたように目を覚ました。

互いに青ざめた顔を見かわす私たちの遙か彼方、朝靄にかすむ大東京南端の甍の上に、まっ赤な太陽が、思いなしか奇怪な渦巻を描きながら、雲間を破ってまぶしく現われるのを見たのである。

「魔界見聞記」は以上で終わっている。

かくしていよいよ、正義の騎士と魔界の鬼との、最後の闘いは始まろうとする。

大東京の市民は、爆発の予報に、昼となく夜となく、全身に脂汗のにじむ大恐怖のただ中に置かれている。有明友之助と久留須老人とは、果たしてこの大爆発を未然に防ぎ、人類の敵を屠《ほふ》って、父子二代の恨みを報い、正義の凱歌を奏することが出来るであろうか。

奇怪な広告気球

さて、都下六大新聞に大暗室の驚くべき見聞記が掲載され、市民を目もくらむ恐怖の渦に巻き込んだその翌日、午後四時頃の事である。一人の異様な覆面の人物が、警視庁刑事部長室をおとずれた。

その人物は、鼠色の背広、鼠色のオーバアを着て、鼠色のソフトをまぶかくかぶった、痩せ型の老紳士であったが、なぜか同じ鼠色の仮面のようなもので、顔全体を蔽い隠していた。

受附けの係り員は、その異様な姿に目を丸くしたが、老紳士が無言で差し出した紹介の名刺には、元警視総監、貴族院議員Y氏の名が印刷され、紹介文の下に実印まで捺してあったので、怪しみながらも、ともかく、刑事部長にこの由を通じるほかはなかった。

刑事部長大矢《おおや》氏は、その名刺を一《ひ》と目《め》見ると、Y氏の自筆に相違ないことがわかったし、紹介文の文句に、重大な意味が含まれていたので、さっそく怪老人を自室に通させることにした。

老紳士は部屋の外で、帽子と外套を脱いではいって来たが、見れば異様な覆面はそのままである。頭巾のようなものが頭部を包んで、その前に顔全体を蔽い隠す鼠羅紗《ラシャ》が垂れ、その眼の部分だけがくり抜いてあるのだ。大矢部長はこの不作法な闖入者《ちんにゅうしゃ》を、胡散《うさん》らしくジロジロと眺めながら、やや烈しい口調で訊ねた。

「あなたが久留須さんですね。その覆面はどうなすったのです。私はこういう初対面の礼儀は初めてだが……」

「なぜ覆面をとらぬとおっしゃるのですか。それは、わしは顔が無いからです」

「エッ　顔がないとは？」

「ハハハハハ、いや、お驚かせしてすみません。顔がないという意味は……」

老紳士は云いながら、刑事部長の前に近づいて、鼠色の覆面をヒョイとまくって見せた。まくったかと思うと、すぐ又元の通りに顔を蔽い隠したが、その一瞬間に見えたものは、人間の顔ではなくて、一箇の髑髏であった。まん丸にあいた眼窩《がんか》、洞穴のような鼻の跡、唇というもののない、むき出しの長い白歯、ああ、顔がないと云ったのも無理ではない。

事に慣れた刑事部長も、この不意打ちにはアッと驚かないではいられなかった。顔色を変えてタジタジとあとじさりしたほどであった。

「ですから、これはこのままの方が、お互いにお話がし易いというものです」

「怪我ですね。火事にお遭いになったのですか」

「そうです。大曽根竜次の父親のために、こんな目に遭わされたのです」

「エッ、大曽根の？」

「そうです。その名刺にも書いてあります通り、わしはその大曽根の件について、重大なご相談があってお伺いしたのです」

老紳士は、そう云って手短かに、大曽根竜次に対する父子二代にわたる怨恨について物語った。老紳士が有明友之助の後楯《うしろだて》、久留須左門であることは云うまでもない。

聞き終わって、大矢刑事部長は、深くうなずきながら、

「その事は私も耳にして居りました。有明男爵の遺児友之助という人が、大曽根の悪事を妨げるために、いろいろ苦労して居られるという事も知らぬではありません」

と、慰め顔に云って、まだ立ったままの老紳士に椅子をすすめるのであった。

「で、警視庁では、あいつを逮捕するについて、何か確かなご方針でも立っているのでしょうか」

久留須老人が訊ねると、部長は苦い顔をして、

「あなただから、打ちあけて申しますが、実はわれわれも非常に弱っているのです。六人の新聞記者も昨日ここへ呼んで、充分調べて見ましたけれど、手掛りというものがまったく無い。いわゆる大暗室の出入口が、どこにあるのか、それが少しもわからないのです」

「多分そんなことではないかと思ったので、こうしてわざわざやって来たのですが、大矢さん、地底の秘密を探るためには、われわれは空へ昇って見なければなりますまいて」

「エッ、空へですって?」

「そうです。空へ昇るのです」

怪老人は何かしら途方もないことを云い出したのである。

「詳しく説明して下さい」

まんざら気違いの譫言《たわごと》とも思われぬので、部長は真面目に先をうながした。

「それを説明するためには、わしが昨日の夕方から今朝にかけて、どういう事をやって来たかを申し上げないと、よくわからぬのですが、大矢さん、わしはあんた方がまったく見逃してしまわれた一つの手掛りを幸いに摑むことが出来たのです。六人の新聞

記者は、何も知らなかったのではない。たった一つ、或る重大なことを知っていたののです」

「と云いますと」

刑事部長は信じがたいという顔つきで、不気味な鼠色の覆面を見つめた。

「わしは昨日の夕方、あの六人を片っ端から訪ねて歩いて、妙な問答をしましたのじゃ。わしは先《ま》ず、その一人一人に、例の大暗室の潜望鏡から覗いた景色を、出来るだけ詳しく思い出してくれと頼みました。なぜと申して、われわれが若《も》し手掛りを掴むことが出来るとすれば、あの潜望鏡の景色のほかには何もないからです」

「いや、それならば、こちらでも充分調べましたよ。しかし、記者諸君はただ通り過ぎる人の足と、乗物の車輪を見ただけで、場所の手掛りになるようなものは、何一つ記憶していなかったのです」

部長がやや失望の色を浮かべて云いかかるのを、老人は手で制して、

「一応はおっしゃる通りでした。あの人たちは、目印になるようなものを、まったく記憶していないというのです。しかし、わしは諦めませんでした。熱心の賜物《たまもの》です。わしは何もない所から何かをたぐり出そうとして、執念深く問答を繰り返しました。

「あの人たちの目は見逃していても、心が捉えている何かがあるに違いない。なくて

はならないと、わしは固く信じていたのです。

「もう一度、その潜望鏡を覗いた時と同じ気持になって下さい。目をふさいでその時眼鏡で見た景色を思い出して下さい。ジーッと心を静めて、瞼の裏に浮き上がって来る景色を見つめて下さいと、わしはもう気違いのようにお願いしましたのじゃ。一人一人に同じ問答を繰り返したのです。四人目までは、いくら頼んで見ても、なんの反応も現われませんでしたが、五人目に訪ねた、N新聞社の北川《きたがわ》君が、目をつむって考え込んでいるうちに、ふと大変なことを思い出してくれたのです。

「ちょうど北川君が覗いていた時、潜望鏡の中を通りすぎた一台の自動車があったのです。北川君はその自動車の後部を見たと云いました。とすれば、たとい読まなかったにしろ、自動車番号の白い数字を見たことは確かではありませんか。エ、大矢さん、わしはそれを聞いて、飛び上がるほど嬉しかったのですよ。

「そこで、わしは北川君に、もっと心の中を覗き込んでくれと頼みました。その闇の中から浮き出して来る数字を読んでくれと頼みました。

「北川君も興味を感じたと見えて、熱心に瞑目《めいもく》をつづけてくれました。まるで坐禅《ざぜん》です。無念無想《むねんむそう》になって、心の底から浮き上がって来るのを待つのです。

「そうしているうちに、北川君は、闇の中からおぼろげに白い数字が現われて来たと云いました。初めは1だ。その次は5だ。というようにして、長いあいだかかって、やっと15260という全体の数字がわかりました」

「おお、自動車番号がわかりましたか」

刑事部長は感に堪えたという面持で、老人の熱弁に合槌を打った。

「一心というものは恐ろしいではありませんか。わしと北川君とは、二時間というもの、汗みどろになって、心の闇の中から、その五桁の数字を念じ出すのに夢中でしたよ。そして、とうとう目的を達したのです。

「さて、車の番号がわかったとなると、そのガレージを探すのは、さして手間のかかる事ではありませんが、それよりももっと大切なのは、北川君がその前日、地底の潜望鏡を覗いた正確な時間です。時間さえわかれば、その番号の自動車が、東京のどの辺を走っていたかという見当がつき、潜望鏡が首を出している箇所もわかり、恐らくはその附近にある秘密の出入口も見つかるわけですからね。

「ところが、残念なことに北川君は、その時間の記憶が少しもないのです。わしは又ほかの五人の所を廻り歩いて、それを確かめなければなりませんでした。すると、仕合わせなことには、そのうちの一人が、ちょうど六人のものが眼鏡を覗いた頃、腕時計を見たと云って、その時間をハッキリ覚えていてくれました。午後の四時十分頃とわかったのです。

「そこで、わしは新聞社の力で、その番号の自動車のありかを調べてもらい、深川区門前仲町《もんぜんなかちょう》の富士屋というガレージへ駈けつけました。こういう顔だものですから、その時にはわしは腹心のものを一人同伴して行ったのですよ。そして、その自動車の運転手を見つけ、昨日午後四時十分頃には、どこを走っていたかと訊ねさせたのです。

「運転手は幸いにも、それをよく記憶して居りました。ちょうど四時頃水天宮《すいてんぐう》前で客を拾って、本石町《ほんごくちょう》辺まで乗せたというのです。そこで、わしは、その道順を確かめた上、わしたちの雇って居ります十数人の者に命じて、手分けをして、その両側の家々を、入念に調べさせたのです。私設探偵とでも申しますか。有明友之助はあの殺人鬼に対抗するために、日頃からそういうものを、何十人となく雇い入れて、訓練をほどこして居りましたのじゃ。

「だが、こういう事を申し上げては、お気に障《さわ》るかも知れませんな。謂わばお上《かみ》の仕事を、一私人が横合からおせっかいをしている事に当たりますからね。ハハハハハ」

「いや、今はそんなことをとやかく云っている場合ではありません。それどころか、私はあなた方のやり口に感服しているくらいです。われわれの手でやるとしても、恐らくそれ以上の事は出来ますまい。それで何か怪しい建物を発見なすったのですか」

刑事部長は、この怪老人の行動を非難するよりも、その素人捜査の結果をうまく利用することを先ず考えていた。

「発見しましたよ。水天宮から本石町への電車通りは、ご承知のように、大きな会社や商店が軒を並べていて、それも多くは素性のよくわかったものばかりですから、かえって捜査の手数が省けたのですが、その商店ばかりの大通りの中で、小伝馬町《こでんまちょう》の停留所の近くに、たった一軒だけ、実に堂々たる大邸宅がヒョッコリと挟まって建っているのをご存知でしょうか。高いコンクリート塀で囲まれた、立派な邸です。

「調べて見ますと、その邸は元はあの辺の綿布問屋《めんぷどんや》の主人が建てたものですが、一年ばかり前売り物に出たのを、現在の簑浦《みのうら》という物持が買い取って住居《すまい》にしているということがわかりました。簑浦という人物は、これという職業もなく、東北地方の大地主だという噂があるばかりで、附近に詳しい素性を知ったものもないのです。

「わしの部下はこの大邸宅に目をつけました。そして、いろいろと探って見ますと、簑浦という人物は、古仏像《こぶつぞう》の蒐集家《しゅうしゅうか》だとこういう事で、時々トラックで大きな荷物が運び込まれることもわかって来ました。いやそんなことよりも、もっと確かな証拠が発見されたのです」

「エ、確かな証拠が？」

刑事部長は思わず椅子の上で居住《いずま》いを直した。対手《あいて》は犯罪史上前例もないほどの大者である。今この老人の口からその捜査の有力な手掛りを掴むことが出来るのかと思うと、部長は興奮を隠すことが出来なかった。

「そうです。動きのとれない証拠を摑んだのです。わしの部下のものは、その邸の二階の屋根から垂れている銅製の樋《とい》の頂上に近い部分に、小さな丸い孔《あな》のあいているのに気づいたのです。それをじっと見つめていますと、その孔のすぐ内側で、かすかに光るものが、チロチロと動いていることまでわかって来たのです」

「それが例の潜望鏡の口だというのですね」

部長の顔がサッと緊張した。

「そうです。光っているものは、潜望鏡のレンズに違いないのです。時々動くのは、視《し》角《かく》を変えるために、地下で操作しているのでしょう。

「そこで、夜の更《ふ》けるのを待って、二人の敏捷《びんしょう》な部下を選んで、その邸に忍び込ませました。むろんわしは相手がこれを悟ったならば、どんな重大な結果になるかということをよく存じて居りました。で、部下にその事を充分云いふくめて、相手に気づかれぬ事を第一として、進むよりも先ず逃げることを考えよと申し渡したことです。

「その二人は、日頃から忍びの業《わざ》を研究していて、まるで忍術使いのように身軽なやつですが、幸いにも誰にも気づかれず、その邸宅の縁の下を残る所もなく捜索することができました」

「むろんその邸には地下室があったのでしょうね」

「ところが、不思議なことに、それが無いというのです。縁の下はずっと見通しになっていて、どこにも地下への入口らしいものは見当たらなかったのです。広い庭があるので、そこもよく探して見たと云いますが、掘り返した土の跡もなければ、古井戸だとか、大木の空洞《うろ》だとかいうようなものも、何一つ発見することが出来なかったのです。

「しかし、あの邸に潜望鏡が仕掛けてあることと云い、大きな荷箱のようなものが時々運び込まれることと云い、どうしてもあすこに大暗室への入口がなくてはならないと思うのです。

「なにしろ相手は手品使いですからな。どんな途方もない仕掛けをしていないとも限りません。わしは、確かにあの邸が地底の巣窟への出入口の一つじゃと睨んで居ります」

「で、あなたの捜査は、そこで行きづまったわけですか」

「いや、行きづまったわけではありません。実はわしはあの邸内に、たった一つ探し残した場所があることを知っているのです。どんな周到な探偵でも、恐らく見逃がしてしまうようなものが、一つあるのです。そんな所が地下への入口になり得るはずがないと、誰しも無視してしまうような場所です。あいつの事じゃから、その不可能な場所を、案外秘密の出入口に使っていないとも限りませんて」

「ホウ、そんなものがあるのですか。いわゆる盲点というやつですね。いったいそれはどんな場所です」

刑事部長は老人の話術に引き入れられて、ますます熱心な聴き手になって行く。

「それについて、わしたちは空へ昇らなければなりませんのじゃ。というと、如何にも奇矯《ききょう》なようじゃが、よく考えて見れば、これが唯一つの手段であることがわかります。

「よろしいかな。大曽根のやつはこの東京のまん中の何十丁四方を、一時に爆発させるという恐ろしい力を持っているのです。迂闊に手出しをすることは出来ません。

「それは、警察の力をもってすれば、簔浦の邸を包囲して、そこに住んでいる者をことごとく逮捕し、それらの者を厳重に取り調べて、地下への入口の秘密を喋らせるのも不可能ではありますまい。又、わしのいうたった一つ探し残した場所を、いきなり踏み込んで取り調べることも出来ましょう。

「じゃが、残念なことに、今度の事件に限って、そういう手荒な手段を用いることは絶対に許されぬのです。大曽根は地底の巣窟が危ないとわかれば、いつ何時《なんどき》例の爆薬に火をつけないとも限りませんからね。奴はむしろそれを待ち構えておるのです。悪魔の華々しい最期を待ち望んでおるといってもよいのです。

「そうです。われわれが困っているのもそこです。何百軒何千軒の建物と、何千人という人の命を犠牲にする覚悟がなければ、われわれはあいつの巣窟に一指も染めることが出来ないわけですからね。

「だから、わしは空へ昇ろうと云いますのじゃ。わしの二人の部下は、幸い相手に気づかれなかったからよいようなものの、もうこれ以上あの邸を直接捜索するのは危険です。

「空なれば潜望鏡の視野の外でしょうし、あの邸にいるものもまさか気づきますまい。しかも、そこからは、邸内が一と目で見渡せるのです。

「相手が盲点を利用すれば、こちらも盲点を利用してやろうというわけです。まさか空から監視していようなんて、いくら用心深いあいつでも気がつきますまいからね」

「しかし、空と云って、何か高い建物の上からでも覗こうというのですか」

「いや、あの邸の附近には、そんな高い建物はありません。われわれは空を飛ばなければなりませんのじゃ」

「よくわかりませんね。まさか飛行機を飛ばすわけではありますまい」

「まあ、飛行機と似たようなものですよ。広告気球《アド・バルーン》です。附近の商家に交渉して、その家の広告文字を下げたアド・バルーンを、空に上げて、夜も昼も、何か手掛りを摑むまで、あの邸内を監視しようというわけです。

「むろんその広告気球は並のものより大きくして、下部に小さな窓をあけ、人間が二人ぐらいその中へはいれるように作らせました」

「エ、作らせたとおっしゃるのですか」

「そうです、有明友之助は、大曽根と戦うために、あらゆる武器を用意しております。敵の盲点を利用したこの広告気球も、こういう場合のために、日頃からちゃんと作らせておいたのです。同じ気球が五つまで、わしたちの倉庫に用意してありますのじゃ。

「大矢さん、大曽根ほどの大悪人と戦うためには、こちらにも相当の準備が要《い》ります。友之助は巨額の私財を投じて、大曽根討伐の軍隊ともいうべきものを養い、あらゆる武器を貯えているのですよ」

　大矢刑事部長は、髑髏の顔を持ったこの覆面の怪老人のために、まったく気圧《けお》された形であった。警視庁の幹部を前にして、恐れげもなくズバリズバリと云ってのける怪老人の口調には、何かしら相手を押さえつけるような威厳が感じられた。

「なるほど、広告気球とは奇抜ですね。如何にもあの気球の中から覗いているものがあろうとは、誰も気づきますまい。われわれには企て及ばないズバ抜けた捜査手段です。で、その気球を、これから空に上げようとおっしゃるのですね」

「いや、それはもう、あの邸の附近の商家の屋根の上に上がっているのです。気球の覗き窓からは、部下のものが、双眼鏡で簑浦の邸内を監視しているはずです」

「ホウ、もう上がっているのですか。して、何か発見されたのですか」

「いや、まだそこまでは行きません。大矢さん、実はそれについてお願いがあって参ったのですが、わしはどなたか捜査課のお方を、その気球の上へお誘いしたいのです。そして、わしと一緒に簑浦の邸を監視してもらいたいのです。

「有明友之助は、あくまで独力で戦うのだと云い張って居りました。あいつを法律のなまぬるい制裁に委ねることは出来ない。目には目を、歯には歯をだと申して聞かぬのです。

「しかし、あの大暗室の新聞記事を読んでからというものは、さすがのわしも、この友之助の考えを庇《かば》うわけにはいかなくなりましたのじゃ。一個人の我儘《わがまま》を通すには、余りに危険が大き過ぎるからです。友之助が親の敵を討つために、何千人という東京市民を犠牲にすることは出来ません。

「そこで、わしは友之助を説《と》きつけて、お上のお手助けをする事に腹をきめました。長いあいだ大曽根のやつと戦って来たわしたちの経験を、お上のお役に立てていただこうと決心したのです。

「それには先ず、広告気球の監視から始めていただきたいと思いますのじゃ。そうして、若し大暗室への出入口を発見することが出来たら、それからどんなふうにして、大曽根のやつを捕えるかという手だてについて、わしはいささか考えを持って居ります。それもやがてお話し申す折が来ることでしょう」

刑事部長は、聞き終わって、長いあいだ黙り込んでいた。こんな突飛な申し出を承諾して、警察の威厳を傷つけるようなことはないかと、それを懸念《けねん》したのだ。

一存では決しかねたのか、「ちょっと」と云って、部屋を出ていったまま、しばらく帰って来なかったが、やがて、一人の背広姿の警察官を従えて、ニコニコしながら戻って来た。

「久留須さん、あなたの申し出でを容《い》れることにしました。この方は捜査第一課の中《なか》村《むら》警部です。これからすぐ、この方があなたと同行して、その広告気球のところへ行くことになりました」

そして、鼠色覆面の怪老人と、中村警部とは、そのまま警視庁を立ち出で、わざわざ通りがかりのタクシーを拾って、世にも不思議な空中捜査へと出発したのであった。

池中の怪物

その夜更けのことである。

警視庁捜査第一課第一係長中村警部は、髑髏の顔を持った老人とただ二人、大空にユラユラと揺れる、まっ暗な袋のようなものの底にうずくまっていた。

大テントのように風をはらんでハタハタと鳴るゴム布の壁には、下界に向かって、小さな窓があいていた。その空からの視野の限り、夜の大東京が、幾千万の星を撒き散らして、キラキラと美しく光っていた。

真下に横たわる大道路、人形町《にんぎょうちょう》と小伝馬町とを結ぶ電車路には、少し前から架空電線のスパークも起こらず、薄暗い車体が、四角な生きもののように走るのも、もう見られなくなっていた。終電車の時刻を過ぎたのである。

しかし、そこには、まだ時々、電車よりも小さい四角な生物《いきもの》の自動車が、前方の地上に三角形の光の縞《しま》を描いて、矢のように行き違っていた。

問題の邸宅簑浦家は、その電車路の小伝馬町寄りに、コンクリートの枠で囲んだ箱庭のように、三尺四方ほどの鳥瞰図《ちょうかんず》となって横たわっている。

中村係長と久留須老人とは、双眼鏡を手にして、十分おきぐらいに交替しながら、気球の小窓から、下界の箱庭を監視しつづけていた。

その箱庭の中には、豆電燈のように見える屋外の常夜燈が三カ所にもついていて、闇夜とはいえ、庭の景色がおぼろげに眺められた。

「もう寝たようですね。建物の窓の明りが、すっかり消えてしまった」

中村警部が、双眼鏡から目を離して、うしろの久留須老人に話しかけた。

「では、いよいよ油断がなりませんよ。何か事が起こるとすれば、これからです」

闇の中とて、髑髏の顔はさだかにも見えぬけれど、むき出した歯並が、薄白く宙に動いたように感じられた。

大空の離れ小島、二人は誰に気がねもなく、普通の声で話しつづけているのだ。

今度は久留須老人が見張りの役であった。彼は警部と場所を変わって、大きなプリズム双眼鏡を目に当てた。

「庭に電燈がついているのは、何よりの仕合わせというものじゃ。少し暗いけれど、じっと見ていると、あの池に浮いている木の葉まで、ハッキリ浮き上がって見えて来る。この双眼鏡はわしの自慢の品ですよ。倍率が大きい上に、視界がすばらしく明るいのです」

「そうですね。僕もこんな明るい双眼鏡は初めてですよ」

「おやッ、中村さん、邸の門前に、荷車が停《とま》りましたよ。大きな木箱が一つ積んである」

「エッ、木箱が？」

「そうです。二人の男がそれをおろして、門の中へ担いで行きます。……おやッ、玄関へは行かないで、庭の方へ廻りましたよ。……池のそばへ歩いて行く。……そして、木箱を池の岸へ置きましたぜ」

「ちょっと私に見せて下さい」

中村警部はたまりかねたように、老人と入れかわって双眼鏡を覗き込んだ。

「フン、あれですね。大きな木箱だ。人間だって充分はいれる。もしかしたら……」

「わかりませんね。あいつは毎日のように、手当たり次第に女を攫っているのじゃから。しかし、あの中に必ず人間がはいっているとは限らぬ。地底の住人たちの食料が、やっぱり同じ方法で運び込まれているということですからね」

「ですが、変だな。二人のやつは木箱を庭のまん中にほうり出したまま、帰ってしまいますぜ。家の人に声をかけた様子もない。ああ、車を挽《ひ》いて歩き出した……」

「中村さん、車の方はともかく、庭の木箱の附近を注意して下さい。わしの想像が間違っていなければ、いよいよこれから面白い事が始まるのです」

久留須老人は、何か異常な出来事を予期しているらしい口ぶりである。

「しかし、木箱が持ち込まれた事は、家の者は誰も知らない様子ですぜ」

「ハハハハハ、家の者なんか知る必要はない。潜望鏡がちゃんと見ているからです。地底の住人には、木箱がどこに置かれたか、手に取るようにわかっているのです」

「なるほど、なるほど。すると、何者かが、地の底から木箱を取りに這い出して来るというわけですね。しかし、いったい、その秘密の出入口というのは、どこにあるのでしょう」

「今にわかります。わしは昼間も云ったように、その場所を想像しています。だが、当たらないかも知れぬ。まあ、よく見ていて下さい」

中村警部は、時とともに怪老人の叡智《えいち》を信頼するようになっていた。この恐ろしい髑髏男の脳髄には、常人の企だて及ばない洞察力が備わっているかのように感じられた。彼は云われるままに、唯々諾々《いいだくだく》として不思議な木箱の監視を怠らなかった。

長いあいだ、双眼鏡の視野には、ただ一個の木箱が、ほの白く押し黙っているばかりで、なんの変化も起こらなかった。しかし、十分、二十分、やがて三十分にもなろうとする頃、何かしら庭の薄闇の中に、物の動く気配が感じられた。

初めのほどは、警部には、何が動いているのかよくわからなかった。ただ、今までの死のような静寂が破られたと云う感じであった。だが、目をこらして見つめているうちに、その動くものの正体が徐々に明瞭になって来た。

「おやッ、久留須さん、変ですぜ。池の水が波立ち始めましたぜ。そのくせまわりの木の葉は少しも動いていやしない。ただ池の表面だけが大風でも吹きつけたように騒いでいるんです」

「おお、池が波立ち始めましたか。ドレ、わしに見せて下さい」

老人は双眼鏡を警部の手から引ったくるようにして、異常の熱心さで覗《のぞ》き込んだ。

「ウウ、動いている、動いている。まるで鯨《くじら》でもはね廻っているようじゃ。ああ、わしの想像が当たりましたよ。大暗室への入口の一つは、この池の中に仕掛けてあったのです」

「エッ、池の中が出入口ですって？」

「そうです。常識を飛び越えた着想です。誰が古池の濁った水の中に、地底への出入口が隠されているなどと想像しましょう。多くの人は、そんなことは物理的に不可能だと考えるでしょう。だが、犯罪の天才は、その不可能を可能にするのです。

「おお、出た、出た。怪物が池の装面へ顔を出しはじめましたぞ。やっぱりわしの考えていた通りじゃ。池の底から鉄の筒がせり出して来るのです。中村さん、ちょっと覗いてごらんなさい。なんという恐ろしい仕掛けを考えついたものでしょう」

中村警部が場所をかわって、覗き手となった。

「なるほど、鉄の箱のようなものが、池のまん中から首を出していますね。ヤ、蓋があきましたぜ。そして……ああ鉄の梯子のようなものが、スルスルと池の岸へ渡されました。鉄の箱の中に何か動いているようです。人間に違いない。だが、なんて妙な頭をしているんだ。まるで潜水夫みたいな扮装《いでたち》ですよ。ああ、そうだ、あれが新聞記事にあった銅の仮面かも知れません。鉄仮面という小説の挿絵にあるのとソックリの怪物です。……その怪物が箱の中から出て来ますよ。一人、二人、三人。三人です。今鉄梯子のような歩き板を渡って、池の岸へ歩いて行くところです」

双眼鏡の視野には、池の全景が一杯にはいっていた。その池の中心に、三尺四方ほどのまっ四角な鉄製の筒がニョッキリと首を出して、そこから岸に渡された鉄梯子の上を、三人の銅仮面、職工服の男が、さいぜんの木箱の方へ急いでいる。

それにしても、大暗室の出入口は、なんという奇抜な、大げさな仕掛けであろう。三尺四方の鉄の筒は地底深くまで、同じ太さでつづいているのに違いない。恐らく瓦斯《ガス》や石油の貯蔵タンクと同じような仕掛けになっていて、動力によって、自在に伸縮する装置なのであろう。なるほど、こういう仕掛けなれば、地底に水の漏れることもなく、まったく人の意表外に出て、池の中を外界との通路とすることも不可能ではない。

「驚きましたね。実にべらぼうなことを考えついたものじゃありませんか。これならいくら探してもわからなかったはずですよ。池の中が出入口だなんて。それにしても、久留須さん、あなたの明察には一言もありません。こんな途方もない仕掛けを、よくも想像なすったものですね」

「いや、それはわしが大曽根という人物をよく知っておるからです。大曽根ならばこんなこともやりかねないと、長年の経験で、大体見当がつくのですよ。あいつは恐ろしく虚栄心の強い空想家ですからね。大暗室などというこけおどしの着想にしてからが、大曽根という半狂人の性格を、そのまま現わしておるのです」

「あ、三人のやつが木箱を運び始めましたよ。……梯子を渡って鉄の箱へ戻って行きます。おや、中にまだ人間がいるようです。やっぱり銅の仮面をつけている。……そいつが下から木箱を受け取っていますぜ。鉄の箱の内側に梯子がかかっているんですね。……もう木箱は見えなくなりました。三人のやつも順々に中へはいって行きます。

……鉄の蓋が閉まりました。そして、だんだん水の中へ沈んで行きます。……まるで潜航艇が沈むようなぐあいですぜ」

やがて、池中の怪物は、双眼鏡の視界からまったく姿を消してしまった。しばらくは、怪異の名残りのように、池水が騒いでいたが、それも徐々に静まると、庭園は元の死のような静寂に返った。あの何気ない池水の中から、怪物の巨大な嘴《くちばし》が現われて、一つの木箱を呑み去ったなどと、誰が想像し得るであろう。

一伍一什《いちぶしじゅう》を見終わった二人は、ゆらめく気球の底、互いの顔も見分けられぬ闇の中に坐ったまま、しばらくは口をきくことも忘れて、今見たばかりの怪しい夢を反芻《はんすう》していた。それはまことに一つの夢であった。犯罪者のこの世のものならぬ幻想と、現代の科学力との結びついた、戦慄すべき夢としか考えられなかった。

「おわかりになりましたかな。大曽根というやつはこうした人物です。じゃから、この魔術師と戦うためには、こちらも思い切った策略を用いなければなりません。

「中村さん、大暗室には百人以上の同類が働いているということです。それなれば、こちらも百人の警官隊を地底の世界へ送らなければなりません。相手に少しも気づかれぬよう、その大部隊をどうして地底に送るかが、われわれのさし当たっての問題です。

「じゃが、今の不思議な光景を見届けたわれわれは、それについて、何かしら思いつくところがあってもよいわけです。敵が魔法使いなれば、こちらも魔法使いになるまでじゃ。

「大曽根は、地底からの出入口が、五カ所にあると云っております。恐らくそれらの出入口はここと同じ仕掛けに違いないのです。警察はそれを捜さなければなりません。そして、手分けをした大部隊が、それらの入口から、一挙に地底の王国へと攻め入らなければなりません。わかりましたかな。中村さん」

中村警部は老人のさも自信ありげな言葉を、直ちに理解することは出来なかったが、闇の大空に不思議な色彩で浮き上がって来る、大闘争の幻影——地上世界と地底王国との、世にも恐るべき戦闘の幻影に、異様な武者ぶるいを禁じ得ないのであった。

悪魔の凱歌

大東京の地底に蜘蛛手の洞窟を穿《うが》って、数十人の美女を虜とし、或いは空飛ぶ天女、或いは水を泳ぐ人魚、岩山を駈けまわる半獣半人、地底の壁を這う美しき守宮などに扮せしめ、みずからは裸身の美女たちの寝台に横たわり、百人に余る屈強の部下を擁して、この世の悪という悪を為さざるはなく、大東京の空を紅蓮の渦巻、邪悪の毒焔をもって蔽い尽くして見せると豪語する、現世の魔王、大曽根竜次青年は、この世に生を享《う》けて二十五年、今こそ悪魔の凱歌を奏したのであった。

都下六大新聞の敏腕記者が、易々と彼の術中におちいり、地底の暗黒王国を、まるでお上《のぼ》りさんのように、おったまげて見物した上、銘々の新聞に、驚くべき魔界見聞記を大袈裟に発表して、何百万の読者をアッと云わせた。しかも、彼らはその地底世界の正確な位置はもちろん、出入口がどこにあるのかさえも、まったく知ることが出来なかったのである。

全国はこの大奇怪事、今の世の奇蹟の報道に沸き返った。人々はほかに話題がないかの如く、脅えきって「大暗室」の噂ばかりを話し合った。警視庁は全能力を挙げて活動を始めた。あるものは軍隊の出動をさえ提案した。

地底魔大曽根の得意思うべしである。いや、彼の得意はそれだけではなかった。六人の新聞記者に約束した、女優花菱ラン子の誘拐すらも、その後数日を出でずして、なんの苦もなくやってのけたのである。

ある夜、地底王国に狂気のような歓声が響き渡った。悪魔のオーケストラは耳も聾する勝利の曲を奏し、洞窟の天井には五色のオーロラがただよい、天女はその中を飛びかい、人魚は池水を波立たせて、オーケストラに合唱した。

その洞窟の一方に、大きな荷箱のようなものを前にして、裸体の美青年大曽根竜次が、凱旋将軍のように何事かを喚《わめ》いていた。

「お父さん。地獄の底にいらっしゃるお父さん。今こそ僕はあなたに誇ることが出来ます。これを見て下さい。僕の勝利を見て下さい。今や僕は地底の国の王者です。いや地底の国ばかりではない、全世界の王者です。僕の欲する事何一つ成らざるはありません。僕の前に不可能はないのです。僕は今こそ、お父さんがあれほどあこがれ、そのためにのみ僕を薫陶《くんとう》して下すった、あの邪悪の全能の神となったのです。悪魔そのものとなったのです。

「聞いて下さい、お父さん。僕はお父さんが亡くなられてから、あなたの悪霊の導きによって、地獄の邪智の働きによって、驚くべき価格の埋蔵金を手に入れることが出来ました。それを軍資金に、僕はお父さんの計画された事業を見事に完成したのです。

「大暗室の坑道は、幾多の目ぼしい大建築物の直下につながれました。僕はスイッチ一つによって、全市を毒焔に包むことが出来るのです。地上の世界は僕に一指を染めることも出来ません。人為《じんい》の大震火災を極度に恐れるからです。ああ、僕は今やこの国の首都を手中に握ったのです。これが王者でなくてなんでしょう。全世界の王者です。世界は、どこにあるとも知れぬ大暗室の主に、全能の力を認めたのです。

「地上のあらゆる財宝も生命も、僕の意のままです。ごらんなさい。現にこの大暗室には二百に近い男女の命がとじこめられているのです。仮面の地底部隊。それから東京じゅうを選りすぐった美女の一団。天女は空に舞っているではありませんか。人魚は池に唄っているではありませんか。

「お父さん、そして僕は今また、僕の後宮《こうきゅう》に一人の女王を加えることが出来たのです。花菱ラン子という歌姫です。全国の若人の憧れの的となっている天下随一の美女です。

「僕はこの女を得るために、思わぬ骨折りをしました。ご存知の有明男爵の一子友之助というものが、正義の旗を真向に振りかざして、死にもの狂いの妨害を試みたからです。しかし、全能の魔王に失敗などがあってなるものですか。僕が一《ひ》とたび思い立った事柄は、如何なる障害があろうとも、必ず実現されなければならぬのです。

「そして僕はついに勝利を得ました。友之助とその一味のものの鼻をあかして、この大暗室の新聞記事が発表されてから十日以内に、必ずラン子を我が物にして見せるという世間への公約を、見事に果たしたのです。

「お父さん。あの美しいラン子はこの箱の中にはいっているのです。僕自身四日のあいだ地底王国を留守にして、あらゆる機智と策略を弄《ろう》し、女に姿を変えてラン子の隠れがの女中に住み込む冒険をさえ敢《あえ》てして、ついに目的を達したのです。有明友之助との闘いに見事勝利をおさめたのです。僕にとっては警察よりも何よりも手ごわい強敵の鼻をあかすことが出来たのです。今こそ僕は世に勝ったのです。喜んで下さいお父さん。僕のこの声が聞こえますか。ああ、お父さんも笑っていらっしゃいますね。僕もおかしいですよ。人生というものが、無性におかしくって仕方がないのですよ」

オーケストラの勝利の曲に和して、大曽根の哄笑が、洞窟の天井に谺して響き渡った。裸身の美青年は、荷箱のまわりを狂えるもののように踊り歩き、地獄の笑いを笑いつづけた。

長いあいだその狂態をつづけた後、やがて、彼は獲物の箱に近よった。そして、釘づけになっているその蓋を、人手を借りず、みずからこじ開けて、中を覗き込んだ。

箱の中にはパジャマ姿のラン子が、後手に縛られ、猿ぐつわをはめられて、丸くなっていた。乱れた髪の下に、青ざめた美しい顔。気を失っているのか、長い睫毛《まつげ》の両の目が、眠ったように閉じている。

「おお、可哀そうに。ラン子さん、さア目を覚ますのだ。今日から君は、この大暗室の女王様なんだよ」

大曽根はギリシャ彫刻でも見るように、よく発達した美しい筋肉の上半身をかがめて箱の中から、軽々とラン子の身体を抱きあげ、床に敷いてある熊の毛皮の上に横たえた。

「ああ、気がついたようだね、ラン子さん」

ラン子はパッチリ目を見開いた。そして、さもいぶかしげに、あたりの異様な有様を眺めていたが、上から覗き込んでいる裸身の美青年の顔に気づくと、アッと小さな叫び声をたてて、逃げ出そうとでもするように身をもがいた。

「ハハハハハ、逃げようとしても逃げ出せるような場所ではないよ。よくごらん、ここは地の底の穴蔵なんだ。君は今日から、ここの女王様になるわけさ。むろん異存はないだろうね。若《も》し女王様になるのが厭《いや》だといえば、ほら、新聞を読んで知っているだろう。あの恐ろしい責め道具にかけられるんだぜ。車責め、水責め、針の山、人斬りの振子、なんでもお望み次第だ。君のその美しい身体が、まっ赤な網の目のように血みどろになるんだぜ」

悪魔の毒々しい威嚇《いかく》に、ラン子は一《ひ》とたまりもなく震え上がり、生きた心地もなく、その場にうずくまってしまった。

「ハハハハハ、何もそんなに怖がることはない。異存さえなければ、それでいいんだ。

僕は君をひどい目にあわせるために、ここへ連れて来たのじゃない。それどころか、君が、夢にも考えなかったほど、愛して上げようというのだぜ。地獄の愛情というものが、どんなものだか見せて上げようというのだぜ。

「さア、そうきまったら、先《ま》ず服装を変えなくっちゃいけない。そんな恰好のわるい地上の着物なんか脱ぎ捨てて、この国の優美な衣裳をつけなくちゃいけない」

大曽根は、そう云いながらラン子を抱きすくめるようにして、そのパジャマを脱《ぬ》がせ始めた。むろんラン子は無駄と知りながら、抵抗しないではいられなかった。しかし、かよわい少女の力にこれがどう防げよう。たちまち、そこには、熊の毛皮の敷物の上に、抜けるように白く艶めかしき肉塊《にくかい》が、なよなよと、さも恥かしげに身をくねらせて横たわったのである。

逞しき人魚

それから一時間ほど後、地底の大洞窟、人魚の池の水ぎわに、一匹の艶めかしき人魚を小脇に抱えた裸形の美青年が立ちはだかっていた。大曽根竜次が、大暗室の女王花菱ラン子の下半身に、皮製の人魚の衣裳を着せて、今池の中へ投げ入れようとしているのだ。

「ラン子さん、君は夢の国の人魚と化したのだ。そしてこの池の中で、美しいオーロラの光の下で、五色の水を掻き分けて、泳ぎたわむれるのだ。あの音《ね》にあわせて、日頃君が舞台でしていたように、美しい歌を歌うのだ。

「ラン子さん、何もそんなにおどおどすることはありやしない。池の水は浅いのだよ。泳ぎを知らなくても溺れるようなことはない。それに、この水は温泉のように温かいのだよ。さア可愛い人魚さん、君はもう俗界の人間の掟を捨てて、人魚の掟に従わなくてはいけない。この池の中でピチピチとはねまわったり、歌ったりするのだ。それが人魚の生活なのだ。

「だが、君は独りぼっちじゃないのだよ。沢山のお友達がいる。君には及びもつかないが、やっぱり美しくて若々しい女の人魚たちが、君の仲間入りを待っているのだよ」

大曽根はそう云って、異様な調子で、するどい口笛を吹き鳴らした。

それが、合図であったのか、間もなく、池水が乱れはじめ、彼方の闇の中から、幾つかの白い顔が、口々に歌いながら、水面をただようように近づいて来た。

「お前たちに、今日から仲間が一人ふえるのだ。だが、この人をお前たちの同輩だと勘違いしてはいけないよ。これは地底の国の女王様なのだ。お前たちが傅《かしず》かなければならぬ貴いお后《きさき》さまなのだ」

それを聞くと、池の中の人魚どもは、歌をやめて、あっけにとられたように、大曽根に抱かれている世にも美しい人魚を見つめるのであった。

「さア、ラン子さん、あの人魚たちの、仲間入りをするんだ。みんな優しい顔をしているだろう。今日からあの人魚たちが君の侍女《じじょ》を勤めるんだよ。ちっとも遠慮なんかすることはない。お后さまらしく鷹揚《おうよう》に振舞うがいい」

大曽根は何かとラン子を勇気づけながら、彼女を水面におろそうと身をかがめたが、すると突然奇妙なことが起こった。身をかがめたまま、彼は化石したかのように、動かなくなってしまったのだ。

大曽根のするどい両眼は、異様な光を放って、水面の一点を凝視していた。彼の美しい顔は、何かしら有り得べからざるものを見たかの如き、深い驚きに強直していた。小脇に抱えたラン子の事さえ忘れたのか、いつしか腕の力も抜けて、可哀そうな人魚は、水ぎわの黒い岩の上にくずおれていた。

水面にどのような異常が起こったのであろう。そこには幾つかの人魚の顔が、彼らの裸の王様を見上げて浮かんでいるばかりではないか。だが、その中にただ一つ、見慣れぬ顔があった。大曽根の鋭い視線は、その見慣れぬ顔に、焼きつくように注がれているのだ。

それは他の人魚どもと同じように美しい顔であった。しかし、なんとなく異様な美しさなのだ。肩まで垂れた黒髪は女性のものであったけれど、その力強い頰の線、引き締まった口元、高い鼻、濃い眉、鋭い目。これが女の顔であろうか。たとい女としても、こんな男性的な顔は、大曽根の好みではなかった。したがって誘拐した覚えもないのだ。

いや、そればかりではない。その不思議な顔には何処かしら見覚えがあったのだ。今にも思い出しそうでいて、なぜか思い出せぬ。「ああ、あいつだ、あいつにきまっている」。そう考えながら、しかし、その名がはっきりとは浮かんで来ないのだ。まるで幽霊にでも出くわしたような、なんともいえぬ不気味さに、さすがの大曽根も心の底が冷たくなるのを感じた。

相手の方でも、水面に顔だけを浮かべて、じっとこちらを見つめている。意味ありげに見つめている。その頰の筋肉がかすかに痙攣して見えるのは、笑いを嚙み殺しているのではあるまいか。もしそうだとすれば……。大曽根はギョッとして、更にするどくその異様な顔を凝視した。

「お前はいったい誰だ。どこから来たのだ。お前の持ち場はほかにあるんじゃないのか」

　呼びかけて訊ねても、相手は答えなかった。答えるかわりに、唇が少しゆがんで、そのあいだから白い歯並が現われ、ニヤリと薄気味わるく微笑した。

「オイ、聞こえないのか。なぜ笑うのだ。返事をしろ。でないと……」

　大曽根が威嚇《いかく》するように今にも池に飛び込む姿勢を示しても、相手は少しも驚かなかった。そして、押し殺しても押し殺しても、込み上げて来るおかしさに、ついに我慢が出来なくなったのか、「フフフフフ」と声を立てて笑い始めた。

「フフフフ、大曽根君、久しぶりだったね。君はこの顔を見忘れたのかい。ほら、よく見たまえ、僕だよ、僕だよ」

　その馴れ馴れしい口調に、大曽根はゾッと身震いした。有り得べからざる事が起こったのだ。「それともこれは夢かしら。俺は気でも違ったのかしら」。そう考えると、いよいよ恐ろしさに身もすくむ思いであった。

「フフフフ、まだわからないかね。そうじゃない。君はわかっているのだ。ただわかったと考えるのが恐ろしいのだ。ね、そうだろう」

　大曽根は見えぬ手に突かれでもしたように、フラフラと二、三歩うしろにさがった。そして、気違いのような目で相手を見つめながら、思わずその名を口にした。

「有明友之助……」

「そうだ。有明だよ。君の仇敵の有明が、いつの間にか人魚たちの仲間入りをしていたというわけさ」

ほがらかに云いながら、その人物は、サッと水煙《みずけむり》を上げて、水中に立ち上がった。彼は人魚の扮装をしていたのではなかった。ただ女の鬘をかぶって、全身を水中に沈め、一見それと見分けられぬ用心をしていたに過ぎなかった。立ち上がった姿は猿股《さるまた》一つの裸身である。

「ハハハハハ、大曽根君、この意味がわかるかね。僕は大江山の酒呑童子《しゅてんどうじ》を退治にやって来たのだぜ」

有明友之助は笑いながら、ジャブジャブと水中を歩いて、岸に登り、大曽根の目の前に立ちはだかった。いずれ劣らぬ二人の美青年は、逞しい筋肉をあらわにして二基のギリシャ彫刻の如く、拳を握り足を踏みしめて対峙した。最初はお台場の草原の上、二度目は鳥居峠の断崖の上、三度目は隅田川の闇の水中、そして四度目はこの地底の洞窟の池の水ぎわ。仇敵はかくして四たび相会したのである。

「フフフフフ、こいつはいささか不意を打たれたねえ。だが、思いがけぬ珍客だ。一つおもてなしをしなけりゃなるまいね。待ちたまえ。今僕の侍従武官を呼ぶから」

大曽根はやっと日頃の負けぬ気を取り戻して、毒々しい冗談を云いながら、またしても異様な調子で鋭く口笛を吹いた。云うまでもなく、部下の者を呼び寄せるためである。

すると口笛が洞窟に谺して、遠く消えて行く闇の彼方から、足枷の鎖の音もかしましく、数十人の銅仮面の男が、隊伍《たいご》を作って急ぎ足に近づいて来た。

「有明君、お気の毒だが、君は一人、僕の方にはこれだけの味方がある。これでは勝負にならないじゃないか。君はまるで、ここへ命を捨てに来たようなものだぜ。ハハハハハ」

多勢の味方の姿を見て、大曽根は勝ち誇ったように笑い出した。毒々しく笑いながら、一人ぼっちの相手を揶揄《やゆ》しようとした。だが、友之助は少しもひるまなかった。ひるむどころか、不思議にも彼の口調はいよいよ快活になって行くのだ。

「ところが僕は一人ぼっちじゃないのだよ。この美しい人魚たちは皆僕の味方だ。そうでなければ、僕は池の中に隠れているわけにはいかなかったはずだよ。いや、そればかりじゃない。僕にはもっと有力な味方がついている。五十人の正義の騎士だ」

「フフフフフ、五十人だって？　僕の部下が、そんな多勢の敵を大暗室へ立ち入らせるような間抜けだとでもいうのかね。空威張《からいば》りはいい加減にするがいい。オイッ。君たち、こいつをふん縛るんだ。身動きが出来ないようにしておいて、問答はそれからでも遅くはない」

大曽根はサッと右手を上げて、銅仮面の一団に合図をした。しかし、これはどうしたというのであろう。彼の部下は、まるで聾《ちょ》にでもなったように、少しも彼の合図に応じようとはしないのだ。隊伍を整えて佇立《ちょりつ》したまま、異様に押しだまって、身動きさえしないのだ。

「オイ、どうしたんだ。こいつを縛れといっているじゃないか。何を愚図愚図《ぐずぐず》しているんだ」

大曽根は堪《たま》りかねて、いきなり岩の上から駈け降りると、先頭に立つ銅仮面に近寄り、その肩を烈しく突いた。突かれた男は、よろよろとよろめいたが、よろめきながら、彼は笑い出した。気でも違ったのか、首領の前に恐れげもなく、腹をかかえて笑い出したのである。その笑い声が銅仮面にこもって一種異様の不気味な音を立てるのだ。

大曽根はそれを聞くと、何かしらえたいの知れぬものにぶッつかったような表情で、その場に立ちすくんでしまった。これはいったいどうしたというのだ⁉　何事が起こったというのだ⁉

火星の運河

大曽根が思いもかけぬ部下の反抗的態度に、憤激の拳を握って、再びその肩を打とうとした時、奇怪な笑い声を立てた人物は、突如、一歩身をすさって、いきなりその銅仮面を脱ぎ捨てた。

特殊の鍵がなくては、頸からはずすことの出来ない仮面を、事もなげに抜き取ったさえあるに、しかもその下から現われた顔は……、おおこんなものを顔と称することが出来るのであろうか。瞼というもののまったく無い、巨大な二つの眼球、落ち窪んで洞穴のように見える鼻、唇が溶け去って、耳までも裂けた物恐ろしい歯並。どう見ても骸骨である。眼球だけが溶け残った髑髏である。

大曽根は一目《ひとめ》その顔ならぬ顔を見ると、愕然《がくぜん》として色を失い、タジタジとあとじさりした。むろんこんな怪物が地底王国にいたはずはないのだが、しかし、彼は決して初対面ではなかった。思い出すにも及ばぬほど、ハッキリと心の底に焼きついている、かつて、レビュー劇場の楽屋で彼の正体を見破った、あの恐ろしい怪物なのだ。

「ワハハハハハ、まさか銅仮面の中に、こんな顔が隠れていようとは、思いも及ばなかったじゃろう。大曽根、わしだよ。久留須左門だよ。しばらくだったなあ。

「ところで君に引き合わせる人がある。この方を君は知っているか。新聞の写真でおなじみの方じゃ」

髑髏老人の言葉に応じて、その隣に立っていた人物が、手早く仮面を脱いで素顔を見せた。口髭のある苦味《にがみ》走った中年の男だ。

「警視庁捜査第一課、第一係長の中村警部をご紹介する。これからお世話になるお方じゃ、よくお見知りしておくがよい」

大曽根は追いつめられた獣物のように、血走った目で、キョヨキョロとあたりを見廻した。余りの不意打ちに、さすがの悪魔もなすところを知らぬものの如くであった。

「それから次に居られる二人の方は、紹介するにも及ぶまい。君がここの牢屋へ押し込めていた辻堂老人と星野さんじゃ」

二人の人物が銅仮面をぬいだ。痩せ細って髭だらけの青ざめた顔に、両眼だけが恨みに燃えて光っている。

大曽根はその視線に会うと、両手で目の前の空間を払いのけるような恰好をしながら、またよろよろとあとじさりをした。ああ、牢獄にとじこめておいたこの二人さえ、自由の身になっていたのか。いつの間に？　何者が？　大曽根の部下たちは、それを阻止《そし》する力もなかったのであろうか。

「みなさん、仮面を脱いで下さい。そして、こいつに顔を見せてやって下さい」

髑髏老人の言葉に、残る一団の人々が一斉に仮面を脱ぎ捨てた。大曽根は篝火の薄暗い光の中で、キョロキョロとそれらの顔を見廻したが、その中には一人として彼の部下は見当たらず、どれもこれも見知らぬ人物ばかりであった。

「この中の三十人が警視庁の警官方じゃ。二十人が有明友之助の率いる降魔《ごうま》の軍隊じゃ。このほかに、洞窟の五カ所の出入口には、総勢百人に近い警官隊が見張りをしておられる。つまり貴様の大暗室は、蟻《あり》の這い出る隙間もないほど、完全に包囲されたのじゃ」

老人は云い終わって、苦悶する大曽根の姿をじっと眺めた。たっぷり一分間、洞窟の中に死のような沈黙があった。誰も身動きさえしなかった。オーケストラの演奏もハタと鳴りを静め、天女は空翔《そらか》けることをやめ、人魚は水中に動かなかった。

「俺にはわからない。いったいどこに手抜かりがあったのだ。どうしてこんなことが起こったのだ」

やがて、裸身の悪魔はたまりかねたように、両手の指で頭髪を掻きむしりながら、身もだえをして叫ぶのであった。

「ワハハハハハ、魔法使いが魔法にかかったのじゃ。この世に貴様の智恵に勝る智恵がないなどと思い上がっていたのが、運の尽きというものだ。

「貴様は数日以前、市内の五カ所に、妙な広告風船が上がっていたのを知るまい。わしたちは、その風船の中から、貴様の子供だましのトリックを見破ったのだ。この洞窟への出入口を発見したのだ。

「そして、わしたちは貴様がここから這い出すのを待っていた。貴様はラン子の誘拐で夢中になっているのだから、きっと這い出して来るに違いないと、見とおしをつけたのだ。もし這い出して来たならば、一日も永く地上の世界に引きつけておくような策略をさえ講じた。そのために、わしたちは転々とラン子の隠れ家を変えて、貴様を奔命《ほんめい》に疲れさせ、その虚《きょ》に乗じて魔法を使ったのじゃ。

「貴様はラン子誘拐のために、まる四日間この洞窟を留守にした。そのあいだに大がかりな人間の入れ替えが行われたのだ。……その次第は若様、あなたからお話し下さいませんでしょうか」

老人は池の水ぎわの友之助に向かって、うやうやしく一礼した。

「よろしい。僕がそのあとを話して上げよう」

その声に大曽根が思わず振り向くと、友之助は両腕に、二匹の美しい人魚の肩を抱きながら、岩の上に腰かけていた。一匹の人魚は花菱ラン子、そして今一匹の人魚は、星野真弓であった。

ああ、星野真弓。読者はこの名を記憶されるであろうか。有明友之助の可憐なる恋人、後に悪魔に魅入《みい》られて、身の毛もよだつ人斬り振子の拷問にあい、地底の陥穴《おとしあな》の底深くおちていったあの美しい少女なのだ。彼女は陥穴から引き上げられ、更に数知れぬ責苦に遭ったが、雄々しくも純潔《じゅんけつ》を守り通し、ついに大曽根を根負《こんま》けさせて、つい近頃、人魚の群れに加えられ、真珠の涙をこぼしながら、悲しい歌を歌いつづけていたのであった。

友之助は、地底世界に潜入すると、何かに導かれるように、この池に辿りついて、そこに泳ぐ懐かしの恋人を発見した。地上の美青年と、魔の国の人魚とが、涙を流して相抱き合う風情《ふぜい》が、どのように美しく悲しかったことであろう。事情を聞き知った仲間の人魚たちは、たちまちその純情にほだされて、彼女らの恐ろしい王様に背《そむ》き、友之助の味方になることを、命にかえて誓い合ったほどである。

二匹の美しい人魚が、友之助に抱かれている有様を見ると、大曽根は顔を紫色にして、拳を握りしめたが、今はそれよりも重大なことがある。先《ま》ず友之助の語るところを聞いて、信じがたい謎を解き、この危機を脱する手段を考えなければならぬ。彼は憤怒を奥歯に嚙みしめて、じっとその場に立ちつくした。

友之助は語り始める。

「大曽根君、僕たちは手品を使ったのだ。しかもごく簡単な手品なのだ。先ずここへの出入口を発見し、君が留守になるのを待った。それでもう僕らの計画はほとんど成就したも同然だったのだよ。

「ある夜、食料品を詰めた幾つかの荷箱が、君の部下の手によってこの洞窟に運び入れられた。その荷箱の一つが途中ですり替えてあったのだよ。その中には、食料品ではなくて僕がはいっていたのさ。荷箱が洞窟の貯蔵室に運ばれるのを待って、僕が箱の中から忍び出し、先ず第一に五カ所にある潜望鏡の監視哨を味方に引き入れた。あの連中は悪人だけにわかりが早く、首領と一緒に爆死するよりは、僕から一と身代を貰う方を選んだのだ。

「こうして僕は大暗室の目を奪うことに成功した。あの潜望鏡さえ役に立たなくなれば、あとはなんの造作もない。食料品の荷箱を運び入れる度ごとに、池の中のチューブからノコノコ地上へ出て来た銅仮面を片っぱしから引っとらえ、その服装と仮面を奪って、味方のものが君の部下に化け、何食わぬ顔で、荷物を運びながら、洞窟の中へ戻って行きさえすればよかったのだ。

「君の留守の四日のあいだに、五つの出入口から、三人四人ずつ警察官や僕の部下が、大暗室へまぎれ込んだ。そして、一方君の部下のうち、道理のわかる連中には、事情をうちあけて警察の手助けをすることを勧め、味方の人数をふやしながら、一方五カ所の出入口からは、ほかの連中に覚《さと》られぬよう、続々と警官隊を引き入れ、味方になった君の部下の仮面と服装を借りて、たちまち五十人の降魔の軍隊が出来上がったのだ。

「ここに僕の味方の銅仮面が五十人いるからには、君の部下がその人数だけ背き去った勘定《かんじょう》になる。残るところは半数の五十人余りだ。それらの連中は、感心にも君に背くことを躊躇していたので、策略を用いて、君の造ったあの地底の牢獄へ押し込めてしまった。

「つまり、この大暗室には、もはや君の味方は一人として残っていないのだ。われわれの手で完全に占拠してしまったのだ。あのオーケストラの楽師たちも例外ではない。もともと大した悪心のある連中ではないのだが、易々と僕の説得に応じて、何喰わぬ顔で、われわれの計画を助けてくれたのだ。

「大曽根君、僕はこうして真弓さんを君の手から奪い返し、真弓さんのお父さんと、辻堂老人と、それからラン子さんを救うことが出来た。僕の目的の半ばは達したのだ。

「最初の考えでは、僕は直接この手で、思うさま残酷な方法によって、一寸だめし五分だめしに、君の命を奪ってやるつもりだった。そうしなければ、僕の父と母の深い妄執《もうしゅう》をはらすことは出来ないと信じたのだ。

「だが、君は幸運児だ。僕と君と、ただ二人で一騎討ちの勝負を決するには、君の陰謀が余りに大きかった。いかに父母の仇を討つためとはいえ、僕一箇の私事によって、帝都の災害を無視することは出来ない。僕は涙を呑んで、警視庁の指導と助力を仰ぐことにしたのだ。

「大曽根君、これが君のいわゆる『大暗室』の滅亡の顚末《てんまつ》だ。悪魔の邪智は如何に優れていようとも、結局正義の智恵に打ち負かされる、天の摂理《せつり》を悟るがいい。そして、未練なく罪の裁きを受けるがいい。君も暗黒世界の王者とまで謳《うた》われた人物だ。最期を潔くしてくれたまえ。今はただ君のために、それを祈るばかりだ」

友之助は語り終わって、静かに仇敵を眺めた。私闘を諦めた彼の目には、もはやいささかの敵意もなく、悪魔の最期を弔《とむら》う一抹《いちまつ》の悲しみの色さえただよっていた。

だが、生得《しょうとく》の極悪人大曽根は、この友之助の忠告を耳にもかけず、群がる敵勢を睨めまわしながら、半狂乱の体《てい》で哄笑した。

「ワハハハ、こいつは面白い。一人と五十人か。敵にとって不足はないね。で、俺が貴様たちに降参しないと云ったら、どうするのだ」

彼は叫びさま、突然洞窟の一方の隅へ走り出した。そこには例の大配電盤が据えつけてあるのだ。彼は砲弾のように走りついて、恐ろしい勢いでその大スイッチを入れた。だが、むろん爆発など起こりはしなかった。血迷った悪魔は、友之助がこの重大な装置をそのままにしておいたとでも想像したのであろうか。

「大曽根君、つまらぬ悪あがきは止したまえ。爆発が防ぎたいからこそ、僕はあれほどの譲歩をしたのだ。何よりも先にその配電盤の電線を切断しないはずがないじゃないか。念のために云っておくが、坑道の各所にある爆発装置も残りなく取り除いてしまった。電線を切ったばかりじゃない。爆薬は水びたしになって、まったくその威力を失ってしまったのだ」

最後の頼みの綱も切れ果てて、悪魔はいよいよ狂乱した。彼は頭髪を逆立て、全身を憤怒の瘤《こぶ》だらけにして、ゲラゲラと笑いながら、大洞窟を走りまわった。

「ワハハハハ、この俺を捕まえるんだって？　捕まえられるものなら、捕まえてみるがいい。俺が軽業師であったことを忘れたのか」

彼はわめきながら、いきなり猿のように洞窟の岩肌を這い登り始めた。

「俺の味方はないのか。女どもは俺のあれほどの愛撫《あいぶ》を忘れたか。俺と生死を共にする者はついて来い」

呼び立てる声に、不思議や数人の美女が、或いは天女の翼をかなぐり捨て、人魚の鱗を脱ぎ捨てて、ほとんど全裸の姿で、狂気の如く彼のあとを追って岩肌をよじ登るのが眺められた。彼女らは王様の愛情が忘れられず、けなげにも殉死《じゅんし》を思い立ったものであろう。

人々がアレヨアレヨと見上げるうちに、全裸の美青年と六人の裸女とは、艶めかしいけだものののように、死にもの狂いに、もがきにもがいて、見る見る、数十尺の岩壁によじ登り、そこにある大きな窪み、壁龕《へきがん》のような場所に辿りついた。

「アッ、あいつは自殺するつもりだ」

誰かが頓狂《とんきょう》な声で叫んだ。続いてワーッという人々のどよめき。如何にも、壁龕中の大曽根の右手には、キラキラ光る短剣が握られていた。

「下界の諸君、諸君は仕合せ者だ。今こそ君たちは悪魔の国の心髄《しんずい》に触れることが出来るのだ。邪悪の美がどのようなものであるかを覚ることが出来るのだ。

「諸君、大暗室の最後を飾る俺の創作を見物してくれ。血と命で描く俺の一世一代の美術だ。ああ、それには伴奏がなくてはいけない。オーケストラ！　君たちの首領の最後の願いだ。悪魔の曲を演奏してくれ。さア始めるのだ！」

壁龕の中央、六人の裸女を左右に従えて、全裸の美青年は大の字に立ち上がり、声を限りに叫んでいた。

下界の人々は、悪魔の異様な振舞いに、とるべき処置も咄嗟には浮かばず、声を呑んで茫然と高い壁龕を見上げるばかりだ。その壁龕の反対がわ、地上十数尺の岩肌に穿《うが》たれた小窓の向こうから、オーケストラの楽師の顔が、指図を待つもののように、下界を見おろしていた。

ああ、楽師たちは、悪人ながら首領の最期を飾るために、悪魔の曲の演奏を希望しているのに違いない。友之助はそれと気づくと、右手を高く上げて、演奏せよとの合図をした。

「これでいいのだ。悪魔は悪魔らしく、大暗室の最後の舞台を彩《いろど》るがいい。これでいいのだ。これでいいのだ」

友之助は久留須老人と顔を見合わせて、黯然《あんぜん》と目をしばだたいた。

やがて、物狂わしき悪魔の曲は奏せられ、同時に幻燈器械は、最上の能力を発揮して、五彩まばゆき大オーロラを映し始めた。

そのオーロラの下《もと》、狂乱の楽の音《ね》につれて、世にも奇怪なる殺人が行われていた。大曽根の振りおろす短剣の一閃《いっせん》ごとに、六人の裸女は、或いは喉から、或いは肩から、或いは豊かな乳房から、美しい鮮血を流して、次々と壁龕の中に倒れ、折り重なって行った。

美青年アドニスは、血にまみれた美女の褥《しとね》にまたがって、今こそ見よと高らかに叫びながら、短剣を揮って、彼自身の純白の皮膚を、縦横無尽に傷つけるのであった。

雪のように白い肌に、見る見る鮮血の河が、縦横に交錯し、全身真紅の網の目に蔽われて行く。その白地に紅《べに》の裸身が、壁龕の黒い岩肌に、妖しい蛇の目のようにギラギラと浮き上がって見えた。

「ワハハハハハ」

そして、彼は狂気のように笑い出したのだ。紅《あけ》に染まった裸身を、苦悶にくねらせ、断末魔の見るも無残な舞踊を踊りながら、ゲラゲラと止めどもなく笑い出したのだ。

悪魔の哄笑は、オーケストラの音も消えよとばかり、洞窟の空に轟き渡った。笑う唇から、タラタラと鮮血があふれ、白い顎から喉へと、滝のように流れ落ちるのが眺められた。

「火星の運河！」

友之助はこの比類なき邪悪の美と激情を見つめながら、身震いして呟いた。雪白の裸身を蔽い尽くした真紅の網の目は、なぜともなく、望遠鏡の視野の中の火星の表面を連想せしめた。あの銀白の巨大な星の表面に、縦横に交錯する神秘と恐怖の大運河を、思い浮かべないではいられなかった。

悪魔の踊りは、しかし、やがて終局に近づいていた。彼が躍り狂うにつれて、刻々に流れ出す血潮は、もう網の目ではなくて、全身をただ一色の紅に彩ってしまった。赤き死の舞踏である。

気違い踊りの足元が、いつしかヨロヨロと狂いはじめた。両手のまっ赤な指が空《くう》を摑んで、膝の関節がガクンガクンとくずおれた。倒れては立ち、倒れては又立ち上がりするうちに、その速度がだんだん鈍って行き、悪魔はついに折り重なった美女の肉塊の上に、グッタリと倒れ伏したまま動かなくなってしまった。

今や広い洞窟は死のような沈黙にとざされていた。人々は石のように身動きもせず、壁龕を見上げたまま、溜息《ためいき》をさえはばかるものの如く黙り返っていた。もう悪魔の曲の奏楽も聞こえては来なかった。

だが、おお悪魔はまだ死に絶えてはいなかったのだ。彼はその墓のような静止と沈黙の中で、倒れたままソロソロと鎌首《かまくび》をもたげた。そして、血まみれの顔を人々に向けて、ゾッとするような声なき笑いを笑いはじめた。

飛び出すかと見開かれた野獣の両眼、三日月型にキューッと引き吊った血まみれの唇。そのあいだからニヤニヤと現われて来る牙のような白歯。そのなんとも形容の出来ない不気味な表情が、見る見る、大きく大きく拡がって行って、やがて、人々の全視野を蔽いつくしてしまったのである。

（『キング』昭和十一年十二月号より十三年六月号まで）

注1　家扶
　華族の家で事務や会計を担当した人。執事。
注2　百万円
　現在の数十億円。
注3　逓信省
　かつてあった官庁。交通・通信・電気のほか、航空行政も管轄した。
注4　空の宮様
　山階宮武彦王のこと。皇族で海軍航空隊に所属した。
注5　千両
　現在の百万円以上。
注6　千万両
　現在の百億円以上。
注7　三千円
　現在の数百万円。
注8　千万円
　現在の百億円以上。
注9　一万両
　現在の一千万円以上。

注10　二十万
　現在の数億円。
注11　ファンシイ・ボール
　仮装舞踏会。
注12　千両
　現在の百万円以上。
注13　大江山
　京都府北西部の山。源頼光の酒呑童子退治など、鬼の伝説がある。
注14　五千万円
　現在の五百億円以上。

『大暗室』解説

落合教幸

この物語は大海に浮かぶ小舟から始まる。有明男爵とその親友大曽根、男爵に仕える久留須の三名が漂流していた。帰還した大曽根は亡き男爵の妻と財産を手に入れるが、かろうじて生き残った久留須によってその正体を暴かれる。そして二十年の時が流れ、有明男爵と大曽根、それぞれの息子の対決が描かれていく。

乱歩の「大暗室」は、大日本雄弁会講談社の雑誌『キング』に、昭和十一（一九三六）年十二月から昭和十三（一九三八）年六月まで連載された。乱歩の長篇では後半に属する作品である。

乱歩の長篇作品は、大正十五（一九二六）年の「闇に蠢く」「湖畔亭事件」などに始まる。やや短い「パノラマ島奇談」をのぞくと、同年末からの「一寸法師」も含めこの時期の長篇作品はほとんどが成功したとはいえないもので、乱歩は休筆に入る。

復帰した乱歩は昭和四（一九二九）年の「孤島の鬼」、そして講談社の雑誌に連載の「蜘蛛男」で、娯楽的な読み物としての長篇を書いていくことになる。

乱歩にとっては、こうした長篇を書くことは不本意な面もあったが、一方で適性を示し、多くの読者を獲得することになった。

必ずしも乱歩の意図どおりに書けたわけではないが、乱歩の長篇はその掲載誌の性質もある程度意識して書かれている。

講談社の『キング』はそのなかでも、かなり陽性の、冒険活劇的な物語を発表する場となったといえる。その頃、『キング』は百万を超える部数を誇る、一大メディアだった。乱歩が初めて『キング』に連載したのは、昭和五（一九三〇）年から昭和六（一九三一）年、「黄金仮面」である。これは、黄金のマスクを着けた怪盗と、明智小五郎との、財宝をめぐる対決を描いた作品である。老若男女に読まれることを考慮し、変態心理などは持ち出さず、明るいものを心掛けたと乱歩は書いている。

続けて中篇「鬼」を書いてしばらく休んだ後、昭和八年の末から「妖虫」を連載する。「妖虫」には明智小五郎ではなく、探偵として三笠竜介《みかさりゅうすけ》が登場する。赤いサソリを紋章とした犯罪者との闘いが描かれる。この時期乱歩は『新青年』の連載「悪霊」で行き詰まりながら、こちらの連載はなんとか続けていった。

雑誌『キング』、「大暗室」連載予告（『貼雑年譜』より）

日本探偵小説界にとって、昭和十（一九三五）年前後は大正末に続く第二の隆盛期であった。しかしこの時期乱歩は自らの望む探偵小説を書くことができず、苦しんだ時期だった。

乱歩は全集や傑作選の仕事に携わり、評論に活路を見出していく。昭和十年は乱歩にとって内外の探偵小説を再吸収する時期でもあった。こうした作業は乱歩の探偵小説観に影響していることは確かである。

昭和十一年は、「怪人二十面相」で少年物の執筆に乗り出した年でもある。連載した『少年倶楽部』もまた、他の多くの作品を連載している講談社の雑誌であったから、出版社の方針に沿うことは難しくなかったはずだが、子供に向けた表現などには工夫は必要だった。

同じ年に連載していたのは『講談倶楽部』での「緑衣の鬼」である。これはイーデン・フィルポッツの「赤毛のレドメイン家」を下敷きにしたもので、これもまた、ある種の挑戦といえるだろう。

「大暗室」はこの昭和十一年の末から昭和十三年の六月にかけて『キング』に連載された。乱歩の小説で最も長い連載となった。

同時期に並行して執筆されたのは、先に述べた「緑衣の鬼」に続いて『講談倶楽部』

での連載「幽霊塔」と、「怪人二十面相」に続く『少年倶楽部』連載の「少年探偵団」である。「幽霊塔」は黒岩涙香《くろいわるいこう》が書いた同じ題名の「幽霊塔」を、乱歩なりに書き直したものである。

他に、「黒蜥蜴」を書いてから少し空いて、新潮社の『日の出』に連載した「悪魔の紋章」も昭和十二（一九三七）年の後半に始まっている。

この時期、日本は日中戦争へと入っていき、出版界でも制約が多くなっていく。探偵小説への風当たりは強くなり、表現にも配慮が必要になっていった。

乱歩は「大暗室」を「講談社での人気作家時代最後の作品」「多くの人に読まれた最後の作品だったといってよい」と回顧している（桃源社『江戸川乱歩全集 第十二巻』あとがき）。そして「涙香の『巌窟王』にルパンの手法をまぜたようなもの」が狙いだったとも書いている。そうした意味では、他の長篇小説と大きな差はなく始められたということになる。

また同じあとがきで、少年時代に読んだ江《え》見《み》水蔭《すいいん》の地底探検小説の影響にも触れている。乱歩は若い時に書いた『奇譚』という手製本で、押川春浪《おしかわしゅんろう》、江見水蔭、桜《さくら》井《い》鷗村《おうそん》という明治期の冒険小説作家を最初に取り上げている。『奇譚』のなかで乱歩は、春浪と水蔭を比較してその性質を浮かび上がらせる。水蔭は文壇の作家として名をなした

新潮社「江戸川乱歩選集」、『大暗室』広告　　　（『貼雑年譜』より）

が、一方で考古学にも興味を持ち、のちに雑誌『探検世界』の主筆となるなど、探検小説の書き手としても活躍した。乱歩は春浪のプロットを認め、水蔭については「局部の挿話に富み」、その文体も評価した。乱歩は水蔭の作品のなかで最初に親しんだものとして「少年探検隊」を挙げ、水蔭作品中第一を「探検女王」としている(これら江見水蔭の著作は、国立国会図書館デジタルコレクションでインターネット公開されている)。その他、『奇譚』では水蔭の小説計八点の内容を紹介し、二十作品のタイトルを記している。こうしたことからも、乱歩が水蔭の探検小説を愛読した様子がうかがえる。少年物を書き始めた乱歩は、こうした自分の読書経験に立ち戻っていたと考えられる。

また、章のタイトルにもなっているように、着想にはポーの「陥穽と振子」も利用されている。乱歩はしばしば、ポーの小説に登場する仕掛けを使用する。ここで使われている「陥穽と振子」(「落とし穴と振り子」)では、異端審問にかけられた男が牢獄に閉じ込められ、先が鎌になった振子や、動く壁などによって責められる。

そして、乱歩の長篇には、乱歩自身の作品のイメージも参照されることが多い。この「大暗室」では、「パノラマ島奇談」や「火星の運河」の幻想が意識されている。乱歩

『大暗室』の内容見本(『貼雜年譜』より)

が色紙にもよく書いた「美しさ身の毛もよだち、恐ろしさ歯の根も合わぬ、五彩のオーロラの夢をこそ」といったものを描き出そうとしたのだった。

監修／落合教幸
協力／平井憲太郎
立教大学江戸川乱歩記念大衆文化研究センター

本書は、『江戸川乱歩全集』（春陽堂版　昭和29年～昭和30年刊）収録作品を底本としました。旧仮名づかいで書かれたものは、なるべく新仮名づかいに改め、筆者の筆癖はそのままにしました。漢字は変更すると作品の雰囲気を損ねる字は正字体を採用しました。難読と思われる語句には、編集部が適宜、振り仮名を付けました。

本文中には、今日の観点からみると差別的、不適切な表現がありますが、作品発表当時の時代的背景、作品自体のもつ文学性、また筆者がすでに故人であるという事情を鑑み、おおむね底本のとおりとしました。

説明が必要と思われる語句には、最終頁に注釈を付しました。


（編集部）

江戸川乱歩文庫
大暗室《だいあんしつ》
著　者　江戸川乱歩《えどがわらんぽ》

2019年5月10日　初版第1刷　発行

発行所　株式会社　春陽堂書店
103-0027　東京都中央区日本橋3-4-16
編集部　電話03-3271-0051

発行者　伊藤良則

印刷・製本　株式会社マツモト

ISBN978-4-394-30167-7 C0193